LA CHICA DEL ARROYO

Los Australianos Perdidos Libro 1

Caitlyn Lynch

Shenanigans Press

Tabla de Contenido

CAPÍTULO 1

LOS EXTRACTOS BANCARIOS ESTABAN sobre la mesa de la cocina, con los cargos resaltados en rosa fucsia y los abonos en verde lima. El saldo ni siquiera se acercaba a lo que debería. Zara recorrió cada violento número rosa con la yema del dedo, como si al tocarlos pudiera borrarlos de algún modo. Tiempo atrás, habría cogido otro rotulador para marcar las cosas de las que podía prescindir. Suscripción a Netflix, cuota del gimnasio. Pero ya no quedaba nada que cortar. Los números rosas lo dejaban claro: estaba bajo mínimos. Agua. Electricidad. Tasas municipales. Hipoteca. Comida. De esto último, bien poco últimamente.

La casa de tablones de madera crujió, expandiéndose con el calor del día. Tres semanas. Quedaban tres semanas para que el banco volviera a pasar el cargo de la hipoteca. Se presionó las sienes con los dedos, respiró hondo sin que el aire llegara a llenar del todo sus pulmones y abrió el ordenador portátil.

La pantalla de inicio de sesión de YouTube Studio inundó su visión. Vaciló antes de pulsar la tecla Intro. Hubo un tiempo, no hace mucho, en el que se enfrentaba a estas analíticas con entusiasmo. Cada mes traía números más altos, más suscriptores, mayores beneficios. Los Australianos Perdidos había ido subiendo con paso firme durante cinco años hasta que...

La página cargó. Los hombros de Zara se encogieron hacia sus orejas a medida que las cifras se materializaban. Otro mes de declive. Las visualizaciones habían bajado un 18 % respecto al mes anterior, que ya había caído un 22 % comparado con el de antes. Ingresos: 1.487,32 dólares. Ni siquiera lo suficiente para el pago de la hipoteca, por no hablar de los suministros, la comida o el seguro. Los ingresos de Spotify y de las otras fuentes de podcast añadirían unos 500 dólares más, pero no bastaba.

Apoyó las palmas de las manos sobre la mesa, sintiendo la veta de la madera bajo su piel. De repente, sintió el cuerpo vacío. La cocina, pequeña y pulcra, que antaño había sido un motivo de orgullo cuando compró el lugar, ahora parecía burlarse de ella con su pintura desconchada y sus instalaciones anticuadas. La pila de facturas junto al portátil había crecido durante los últimos meses: electricidad, agua, seguro.

Zara abrió la hoja de cálculo que había creado hacía seis meses, cuando el declive se volvió imposible de ignorar. La había titulado «PLAN DE SUPERVIVENCIA» en un momento de humor macabro. Las filas desfilaban por la pantalla; cada una representaba una semana de sus recursos restantes. Al ritmo actual, le quedaban ocho semanas antes del colapso económico total. Ocho semanas antes de tener que vender la casa, volver arrastrándose a casa de sus padres en Brisbane y admitir que su escepticismo sobre su elección de carrera había estado justificado todo el tiempo.

—Búscate un trabajo de verdad —le había dicho su madre hacía dos años, después de que sucediera. Después del caso Little Girls Lost. Después de que internet se volviera contra ella. Después de que sus patrocinadores huyeran. Después de que su credibilidad periodística saltara por los aires.

Una tabla del suelo crujió en el pasillo. Dev apareció en el umbral de la cocina; su figura larguirucha parecía demasiado grande para el espacio. Tenía el pelo alborotado, pero sus ojos tras las gafas rectangulares estaban alerta a pesar de la hora temprana.

—Buenos días —dijo él, dirigiéndose a la encimera donde empezó a preparar café—. ¿Llevas mucho tiempo en pie?

Zara cerró la hoja de cálculo y cambió de pestaña a su correo electrónico.

—Un rato.

Dev señaló con la cabeza hacia el portátil. —¿Trabajando en el nuevo episodio?

—Algo así —respondió ella manteniendo un tono de voz neutral, sin querer que su inquilino supiera lo extrema que se había vuelto la situación. Dev llevaba alquilando la habitación libre casi un año. Sus 300 dólares de alquiler semanal se habían convertido en un salvavidas económico. No podía arriesgarse a espantarlo con la verdad.

La cafetera gorgoteó y siseó. Dev se apoyó en la encimera, cruzándose de brazos. Su camiseta tenía alguna referencia oscura a videojuegos que ella no entendía.

—Ayer estuve escuchando parte de tu catálogo otra vez —dijo él, subiéndose las gafas por el puente de la nariz—. La serie de The Bellwood Strangler era brillante. La forma en que conectaste esos tres casos fríos que nadie había vinculado antes... Eso fue... —hizo un gesto explosivo con las manos—. Eso fue periodismo, ¿sabes? Un auténtico trabajo de investigación.

A Zara se le cerró la garganta. La serie Bellwood había sido su momento de gloria, el que había lanzado su podcast al escalafón más alto del contenido de true crime. Trescientos mil suscriptores solo en la primera semana. Patrocinadores llamándola a ella, y no al revés. Un breve y glorioso momento en el que pensó que lo había logrado. Los ingresos por streaming de esa serie habían pagado el depósito de su casa.

—Gracias —consiguió decir.

Dev sirvió café en dos tazas y deslizó una por la encimera hacia ella. Metió la mano en el bolsillo y sacó un sobre, colocándolo junto a su taza.

—El alquiler del mes que viene —dijo—. Siento que sea con un día de retraso, no pude ir al banco hasta ayer por la tarde.

—No te preocupes —cogió el sobre, intentando no parecer demasiado ansiosa. Esos mil doscientos dólares pagarían la mayoría de las facturas actuales. Al menos todas las que tenían tinta roja. Quizá incluso podría darse el capricho y comprar algo que no fueran fideos ramen para cenar.

Dev vaciló, echando azúcar a su café. —Y, bueno, ¿tienes preparado algo nuevo? Me refiero a después de la última temporada.

La última temporada, una pieza investigada a toda prisa sobre un asesinato resuelto de los años setenta que había logrado estirar hasta los cuatro episodios, había atraído a menos de una cuarta parte de su audiencia habitual. Había publicado el último episodio hacía tres semanas y desde entonces no tenía nada en marcha.

—Estoy trabajando en algunas pistas —dijo ella, sintiendo el sabor amargo de la mentira en la lengua—. Nada sólido todavía.

Él asintió, serio y convencido. Dev era así, genuino de una forma que la hacía sentir a la vez protectora y envidiosa. Estudiar para su doctorado en ingeniería eléctrica y su trabajo extra para ganar dinero recuperando datos de dispositivos dañados lo mantenían ocupado, pero aun así encontraba tiempo para ser su seguidor más leal.

—Cualquier cosa que hagas a continuación será genial —afirmó él con convicción en la voz—. Tu voz es necesaria en el espacio del true crime. Hay demasiada basura sensacionalista ahí fuera.

Zara no pasó por alto la ironía. Hacía dos años, la habían acusado exactamente de eso: sensacionalismo, explotación, imprudencia. El caso Little Girls Lost. Tres niñas desaparecidas en el transcurso de seis años en un pequeño pueblo rural. El caso le había parecido extraño desde el principio y había perseguido una teoría que finalmente resultó ser correcta, pero que tuvo consecuencias que no había previsto. El perpetrador se había suicidado cuando se dio cuenta de que ella le seguía la pista, escapando de la justicia y llevándose a la tumba el secreto de lo que había hecho con los cuerpos de las niñas.

Al perder la oportunidad de encontrar respuestas, las familias se volvieron contra ella. La prensa se volvió contra ella; un periodista de uno de los principales diarios nacionales escribió un artículo demoledor sobre «aficionados que juegan a ser detectives arruinando investigaciones de años». La investigación llevaba cerrada años antes de que ella llegara. Sus patrocinadores huyeron de la noche a la mañana, y sus ingresos mensuales no habían dejado de caer desde entonces.

—Gracias, Dev —dijo ella, sintiendo que las palabras eran insuficientes.

Él terminó su café de tres tragos largos y enjuagó la taza en el fregadero. —Tengo un trabajo de recuperación de datos esta mañana. No creo que me lleve mucho tiempo, espero estar en casa para la hora de comer.

Ella asintió, observando cómo recogía su mochila de junto al frigorífico. —¿No tienes clases hoy?

Él la miró con extrañeza. —Es sábado.

Los fines de semana no significan mucho cuando no tienes trabajo ni dinero. Ella asintió de nuevo, sintiendo un ligero rubor en las mejillas.

—Ah, sí. Se me había olvidado.

Faltaba algo en la pila de facturas a su lado. El recibo de internet, que vencía ayer. Abrió la boca para decir algo, pero la cerró al ver a Dev colgarse la mochila al hombro.

—¿Algún plan para hoy? —preguntó él, deteniéndose en el umbral.

Zara se encogió de hombros. —Documentarme, sobre todo. Intentar encontrar algo que valga la pena perseguir.

Algo que salvara su carrera. Que salvara su casa. Que la salvara de la humillación del fracaso.

—Mola. Bueno, buena suerte —se despidió con un torpe gesto de mano y desapareció por el pasillo.

La mirada de Zara volvió a la pila de facturas. Definitivamente faltaba el recibo de internet. Lo había puesto allí anoche, encima de todo. Dev debía de haberlo cogido. No para robarlo; lo pagaría él, ella lo sabía. Necesitaba internet para sus estudios, para su trabajo extra.

Debería ir tras él, decirle que podía hacerse cargo de sus propias facturas. Pero la idea de admitir lo cerca que estaba del abismo le parecía peor que aceptar su ayuda silenciosa. Tomó un sorbo de café. Amargo y fuerte, justo como la realidad a la que se enfrentaba. Ocho semanas de margen. Quizá menos si ocurría algo inesperado.

Necesitaba una historia. No una cualquiera, sino una grande. Algo lo bastante convincente como para recordar a la gente por qué la escuchaban al principio, antes de que todo saliera mal. Algo que la sacara del borde del precipicio.

Zara abrió una nueva pestaña en el navegador.

Era el momento de encontrar el camino de vuelta.

Los dedos de Zara se movían por el teclado. La base de datos del Queensland Police Service sobre casos fríos cargaba lentamente; la versión pública era deliberadamente tosca, diseñada más para aparentar transparencia que para ofrecer una accesibilidad real. Llevaba horas en ello, filtrando metódicamente desapariciones sin resolver y muertes sospechosas, buscando algo que le dijera algo más. No serviría cualquier caso. Necesitaba uno con cabos sueltos, preguntas sin respuesta, suficientes pruebas registradas sobre las que construir. Un caso que mereciera una segunda mirada y que tuviera el potencial narrativo para reconstruir su reputación.

Tomó un sorbo de café frío y se desplazó por otra página de resultados. Senderistas desaparecidos en parques nacionales. Accidentes de coche sospechosos. Casos de violencia doméstica con pruebas insuficientes. Peleas de bar que acabaron mal, tratos de drogas truncados, peleas de amantes que terminaron con cuchillos, puños o pistolas. En cada uno de ellos, una vida interrumpida.

Sus criterios de filtrado eran específicos: casos de entre cinco y quince años de antigüedad, lo bastante recientes para que hubiera testigos vivos, lo bastante antiguos para haberse enfriado; casos con pruebas físicas al menos parciales; casos con documentación accesible mediante solicitudes de registros públicos. Añadió otro parámetro: casos fuera de las principales áreas metropolitanas. Los aislados, donde los recursos escaseaban y los detectives podrían haberse sentido tentados a tomar atajos.

La base de datos se actualizó. Veintitrés resultados. Mejor.

Navegó por la lista, escaneando nombres de casos y breves resúmenes. Nada le llamó la atención hasta la tercera página, cuando un nombre saltó a la vista:

ZHANG, IRIS (17) – Salt Creek, QLD – 15 de octubre de 2014

Zara hizo clic en la entrada. La pantalla se llenó con un resumen del caso y una fotografía escolar de una adolescente de pelo largo y oscuro, con ojos serios tras unas gafas rectangulares. Rasgos chinos, piel de color marrón claro. Algo en la mirada firme de la chica atrapó a Zara, la retuvo.

Leyó el resumen:

Sujeto hallado fallecido en Salt Creek el 16 de octubre de 2014. Posición: boca abajo en aproximadamente 15 cm de agua. Causa de la muerte: ahogamiento. Investigación concluida el 27 de octubre de 2014. Dictamen: muerte accidental. Caso cerrado.

Dos semanas. Habían cerrado el caso en dos semanas.

La mano de Zara se movió inconscientemente hacia su propia cara, presionando su mejilla con los dedos. Quince centímetros de agua. Eso eran apenas seis pulgadas. ¿Cómo se ahoga una joven sana de diecisiete años en quince centímetros de agua?

Hizo clic para ver los detalles del caso, revisando la información. Iris Zhang había sido una estudiante brillante en el instituto Salt Creek. Aspirante con admisión temprana en el Queensland College of Art. Sin antecedentes de depresión ni problemas de salud mental. No se encontraron drogas ni alcohol en los informes toxicológicos. Cuerpo descubierto por un corredor matutino a las 6:23. Vista con vida por última vez aproximadamente a las diez de la noche anterior, al salir del restaurante de sus padres para recorrer la corta distancia hasta su casa; hora de la muerte estimada entre las diez de la noche y la medianoche.

—Ni siquiera lo intentaron —susurró Zara a la habitación vacía.

Hizo clic en las fotos de la escena del crimen, que por ley debían incluirse en la base de datos pública aunque a menudo eran de mala calidad. La primera mostraba una vista amplia del lecho de un arroyo poco profundo, apenas un hilo de agua corriendo sobre piedras lisas. Marcadores amarillos de pruebas salpicaban la zona. La segunda mostraba una vista más cercana del lugar donde se encontró el cuerpo, una ligera depresión en el lecho del arroyo donde el agua se estancaba quizás hasta la altura del tobillo.

Zara se acercó más a la pantalla, catalogando las inconsistencias. La posición no tenía sentido. El informe oficial indicaba que Iris fue hallada boca abajo. Incluso en la foto granulada, Zara podía ver que cualquier persona tumbada en esa agua poco profunda podría girar fácilmente la cabeza hacia un lado para respirar. No estarían boca abajo, no estarían sumergidos. A menos que estuvieran inconscientes. O que alguien los mantuviera sujetos en esa posición.

Pasó por más fotos, estas tomadas desde la distancia. El arroyo corría a través de lo que parecía ser el centro de un pueblo pequeño, con edificios visibles al fondo. Una pasarela de madera cruzaba río arriba desde el lugar del hallazgo. La zona no parecía remota ni peligrosa, solo un arroyo ordinario en un pueblo ordinario.

Salt Creek. El nombre le resultaba vagamente familiar. Consultó Google Maps. Un pueblo pequeño en la Bruce Highway, en algún lugar al norte de Bundaberg. Un sitio por el que la mayoría de la gente pasaba de largo de camino a otra parte, una colección de edificios junto a una carretera polvorienta. El típico lugar donde todo el mundo conocía a todo el mundo, donde los forasteros llamaban la atención, donde una familia china podría destacar.

Zara hizo una pausa. Ella misma era cuarterona de vietnamita; su abuela materna era de Hanói. Aunque a primera vista Zara podía pasar por blanca, su pelo era demasiado negro, demasiado liso y brillante, y sus ojos oscuros mostraban un ligerísimo indicio de pliegue epicántico. Al crecer en Brisbane, había experimentado las formas sutiles de racismo que existían bajo la superficie multicultural de Australia. Las suposiciones. Las dudas sobre de dónde venía «realmente». La sorpresa cuando no tenía acento.

¿Habían estado esas mismas fuerzas actuando en el caso de Iris? Una chica china en un pequeño pueblo de Queensland. Una investigación rápida. Un dictamen conveniente. Caso cerrado.

Ya no se trataba solo de una historia para una potencial reaparición. Algo más profundo tiraba de ella. Un sentimiento de conexión, de responsabilidad. El de verse a sí misma en esos ojos serios tras las gafas rectangulares.

Volvió a la foto de Iris, estudiando el rostro de la chica. Había algo decidido en su expresión, una fijeza que sugería principios, límites. No era el tipo de chica que se ahogaría accidentalmente en un arroyo a dos minutos a pie de su casa, un arroyo que probablemente había cruzado mil veces. No era el tipo de muerte que debería descartarse con una investigación de dos semanas.

Zara abrió un nuevo documento y empezó a tomar notas. Las preguntas surgían más rápido de lo que podía teclearlas:

¿Por qué estaba en el arroyo por la noche? ¿Quién era el amigo al que visitó? ¿Hubo testigos de su salida del restaurante? ¿Signos de lucha en el lugar? ¿Era el nivel del agua normal esa noche o se vio afectado por lluvias recientes?

Cuanto más leía, más segura estaba de que algo fallaba en la versión oficial. La autopsia confirmó el ahogamiento como causa de la muerte, pero señaló «hematomas de causa desconocida» en la parte superior de los brazos de la víctima. El informe policial mencionaba esto como «posiblemente compatible con actividades normales de una adolescente».

—Ni hablar —masculló Zara.

Cerró los ojos brevemente, armándose de valor. Cuando volvió a abrirlos, la foto escolar de Iris Zhang seguía en la pantalla, con esos ojos serios que parecían mirarla directamente. Pidiendo algo. Exigiendo algo.

La verdad.

Zara inició una nueva búsqueda, esta vez de todo lo que pudiera encontrar sobre Salt Creek, Queensland. Sobre la familia Zhang. Sobre lo que ocurrió el 15 de octubre de 2014 y por qué a nadie pareció importarle lo suficiente como para investigar más a fondo.

Había encontrado su historia. Ahora solo tenía que convencerse de que sus motivaciones eran puramente profesionales.

Zara cerró el portátil. El sonido se sintió como un punto y final. Iris Zhang merecía algo más que quince centímetros de agua y una investigación de dos semanas. Merecía algo más que convertirse en otra estadística de una base de datos que nadie se molestaba en consultar. Y, si Zara era sincera consigo misma, necesitaba este caso tanto como este caso la necesitaba a ella. Se apartó de la mesa de la cocina y se levantó, sintiendo de pronto el cuerpo ligero, impulsado por un propósito, por un rumbo.

Salt Creek. El nombre en sí le pareció un destino que la hubiera estado esperando.

Se movió por la casa, reuniendo lo que iba a necesitar. Su gastado cuaderno de cuero recargable fue lo primero. Era de la vieja escuela, pero confiaba en el papel. El tacto de un bolígrafo la ayudaba a pensar, a conectar puntos que de otro modo podrían quedar sueltos. Lo siguiente fue su equipo de grabación: dos micrófonos de alta calidad, su cámara de vídeo, trípodes, baterías de repuesto, tarjetas SD. Las herramientas de su oficio, inactivas durante demasiado tiempo. Añadió baterías externas y cables de carga a su maletín de aluminio y lo cerró.

En su dormitorio, sacó una mochila del armario y empezó a meter ropa. ¿Cuánto tiempo se quedaría? ¿Una semana? ¿Dos? Salt Creek era pequeño; lo había confirmado en su investigación. Un pub, un par de moteles, un restaurante chino que tenía que ser el de los Zhang. Tendría que ser cautelosa con su enfoque. Los pueblos pequeños tenían memorias largas y lealtades profundas. Especialmente cuando se trataba de forasteros haciendo preguntas sobre chicas locales muertas.

Zara se detuvo con una camisa a medio doblar en las manos. Tendría que reservar una habitación. Pagar las comidas. La gasolina para el viaje al norte. Su cuenta de ahorros tenía 8.8 72,43 dólares, su último colchón contra el colapso económico total. Este viaje consumiría al menos un tercio de eso, quizá más si la investigación se demoraba. Y se demoraría. Casos como este siempre lo hacían.

La alternativa era impensable. Quedarse aquí, ver sus ahorros reducirse a nada, perder la casa, admitir la derrota. Al menos así caería luchando.

Terminó de meter la ropa y pasó al baño a por el neceser. En el espejo, su reflejo le devolvió la mirada: unos ojos oscuros que su abuelo decía que estaban «estudiándolo todo», el pelo recogido en una práctica coleta, los ángulos marcados de sus pómulos más pronunciados que hace un año. El estrés y un presupuesto limitado para comida habían hecho mella en ella. Pero algo más le devolvía la mirada desde el espejo, una chispa que faltaba desde hacía meses. Propósito.

De vuelta en su habitación, contó el dinero en efectivo del sobre de Dev. —La mitad —pensó. Ingresaría el resto en el banco; eso, sumado a sus ingresos por streaming, cubriría las facturas más urgentes y el próximo pago de la hipoteca, al menos, aunque las otras facturas tendrían que esperar un poco más. Seiscientos dólares no dejarían rastro digital y eran suficientes para empezar. Guardó la mitad en un bolsillo interior de su mochila, la otra mitad en el bolso que hacía las veces de funda de portátil y bolso de mano, y luego se sentó a su escritorio para hacer los preparativos finales.

Su teléfono vibró con una notificación. Un pago de un seguidor de Patreon, uno de los pocos que se habían mantenido leales tras su caída y el posterior silencio. Diez dólares con un mensaje: ««Echo de menos tu voz. Espero que vuelvas pronto».

Se quedó mirando la notificación durante un largo rato. Culpa por los meses de silencio. Gratitud por la lealtad. Miedo a poder defraudarlos de nuevo. Pero, sobre todo, un sentido renovado de la responsabilidad. Había gente esperando a que encontrara su voz de nuevo. Esperando a que contara historias que importaran.

Zara abrió su cuaderno y empezó a escribir:

Iris Zhang, 17 años, hallada muerta en Salt Creek, QLD, 16 oct 2014; la muerte ocurrió la noche anterior. Caso cerrado en dos semanas como ahogamiento accidental. ¿15 cm de agua, imposible? Familia china en pueblo pequeño, ¿factor racismo? Hematomas en la parte superior de los brazos, inconsistentes con un accidente. ¿Por qué estaba en el arroyo después de anochecer?

Subrayó la última pregunta dos veces. Ese era siempre el lugar por donde empezar: el porqué. ¿Por qué estaba Iris Zhang, según todos los informes una chica estudiosa y ambiciosa con un futuro universitario a la vista, en un arroyo después del anochecer un día de diario?

Zara miró la hora. Casi mediodía. Podría estar en Salt Creek al anochecer si salía ya. Reunió su equipo, sus notas, su ropa y se quedó en medio de su habitación, haciendo un inventario mental final. Un golpe seco en el marco de la puerta la sobresaltó.

Dev estaba en el umbral, con su alta figura llenándolo casi por completo. —¿Vas a algún lado? —preguntó, mirando la mochila hecha sobre la cama.

—Tengo que hablar contigo, precisamente —dijo Zara, cerrando la cremallera de la mochila—. Me voy al norte un tiempo. Un viaje de investigación.

Dev arqueó las cejas por encima de sus gafas. —¿Para el podcast?

—Quizá. No estoy segura todavía —no estaba lista para decir más, para no tentar a la suerte con el frágil impulso que había encontrado—. Estaré fuera al menos una semana, probablemente más. ¿Estarás bien solo?

—Claro —asintió Dev—, tengo un trabajo de recuperación importante para un bufete de abogados la semana que viene, unos archivos corruptos que necesitan para un caso. Buena pasta. Puedo hacerme cargo de las cosas por aquí.

Zara asintió, aliviada. Confiaba en Dev tanto como confiaba en cualquiera hoy día. Era fiable, responsable y, lo que era más importante, no tenía conexión con su trabajo anterior. Había sido un fan, sí, pero nunca se había involucrado en sus investigaciones. Nunca se vio salpicado por el escándalo que había sepultado su carrera.

—¿Algo interesante? —preguntó Dev, con los ojos brillantes de curiosidad tras sus gafas—. La investigación, me refiero.

Zara forzó una sonrisa, intentando mantener el equilibrio entre la honestidad y la cautela. —Tal vez. Serás el primero en saberlo. Cuida de la casa por mí.

Dev asintió, cambiando el peso de un pie a otro. —Lo haré. Y, bueno, buena suerte. Con lo que sea que sea.

Ella reconoció la preocupación tras sus torpes palabras. Dev no solo estaba preocupado por ella; estaba preocupado por su propia situación. Si ella no podía pagar la hipoteca, si perdía la casa, él también perdería su hogar. Su alquiler asequible. Su base estable mientras terminaba el doctorado. No era la única que se jugaba algo.

—Gracias —dijo ella, mirándole directamente a los ojos por primera vez en toda la conversación—. Creo que esto podría ser algo bueno.

Lo decía en serio. No se trataba solo de salvar su carrera o su casa, aunque esas motivaciones fueran reales y urgentes. Se trataba de Iris Zhang. De quince centímetros de agua. De un caso cerrado demasiado pronto en un pequeño pueblo donde una familia china podría haberse encontrado sin nadie que los defendiera.

Dev le dedicó una pequeña sonrisa y se retiró del umbral. Oyó cómo se alejaba por el pasillo hacia su habitación, donde las pilas de discos duros y placas de circuitos formaban una fortaleza tecnológica.

Zara se echó al hombro la mochila y el bolso, y cogió el maletín del equipo. En la puerta, vaciló. ¿Estaba cometiendo otro error? ¿Lanzándose de cabeza a un caso que podría no llevar a ninguna parte, quemando sus últimos recursos solo por una corazonada? El recuerdo de los ojos serios de Iris en aquella fotografía escolar la reafirmó.

No. Esto no era un error. Esto era lo que ella hacía, para lo que estaba destinada. Encontrar historias que otros habían pasado por alto. Dar voz a quienes no podían hablar por sí mismos.

Cerró la puerta tras de ella. El peso familiar del propósito se asentó sobre sus hombros.

Salt Creek la esperaba.

Capítulo 2

La lluvia azotaba la autopista, y cada gota estallaba contra el parabrisas con más rapidez de la que los limpiaparabrisas podían despejar. Zara se inclinó hacia delante, entornando los ojos a través del velo acuoso. Tenía los nudillos blancos de tanto apretar el volante. Lo que había empezado como un ligero chubasco al norte de Bundaberg se había transformado en un diluvio subtropical en cuestión de minutos, reduciendo la visibilidad a escasos metros. Estaría en Salt Creek al anochecer, había pensado. Ahora resultaba de risa.

El coche hizo aquaplaning. Levantó el pie del acelerador mientras la adrenalina le recorría el pecho. Sesenta kilómetros por hora le parecía una velocidad peligrosamente alta. Los pocos vehículos que quedaban en la carretera llevaban las luces de emergencia encendidas y se movían como animales heridos a través de la tormenta. Un tren de carretera pasó atronando en dirección opuesta, lanzando una ola de agua contra su parabrisas que la cegó durante varios segundos que le encogieron el corazón.

—Maldita sea. —Puso los limpiaparabrisas a la máxima velocidad. Chirriaron en señal de protesta. El pronóstico del tiempo había mencionado posibles tormentas, pero nada parecido a esto. El cielo se había oscurecido hasta adquirir un tono gris violáceo a pesar de que apenas eran las cuatro de la tarde.

Un rayo fracturó el cielo frente a ella. El trueno estalló casi de inmediato, sonando con fuerza incluso por encima de la lluvia golpeando el techo del coche. Le dolían los hombros por la tensión. Le ardían los ojos de tanto esforzarse por ver las marcas viales.

Un cartel verde emergió de la penumbra: CHILDERS 5 KM. Exhaló un suspiro. No era donde tenía planeado parar, pero la perspectiva de una comida caliente resultaba tentadora. Quizá una habitación. *Debería haber consultado el pronóstico del radar*, pensó mientras otro tren de carretera pasaba rugiendo, lanzando agua sobre su coche. Un error de principiante en pleno final del verano de Queensland, cuando las tormentas de tarde estallan con muchísima frecuencia. Con otras dos horas por delante para llegar a Salt Creek, y viendo cómo esa cifra aumentaba en el GPS mientras lo consultaba, Zara tomó una decisión. Si encontraba una habitación en Childers, se quedaría a pasar la noche.

El pueblo apareció como un conjunto de luces borrosas a través de las ventanillas veteadas por la lluvia. Aminoró la marcha, escudriñando entre el aguacero en busca de alojamiento. La calle principal estaba prácticamente desierta; la gente sensata se había puesto a cubierto. Un letrero de neón parpadeaba: HIGHWAY REST MOTEL. La sección de «vacante» se iluminaba con un rojo intermitente. No era el Ritz, pero serviría.

Puso el intermitente y entró en el aparcamiento. La grava crujió bajo los neumáticos usados. La lluvia martilleaba el techo. Apagó el motor y se quedó sentada un momento, armándose de valor para la carrera hasta la recepción. El agua bajaba por el parabrisas en cortinas.

La recepción estaba a veinte metros. Incluso con un paraguas, se iba a mojar. Zara cogió la cartera y el móvil, se los metió en el fondo de los bolsillos, sacó a tientas el paraguas que guardaba bajo el asiento y echó a correr. Para cuando llegó al toldo del pequeño edificio de recepción, estaba empapada de cintura para abajo.

Una campanilla sonó cuando abrió la puerta. El aire gélido del aire acondicionado golpeó su piel mojada. Se estremeció. El vestíbulo era pequeño y estaba desgastado, pero razonablemente limpio. Unos carteles turísticos desteñidos de la destilería de ron Bundaberg y de la colonia de tortugas de Mon Repos adornaban las paredes con paneles de madera. Tras el mostrador, un hombre de unos sesenta años levantó la vista de una novela de bolsillo, mirándola por encima de sus gafas de lectura.

—Vaya tiempo de perros hace ahí fuera —dijo él.

—Espantoso —dijo Zara, y se limpió los pies en una alfombrilla que ya había aguantado mucho trote ese día. Dejó el paraguas húmedo sobre una toalla colocada en el vestíbulo precisamente para ese fin—. ¿Tiene alguna habitación para esta noche?

—Tiene suerte, es la última. —Pulsó un botón junto al mostrador. Por el rabillo del ojo, Zara vio que a la parpadeante luz de VACANTE se le unía un NO.

Deslizó un formulario sobre el mostrador—. Necesitaré ver algún documento de identidad. Son ochenta y cinco la noche. La salida es antes de las diez de la mañana. No servimos desayunos, lo siento.

Zara hizo una mueca interna por el precio, pero sabía que no era momento de regatear. Firmó el formulario, enseñó su carné de conducir y entregó su tarjeta de crédito.

—Habitación siete —dijo el hombre, pasándole una llave unida a un grueso llavero de plástico—. Al final de la fila, con aparcamiento justo delante. El pub de la acera de enfrente sirve comidas decentes hasta las ocho, por si tiene hambre.

—Gracias. —Se guardó la llave y se preparó para otra carrera bajo la lluvia.

Para cuando llegó al coche, el pelo se le había pegado al cuero cabelludo a pesar del paraguas. Condujo el corto trayecto hasta la habitación siete y aparcó lo más cerca posible de la puerta. Tras un par de viajes frenéticos, lo tenía todo dentro, completamente calado.

La habitación cumplía con sus expectativas: pequeña, básica, limpia. Una cama individual con una colcha de flores desteñida hasta parecer fantasmas de colores pastel. Una mesita de noche con una lámpara a la que le faltaba la pantalla. Un escritorio pequeño. Un televisor que probablemente sintonizaría tres canales con nitidez en un día bueno. El baño era visible a través de una puerta abierta: azulejos blancos amarilleados por el tiempo y una ducha sobre la bañera.

La lluvia golpeaba el techo de chapa ondulada. El goteo rítmico de un canalón que perdía agua servía de acompañamiento, mientras el agua se acumulaba en un charco bajo la ventana.

Primero revisó su equipo. Los caros micrófonos y el material de cámara. Todo estaba seco; el maletín había cumplido su función. Su ropa no había corrido la misma suerte. Sacó lo que necesitaría para la noche y tendió las prendas húmedas en la barra de la ducha.

La ducha soltó agua caliente tras un minuto de gorgoteos alarmantes en las tuberías. Se quedó bajo el chorro más tiempo del necesario, dejando que el calor calara en su piel helada. Su mente repasaba la información que había reunido sobre Iris Zhang y Salt Creek. Mañana empezaría el trabajo de verdad. Esta noche se trataba de recomponerse, de prepararse.

Ya vestida con ropa seca, se sentó en la cama y escuchó la lluvia. Le rugieron las tripas. El gerente del motel había mencionado un pub. Miró la hora: poco más de las seis. Tiempo de sobra antes de que cerrara la cocina.

Miró por la ventana. Al otro lado de la carretera, una luz amarillenta salía de los ventanales del pub, cálida frente a la cortina gris de la lluvia. El estómago le volvió a rugir, esta vez más fuerte. Decisión tomada.

Zara cogió su paraguas, la cartera y el móvil, y abrió la puerta. La lluvia la golpeó de inmediato, impulsada de lado por el viento. Desplegó el paraguas, que al instante intentó volverse del revés. Tras obligarlo a recuperar su forma, empezó la carrera para cruzar la calle.

Para cuando llegó a la entrada del pub, el paraguas se había rendido. El segundo conjunto de ropa del día estaba tan mojado como el primero. El pelo le goteaba. Se sacudió el agua que pudo y abrió la puerta, pasando del caos a la luz, al ruido y a la promesa de una comida caliente.

El pub envolvió a Zara como una manta cálida. La lluvia tamborileaba contra el techo de chapa, pero dentro, los ventiladores de techo removían el aire húmedo sin llegar a enfriarlo. El local estaba medio lleno, principalmente con hombres agrupados en torno a un televisor colgado sobre la barra que transmitía un partido de rugby. De vez en cuando, algún gruñido o vítor puntuaba su atención. *Sábado noche*, pensó ella. *Normal que esté animado.*

Zara se sacudió el agua de los brazos y se dirigió a la barra, encontrando un taburete vacío en el extremo más alejado de los aficionados al deporte más entregados.

La camarera, una mujer con el pelo encanecido recogido en una coleta práctica, arqueó una ceja ante el aspecto desaliñado de Zara, pero no hizo ningún comentario. —¿Qué va a ser?

—Cualquier cerveza rubia que tengas de grifo —dijo Zara, y añadió—: Y algo de comer, ¿si todavía servís?

—La cocina está abierta hasta las ocho. El pollo a la parmesana está bueno. El sándwich de filete también. —La camarera sacó un menú plastificado de debajo del mostrador y se lo acercó.

—Un pollo a la parmesana suena perfecto, gracias. —Zara se acomodó en el taburete, haciendo una mueca cuando sus piernas mojadas rozaron el cuero sintético. Sentía los pies pastosos dentro de las zapatillas; debería haber sacado sus botas de montaña antes de salir de la habitación.

La camarera sirvió la cerveza y se la puso delante. Ya se estaba formando condensación en el cristal del vaso. —La cocina tardará unos veinte minutos.

—No hay problema. —Zara dio un largo trago, dejando que el líquido frío bajara por su garganta. No se había dado cuenta de la sed que tenía.

El pub zumbaba con las conversaciones, salpicadas por los comentarios del televisor y algún que otro grito. La lluvia continuaba su asalto sobre el tejado, una percusión constante que, de algún modo, hacía que el calor y la luz del interior resultaran más valiosos. Zara sacó el móvil para revisar sus mensajes. Nada urgente. Abrió la aplicación de notas y empezó a repasar lo que había recopilado sobre Iris Zhang.

Hace once años, una chica de dieciocho años murió en Salt Creek. Dictaminado oficialmente como un ahogamiento accidental. Su cuerpo fue hallado boca abajo en cuarenta y cinco centímetros de agua en un arroyo que atravesaba el parque del pueblo. Sin signos de lucha, sin traumas evidentes. Caso cerrado en cuestión de semanas.

Pero cuanto más indagaba Zara en los detalles, más incorrecto le parecía todo. Los hematomas anotados en el informe preliminar de la autopsia pero minimizados en la versión final. La ausencia de heridas defensivas a pesar de que Iris era una excelente nadadora. El hecho de que el arroyo fuera tan poco profundo. La investigación apresurada, la falta de seguimiento tras las declaraciones de testigos contradictorias.

Y luego estaba el correo electrónico que había recibido hacía dos semanas de alguien que se hacía llamar «Un Amigo». Sin nombre, sin información identificativa, solo un mensaje sencillo: *Iris Zhang no se ahogó por accidente. Mira más de cerca quién encontró su cuerpo.*

Casi lo había borrado. Los chivatazos anónimos solían ser de locos o de gente que quería vengarse de algo. Pero algo en aquel mensaje se le había quedado grabado. Había empezado a investigar, y cuanto más miraba, menos se sostenía la versión oficial.

—¿Pollo a la parmesana? —La voz de la camarera interrumpió sus pensamientos.

Zara levantó la vista y se encontró con un plato que le ponían delante. El filete empanado era enorme, cubierto de queso fundido y salsa de tomate, con una montaña de patatas fritas al lado. Su estómago respondió de inmediato.

—Gracias. —Guardó el teléfono y cogió el cuchillo y el tenedor.

Iba por la mitad de la cena cuando alguien se sentó en el taburete de al lado. Ella levantó la mirada, con el tenedor a medio camino de la boca.

El hombre probablemente estaba a mediados de la treintena, con un rostro curtido que delataba el tiempo pasado al aire libre. Llevaba vaqueros y un polo desgastado, húmedo por la lluvia. Tenía el pelo oscuro, un poco demasiado largo, y una barba de varios días que parecía más una elección deliberada que falta de higiene.

—Esa tormenta es una auténtica porquería —dijo él en tono de conversación, asintiendo a la camarera—. Un ron con cola, gracias.

Zara emitió un sonido evasivo y volvió a centrar su atención en la comida. No estaba de humor para conversar con un extraño, especialmente con uno que pudiera estar intentando ligar con ella.

Pero no lo parecía. Recogió su copa, dio un largo sorbo y se puso a mirar el partido de rugby en la televisión. Se quedaron sentados en un silencio cómodo durante varios minutos. Ella comiendo, él siguiendo el juego.

—No eres de por aquí —dijo él finalmente. No era una pregunta.

—Solo estoy de paso. Me ha pillado la tormenta.

—Pasa a veces. —Dio otro trago—. ¿Vas hacia el norte o hacia el sur?

—Norte. ¿Y tú?

—Sur. A Brisbane. —Hizo una mueca—. Al menos lo intento. Vi el radar y decidí refugiarme aquí por esta noche en vez de arriesgarme.

—Inteligente. —Zara terminó la última patata y apartó el plato. La cerveza también estaba casi terminada. Probablemente debería volver a la habitación y descansar como es debido antes del viaje de mañana.

Pero algo la mantuvo en su asiento. Quizá fuera la calidez del pub tras la lluvia fría. Quizá el agradable efecto de la cerveza en un estómago ya lleno. Quizá el hecho de que aquel desconocido no estuviera presionando, ni intentara impresionarla, ni extraer información, ni venderle nada. Simplemente estaba allí, compartiendo espacio durante una tormenta.

—¿Otra? —preguntó la camarera, señalando el vaso casi vacío de Zara.

Debería decir que no. Debería volver a su habitación, repasar sus notas y prepararse para mañana. Pero la lluvia no amainaba y la idea de aquella habitación de motel solitaria no le resultaba nada atractiva.

—Sí, ¿por qué no?

Llegó la segunda cerveza. El hombre de al lado pidió otro ron con cola. El partido terminó y fue sustituido por resúmenes y comentarios. El grupo alrededor del televisor se fue reduciendo a medida que la gente se iba a las mesas o se marchaba a casa. La lluvia continuaba su asedio sobre el tejado.

—Tú no trabajas de comercial —dijo él al cabo de un rato.

—¿Qué te hace decir eso?

—Sin traje. Sin maletín para el ordenador. Y no tienes esa mirada.

—¿Qué mirada?

—Esa que dice que estás calculando si soy un cliente potencial. —Sonrió levemente—. Veo a muchos comerciales en mi trabajo. Tú no eres uno de ellos.

—¿A qué te dedicas?

—Policía. Sargento detective. —Dio un trago—. ¿Y tú?

Zara vaciló. Ser periodista solía provocar reacciones, y no siempre positivas. —Hago podcasts.

—¿Ah, sí? —Pareció genuinamente interesado—. ¿De qué tipo?

—True crime.

—Ah. —Asintió lentamente—. Déjame adivinar. Vas de camino a algún pueblecito para desenterrar un caso abierto y hacer que todo el mundo se sienta incómodo.

Ella no pudo evitar sonreír. —Algo así.

—Me parece bien. Probablemente haga falta. —Terminó su copa—. La mayoría de los pueblos pequeños tienen al menos un caso que nunca convenció a nadie. Normalmente porque alguien con poder quería que desapareciera.

Había algo en su tono de voz que hizo que ella lo mirara con más atención. —Parece que tienes experiencia en eso.

—Más de la que me gustaría. —La miró a los ojos y ella vio algo allí. Frustración, quizá. Cansancio. La mirada de alguien que había transigido más de lo que deseaba pero menos de lo que temía.

Hablaron. No de detalles específicos, ni de casos, ni de nombres, ni de lugares. Sino del trabajo, de lo difícil que es buscar la verdad cuando los sistemas están diseñados para proteger el poder en lugar de servir a la justicia. De la soledad que conlleva, de la forma en que te aísla de las personas que prefieren mentiras cómodas.

El pub se vació todavía más. La camarera empezó a limpiar las mesas, lanzándoles miradas con intención. La última ronda llegó y pasó. Eran los únicos clientes que quedaban.

—Deberíamos irnos —dijo Zara, aunque no hizo amago de levantarse.

—Probablemente. —Él tampoco se movió.

Se miraron. El ambiente entre ellos había cambiado en algún momento de la última hora, cargándose de posibilidad. Zara sabía qué era aquello, qué podía ser. Algo temporal. Anónimo. No solía hacer esto. No ligaba con desconocidos en pubs.

Pero algo en esta noche resultaba diferente. La tormenta, el aislamiento, la conexión inesperada con alguien que entendía su trabajo de una forma que la mayoría no comprendía. Y la manera en que él la miraba, como si la viera de verdad, no solo la superficie, sino algo más profundo.

—Estoy en la habitación siete del motel de enfrente —oyó que decía.

Los ojos de él se oscurecieron ligeramente. —Yo en la doce.

—Más cerca —dijo ella, con el corazón resonando de pronto con fuerza en sus oídos.

—Así es.

Pagaron sus cuentas por separado y salieron juntos, adentrándose en una lluvia que se había suavizado hasta convertirse en una llovizna constante. El corto paseo hasta el motel se sintió eléctrico. Ninguno de los dos hablaba. Ambos eran plenamente conscientes de la presencia del otro.

Al llegar a la doce, él abrió la puerta y la mantuvo abierta. Zara entró, oyendo cómo la puerta se cerraba tras ellos, y se giró para mirarlo.

La lluvia azotaba las ventanas, transformándolas en cuadros impresionistas de la noche exterior. Las farolas se difuminaban en manchas acuosas. Se quedaron quietos un momento, mientras el agua goteaba de su ropa a la moqueta.

Zara se movió primero, buscándolo.

La boca de él encontró la suya en la penumbra. El beso se hizo profundo al instante, saltándose cualquier titubeo para buscar algo más hambriento. Él levantó las manos para enmarcar el rostro de ella.

—No necesito saber cómo te llamas —susurró ella contra sus labios.

—Me parece bien —respondió él con voz ronca—. Yo tampoco.

Algo de aquel anonimato los liberó a ambos. Ella tiró de su polo, deseando eliminar la barrera. Él la ayudó, con los dedos trabajando en los botones mientras ella retiraba la tela húmeda de sus hombros.

Se desvistieron mutuamente, y la ropa cayó al suelo en montones húmedos. Los dedos de él se enredaron en el pelo de ella, todavía húmedo por la lluvia, soltándolo de su coleta. El aire frío sobre su piel fue contrarrestado de inmediato por el calor del cuerpo de él presionando contra el suyo. La guio hacia atrás hasta que las piernas de ella tocaron el borde de la cama, y luego la siguió sobre el colchón.

Ella le recorrió la espalda con las manos. Sin perfecciones, igual que ella misma, y de algún modo aquello lo hacía todo mejor.

La boca de él se movía por su piel, descubriendo qué la hacía jadear, qué la hacía apretar más fuerte sus hombros. La respuesta de ella parecía alentarlo.

Cuando él se movió sobre ella, Zara le rodeó la cintura con las piernas, atrayéndolo más. La anticipación era casi insoportable.

—¿Y la protección? —preguntó él con voz ronca—. No tengo...

—Tomo la píldora —contestó ella—. No hay problema.

Un instante de reconocimiento. Luego se unieron, y todo lo demás desapareció.

Zara se despertó con una media luz gris filtrándose a través de las cortinas. Se dio cuenta de que él la miraba.

—Buenos días —dijo ella con la voz algo ronca por el sueño.

—Buenos días. —Él le apartó un mechón de pelo de la cara.

Ambos sabían que aquello era el final. Lo que fuera que hubiera pasado entre ellos pertenecía a la noche, a la tormenta. La luz del día devolvía la realidad a su sitio.

Zara se incorporó, recogiéndose con la sábana. —Debería volver a mi habitación.

Él asintió. —Yo también tengo que ponerme en marcha pronto.

Se vistieron en silencio. Miradas ocasionales, pequeñas sonrisas. La naturalidad de las personas que no tienen nada que demostrar. En la puerta, se detuvieron.

—Esto ha sido... —empezó ella.

—Perfecto —terminó él, con un gesto en la boca—. Porque termina aquí.

Ella asintió. —Exacto.

—Adiós, mujer misteriosa. Buen viaje. Y buena suerte.

Se inclinó hacia delante y presionó sus labios contra los de ella por última vez. Con aprecio pero sin exigencia. Luego dio un paso atrás.

Zara abrió la puerta a un mundo lavado por la lluvia de la noche anterior. El aire olía a tierra mojada y a eucalipto; el cielo estaba despejado, de un azul casi agresivamente brillante. Se alejó sin mirar atrás, sabiendo que él la veía marcharse, sabiendo que ninguno de los dos intentaría prolongar lo que había sido perfecto precisamente por sus límites.

En su propia habitación se duchó, dejando que el agua caliente borrara la evidencia física. Su mente ya estaba cambiando de marcha, volviendo a centrarse en el día que tenía por delante. Salt Creek la esperaba, y con él, la investigación que podría resucitar su carrera. Los ojos serios de Iris Zhang en aquella fotografía escolar parecían mirarla a través del recuerdo, recordándole por qué había emprendido este viaje en primer lugar.

Otro conjunto de ropa seca y sus botas de montaña y ya estaba lista. Hizo el equipaje rápidamente, comprobando que su equipo estuviera seguro y que nada hubiera sufrido daños por la lluvia de ayer. Cargó el coche, cruzó a recepción para devolver la llave y dio las gracias al recepcionista, un hombre distinto al de la tarde anterior.

Mientras se incorporaba a la Bruce Highway y aceleraba hacia el norte, dedicó un último pensamiento al hombre sin nombre y a su noche juntos. Un interludio perfecto, ahora completado. Un buen recuerdo desvaneciéndose en su espejo retrovisor.

La autopista se extendía ante ella, ya sin la niebla de la lluvia. Se sentía descansada, centrada de una forma que no recordaba en meses, lista para enfrentarse a lo que fuera que aguardara en Salt Creek.

Capítulo 3

Los campos de caña se extendían infinitamente a ambos lados de la carretera, un mar verde y monótono interrumpido solo por alguna granja ocasional o maquinaria oxidada. Zara ajustó la rejilla del aire acondicionado, dirigiendo el aire tibio hacia su cara. El antiguo sistema del coche luchaba contra el calor creciente del día, logrando poco más que una brisa templada. Febrero en Queensland no daba tregua; el sol resultaba implacable incluso a través de los cristales tintados.

Su mente repasaba los detalles que había memorizado sobre Iris Zhang. Diecisiete años. Ambiciosa. De principios firmes. Hallada boca abajo en quince centímetros de agua. Caso cerrado en dos semanas. Los hechos daban vueltas en sus pensamientos, y cada uno de ellos reforzaba su certeza de que algo fallaba profundamente en la versión oficial.

Un letrero verde descolorido apareció al borde de la calzada: «Bienvenido a Salt Creek, población 3.147». Debajo, alguien había pintado con spray «AGUJERO INFERNAL» en letras rojas, aunque se notaba un intento poco entusiasta de borrarlo. «Ese grafitero no es precisamente el mayor fan del pueblo», pensó Zara mientras dejaba atrás la señal y aminoraba la marcha.

Apareció la calle principal, un único tramo de edificios castigados por la intemperie que constituían el centro del pueblo. La Bruce Highway lo atravesaba directamente, obligando a los viajeros a reducir la velocidad, pero rara vez a detenerse. A su derecha, un pub con la pintura crema desconchada y un cartel que anunciaba «Cerveza fría, comidas calientes» ocupaba la esquina. Más adelante se alzaba un pequeño supermercado con los escaparates empapelados de ofertas descoloridas. Una gasolinera, una ferretería, una tienda de pescado con patatas fritas.

Entonces lo vio, en el lado izquierdo de la carretera: Golden Horse Restaurant. El establecimiento ocupaba un edificio cuadrado de ladrillo con adornos rojos y detalles dorados. Un golden horse pintado a mano se encabritaba en el cartel. Allí era donde Iris había trabajado con sus padres, donde se la había visto con vida por última vez antes de caminar hacia casa en aquella noche de octubre de hace más de una década.

Lo más impactante era lo que se encontraba justo después del restaurante: el barranco que rajaba el paisaje como una herida, de unos quince metros de profundidad, y dividía el pueblo en dos. La Bruce Highway lo cruzaba sobre un moderno puente de hormigón. Aquello era el propio Salt Creek, el accidente geográfico que daba nombre al pueblo y que se había cobrado la vida de Iris Zhang en circunstancias imposibles. Al conducir despacio sobre el puente, Zara intentó asomarse al barranco, pero los laterales de hormigón de la estructura le cortaban la visión.

Al otro lado del puente encontró el colegio, o los colegios; la escuela secundaria y la escuela primaria estaban adyacentes, con los campos de deportes visibles detrás. Una tienda de forrajes parecía marcar el final de la zona comercial y el pueblo se desvanecía casi de inmediato.

Zara se detuvo a la izquierda, aparcando en el amplio arcén, y consultó su teléfono. Recordaba que había dos moteles en el pueblo; uno de ellos era de una cadena con precios en la web a partir de cien dólares la noche. Miró con cierta añoranza la foto de la piscina de agua azul reluciente antes de cerrar la ventana y buscar el otro motel.

—Este parece más acorde a mi presupuesto —murmuró—. Vamos a ver si tienen sitio para mí.

Tras mirar por los espejos, esperó a que hubiera un hueco en el tráfico para hacer un cambio de sentido y volver a atravesar el pueblo, cruzando el puente una vez más.

Zara entró en el aparcamiento del Salt Creek Motel, un edificio de tablas de madera de una sola planta pintado de un azul desvaído. El letrero de neón que decía «LIBRE» parpadeaba de forma errática, como si no terminara de decidir si realmente daba la bienvenida a los visitantes. Seis puertas daban al aparcamiento, numeradas del uno al seis. Tras la ventana de la oficina, un ventilador de techo giraba perezosamente.

Se quedó sentada un momento, ordenando sus pensamientos antes de bajar. Había llegado. El lugar donde resucitaría su carrera o vería cómo se hundía definitivamente. Pensó en el pago de la hipoteca que vencía en tres semanas, en sus ahorros menguantes, en Dev pagando discretamente la factura de internet sin decir nada. Luego pensó en los ojos serios de Iris Zhang en aquella fotografía escolar, y apretó la mandíbula.

La puerta de la oficina hizo sonar un timbre al empujarla. Dentro, una mujer de unos sesenta años levantó la vista de una novela de bolsillo, con las gafas de lectura posadas en la punta de la nariz. El aire acondicionado estaba a una temperatura ártica; el frío repentino le puso a Zara la carne de gallina en los brazos.

——¿Desea algo? —preguntó la mujer con tono neutro pero mirada evaluadora. Analizó la ropa de ciudad de Zara, su corte de pelo profesional y su etnia ambigua, todo en un vistazo que no era hostil, pero tampoco acogedor.

—Querría una habitación, por favor —dijo Zara—. Para una semana de entrada, aunque es posible que me quede más tiempo.

La mujer asintió, dejando el libro a un lado.

—¿Individual o doble?

—Individual está bien.

—Setenta la noche. La tarifa semanal la deja en sesenta y cinco —dijo la mujer mientras sacaba una ficha de registro—. Necesitaré una tarjeta de crédito y el DNI.

Zara le entregó su permiso de conducir y la tarjeta de crédito, y luego rellenó el formulario. La mujer estudió el carné, mirando alternativamente la foto y el rostro de Zara.

—Langley —leyó en voz alta—. Dirección de Brisbane. ¿Negocios o placer?

—Negocios —respondió Zara, sin dar más detalles.

—La entrada no es hasta las dos, pero la habitación cuatro no se usó anoche. Está lista si la quiere ya —dijo la mujer, y le devolvió el carné y pasó la tarjeta de crédito por el lector.

—Sería estupendo, gracias —dijo Zara, y cogió la tarjeta de plástico con el logotipo del motel desgastado por el uso.

——¿Algo más que necesite saber? El desayuno no está incluido, pero la cafetería de al lado del supermercado abre a las seis. El wifi es gratis, la contraseña está en la tarjeta que hay en su habitación.

—Gracias —dijo Zara—. En realidad, me preguntaba por el arroyo. ¿Hay fácil acceso desde aquí?

La expresión de la mujer cambió sutilmente.

—Hay un sendero junto al parque. Es un poco empinado, pero se puede bajar a pie. Aunque no hay mucho que ver. Solo es un arroyo.

«Solo un arroyo donde supuestamente una chica de diecisiete años se ahogó en agua que le llegaba por los tobillos». —Gracias por la información —dijo Zara en su lugar.

Inmediatamente después de salir, el calor la golpeó de nuevo; sintió que el sudor empezaba a brotar de cada poro al instante y esperó que el aire acondicionado ya estuviera encendido en su habitación. Su coche ya estaba hirviendo otra vez después de solo unos minutos al sol, y se estremeció al poner las manos sobre el volante caliente. Con premura, condujo hasta la habitación cuatro y aparcó justo delante, descargando su equipo y las maletas en dos viajes.

La habitación cumplía con sus expectativas, muy parecida a la de Childers de la noche anterior y, sin duda, a las habitaciones de motel de cualquier pequeño pueblo de carretera del país. Había una cama doble con un edredón de flores, una mesa pequeña con dos sillas, un televisor que había vivido tiempos mejores y un baño con azulejos beige y una combinación de bañera con ducha. Pero estaba limpia, el aire acondicionado funcionaba y serviría perfectamente como centro de operaciones.

Incluso había wifi de cortesía, algo que no esperaba realmente pero que agradecía. Mantendría su VPN activada siempre que la usara, por supuesto, pero al menos le evitaría agotar el plan de datos de su móvil y tener que pagar un suplemento.

Zara deshizo el equipaje, instalando su portátil en la mesa y colocando el equipo de grabación al lado. Los dos micrófonos de alta calidad, aún en sus fundas protectoras. La videocámara y el trípode. Baterías de repuesto y tarjetas SD. Su cuaderno encuadernado en cuero con las notas de su investigación sobre Iris y Salt Creek. Un mapa del pueblo que había impreso antes de salir, ya marcado con ubicaciones clave.

En el baño, se echó agua fría en la cara y levantó la vista para encontrarse con su reflejo. Unas ojeras oscuras sombreaban sus ojos, recuerdos de la noche en Childers, tanto de la tormenta como de lo que había venido después. Pero bajo el cansancio había algo que no veía en su propio rostro desde hacía meses: determinación.

Se secó la cara y volvió a la estancia principal, consultando la hora. Poco más del mediodía. Quedaba mucha luz para empezar su reconocimiento del pueblo, especialmente del arroyo. Mañana se acercaría a the Golden Horse para intentar contactar con los padres de Iris. Pero hoy se trataba de comprender la geografía, documentar el escenario y reunir las pruebas visuales que formarían el esqueleto de su primer episodio.

El maletín de su equipo atraería demasiada atención si lo arrastraba por el pueblo, pero quería llevarse parte del material. No era probable que realizara entrevistas esta tarde, pero le gustaría grabar un vídeo ambientando la escena e introduciendo el caso si podía. Cogiendo su bandolera, metió uno de sus trípodes junto con el cuaderno. Era mejor que el portátil se quedara allí, aunque lo dejó guardado bajo llave en su maletín.

Zara cogió su cámara, se guardó el móvil y la tarjeta en el bolsillo, y volvió a salir al calor de Queensland. Salt Creek esperaba para ser descubierto, y en algún lugar de este polvoriento pueblo residía la verdad sobre lo que le había ocurrido a Iris Zhang.

El calor de la tarde de domingo pesaba sobre la calle principal de Salt Creek mientras Zara la recorría de punta a punta con la cámara en la mano. Mantenía sus movimientos desenfadados, como una turista que documenta un pintoresco pueblo rural en lugar de una investigadora construyendo un caso. Aun así, sentía miradas siguiendo sus progresos desde la cafetería donde tres hombres mayores tomaban café, desde el supermercado donde una madre joven guiaba a sus hijos a través de las puertas automáticas, desde los todoterrenos aparcados con las ventanillas bajadas. En un pueblo de este tamaño, una cara nueva era como si llevara un letrero de neón intermitente.

Fotografió el pub, la ferretería y el Golden Horse Restaurant con su pintura roja desconchada y su cartel de letras doradas. Cada clic del obturador parecía un anuncio de su presencia, de sus intenciones. Un adolescente en monopatín frenó al pasar a su lado, con la curiosidad marcada en su rostro curtido por el sol.

—¿Es usted reportera o algo así? —preguntó él, y de una patada se subió la tabla a la mano.

—Solo estoy de paso —respondió Zara con una sonrisa que no revelaba nada—. Saco fotos para mis redes sociales.

Él no pareció muy convencido, pero se encogió de hombros y siguió su camino. Zara lo vio alejarse, preguntándose si tendría edad suficiente para haber conocido a Iris, para haber ido al colegio con ella. Probablemente no: Iris tendría casi treinta años si estuviera viva hoy. No obstante, tendría que tener cuidado aquí. Los pueblos pequeños tienen memorias largas y lealtades inquebrantables.

Siguió por la calle principal hasta el puente, donde los edificios daban paso a un pequeño parque situado al borde del barranco. El lugar estaba animado, con familias y niños trepando por los columpios mientras los padres se sentaban en mesas de picnic a la sombra. —«Claro», se dio cuenta. Tarde de domingo en un pueblo con pocas opciones de ocio; el parque sería el núcleo social.

Zara rodeó la zona de juegos, asintiendo cortésmente a los adultos que interrumpían sus conversaciones para verla pasar. Cerca de la parte trasera del parque encontró lo que buscaba: un estrecho sendero de tierra que desaparecía entre matorrales, serpenteando hacia abajo en el barranco. Un cartel desgastado advertía: «PRECAUCIÓN: CAMINO EMPINADO HACIA EL ARROYO».

El sendero descendía de forma pronunciada, obligándola a avanzar con cuidado entre raíces expuestas y piedras sueltas. La temperatura bajó a medida que se adentraba en el barranco, ya que las altas paredes bloqueaban el sol directo. Los arbustos autóctonos abarrotaban el camino y sus hojas le rozaban los brazos. El sudor le asomaba a la frente por el esfuerzo y la persistente humedad.

A mitad de camino, se detuvo para recuperar el aliento. Sobre ella, la pasarela de madera cruzaba el barranco; sus tablones castigados por el tiempo eran visibles a través de los huecos de las copas de los árboles. Desde este ángulo también podía ver el puente de la carretera, mucho más arriba, con vehículos cruzando de vez en cuando. El sonido de los niños jugando en el parque se había desvanecido, sustituido por el suave susurro de las hojas y el tráfico lejano.

Continuó el descenso, usando los troncos de los árboles como apoyo en los tramos más empinados. El sendero se volvía más definido al acercarse al fondo, ensanchándose en un área despejada en la base del barranco. Y allí estaba: el mismo Salt Creek.

El arroyo se extendía ante ella, de unos dos metros de ancho en ese punto, con el agua fluyendo suavemente sobre piedras lisas y redondeadas. La luz del sol penetraba en el barranco en algunos lugares, creando patrones moteados sobre el agua clara. Pero lo que le impactó de inmediato fue lo poco profundo que era; apenas cubría las piedras en la mayoría de los tramos, con pozas ocasionales un poco más hondas que podrían llegar a media pantorrilla como mucho.

Zara se quedó inmóvil, mirando el agua. ¿En *este* sitio era donde supuestamente se había ahogado una chica de diecisiete años? Sabía por los informes policiales que el agua era poco profunda, pero verlo en persona hacía que la versión oficial pareciera no ya improbable, sino absurda.

Caminó por la orilla hasta encontrar el lugar específico descrito en el informe policial, justo debajo de la pasarela de madera. Allí el agua se estancaba con algo más de profundidad en una depresión natural, pero incluso tras la lluvia de la noche anterior, no podía tener más de quince centímetros de hondo. La idea de que alguien pudiera sufrir un ahogamiento accidental en aquel lugar era ridícula.

Tras dejar su macuto sobre una roca seca, Zara se quitó las botas de montaña y los calcetines. Las piedras ardientes de la orilla le quemaban los pies descalzos hasta que se metió en el arroyo. El agua estaba sorprendentemente fría, un impacto contra su piel tras el calor del día. Apenas le llegaba a los tobillos. Agachándose, sumergió las yemas de los dedos en el agua y las olisqueó antes de probar con cautela una gota. No era salada... Curioso. ¿Cómo se había ganado Salt Creek su nombre, entonces? Se hizo una nota mental para averiguarlo, no porque fuera relevante para el caso, sino simplemente por satisfacer su propia curiosidad.

El barranco también le resultó extraño, demasiado profundo para haber sido excavado por un arroyo tan manso como aquel. ¿Habría alguna presa río arriba? De ser así, el arroyo rara vez subiría mucho más de su nivel actual. Lo cual, viendo los árboles sanos y la maleza que llegaba hasta la misma orilla del agua, parecía probable.

Abrió una de las fotos del lugar del crimen en su móvil, comprobó su posición respecto a la pasarela de madera y se dirigió con cuidado hacia el punto donde se había encontrado el cuerpo de Iris. Las piedras estaban lisas bajo sus pies, pulidas por años de agua corriente. No es que resbalaran exactamente, pero requerían atención para desplazarse con seguridad. Aun así, haría falta o una fuerza significativa o una incapacidad total para mantener el rostro de alguien sumergido allí. Una persona consciente simplemente giraría la cabeza o se incorporaría apoyando las manos.

Zara montó su trípode en el lecho del arroyo, ajustándolo para mantener la cámara nivelada a pesar de la superficie irregular, y cambió el modo de la cámara para grabar vídeo en alta definición. Encuadró la toma, grabó un pequeño clip de prueba para comprobar que el encuadre que quería la incluía a ella de pie en el agua con el puente de madera visible arriba, y luego pulsó grabar y entró en escena.

—Aquí es donde supuestamente se ahogó Iris Zhang, de diecisiete años, el 15 de octubre de 2014 —dijo, con voz firme y profesional a pesar de la rabia que crecía en su interior—. Me encuentro en el lugar exacto donde se halló su cuerpo, y el agua apenas me llega a los tobillos, a pesar de las fuertes lluvias de anoche.

Se movió ligeramente, mostrando lo fácil que era mantener el equilibrio. —Según el informe policial, Iris fue encontrada boca abajo en aproximadamente quince centímetros de agua. La investigación concluyó después de solo dos semanas con un dictamen oficial de ahogamiento accidental.

Zara se agachó, puso la mano plana sobre el lecho del arroyo y luego la levantó, dejando que el agua escurriera entre sus dedos. —La cuestión no es si Iris Zhang se ahogó. La autopsia lo confirmó. La cuestión es cómo una joven de diecisiete años, sana y atlética, pudo ahogarse accidentalmente en un agua tan poco profunda.

Terminó la grabación y luego movió la cámara para captar diferentes ángulos. Tomas abiertas que mostraban toda la anchura del arroyo, primeros planos de la profundidad del agua en comparación con su tobillo, imágenes detalladas del propio lecho. Sobre ella, la pasarela de madera proyectaba sombras rayadas sobre el agua. Grabó eso también, y luego los pilares del puente, preguntándose si Iris habría cruzado aquel puente la noche en que murió.

El rumor lejano del tráfico del puente de la carretera proporcionaba un ruido de fondo constante. De vez en cuando, le llegaban voces del parque de arriba, recordatorios de que el pueblo seguía con su rutina normal de domingo mientras ella permanecía en el lugar donde una muchacha había muerto en circunstancias imposibles.

Zara vadeó un tramo más del arroyo, documentando cada aspecto de la escena. Cada nuevo ángulo, cada medición de la profundidad del agua no hacía sino reforzar su certeza: Iris Zhang no pudo haberse ahogado aquí accidentalmente. Lo que significaba que alguien la había mantenido sumergida por la fuerza. Alguien la había matado. Y la policía o bien lo había pasado por alto por completo o lo había ignorado deliberadamente.

Mientras recogía su equipo y volvía a ponerse las botas, Zara sintió la seguridad visceral de que había encontrado una historia que debía ser contada. Ya no se trataba solo de salvar su carrera. Se trataba de hacer justicia a una chica cuya muerte había sido descartada, cuya verdad había sido enterrada tan fácilmente como su cuerpo.

Subió de nuevo por el empinado sendero, con la cámara llena de pruebas y la mente bullendo de preguntas. Salt Creek escondía un secreto, y ella tenía la intención de sacarlo a la luz, sin importar quién intentara detenerla.

El crepúsculo ya se había asentado sobre Salt Creek para cuando Zara regresó al motel, tras una breve parada en la tienda de pescado y patatas fritas para comprar algo para cenar. El calor del día persistía en las paredes de tablas de madera, a pesar del esfuerzo del aire acondicionado. Echó la llave tras de sí, dejó el macuto con cuidado sobre la mesa y movió los hombros para liberar la tensión acumulada durante la subida desde el arroyo. Aún tenía los pies húmedos dentro de las botas y la fina arenilla del camino se le había colado entre los dedos, pero apenas notaba la incomodidad. Tenía lo que necesitaba para empezar: la prueba visual de la imposibilidad que rodeaba la muerte de Iris Zhang.

Zara se quitó las botas y los calcetines, secándose los pies con una toalla pequeña del baño. Luego preparó su zona de trabajo: el portátil en el centro de la pequeña mesa, el disco duro externo conectado, la cámara vinculada mediante el cable. Sus dedos se movían con el proceso familiar de transferir archivos, mientras su mente ya organizaba la estructura narrativa de lo que sería su primer episodio.

Las imágenes empezaron a descargarse y ella vio los primeros clips en la pantalla de previsualización. Allí estaba ella, con el agua por los tobillos en el arroyo, apenas visible mientras fluía sobre sus pies. La iluminación era buena. El sol de última hora de la tarde había penetrado en el barranco con el ángulo justo, resaltando la poca profundidad del agua mientras mantenía su rostro bien expuesto. Su voz se oía clara sobre los sonidos de fondo del suave fluir del agua y el tráfico lejano: —Aquí es donde supuestamente se ahogó Iris Zhang, de diecisiete años...

Revisó los clips, marcando los segmentos más potentes. La toma general de todo el lecho del arroyo, mostrando su modesta anchura y su constante falta de profundidad. El primer plano del agua fluyendo alrededor de sus tobillos. La dramática revelación de su mano plana contra el fondo, y luego levantándola para mostrar la poca agua que había en realidad. Cada imagen se apoyaba en la anterior para crear un argumento visual innegable: nadie podría ahogarse aquí de forma accidental.

Zara abrió su software de edición; la interfaz familiar la saludó como a una vieja amiga. Hubo un tiempo en que este proceso le resultaba tan natural como respirar. Sus años produciendo Los Australianos Perdidos habían pulido sus habilidades técnicas hasta el punto de que el software parecía una extensión de sus propios pensamientos. A pesar de sus meses de baja productividad, sus dedos recordaban, volando sobre el teclado mientras montaba su narración. De vez en cuando cogía una de las patatas cada vez más frías del paquete, mordisqueándola sin saborearla realmente, demasiado absorta en su trabajo para concentrarse en la comida.

Creó un nuevo archivo de proyecto: «La Chica del Arroyo_EP01». El título se le había ocurrido mientras estaba en el agua, sintiendo las piedras bajo sus pies, mirando hacia el puente de madera por donde Iris podría haber caminado aquella noche.

Era sencillo, directo, y destacaría entre los títulos a menudo sensacionalistas del género true crime.

La edición fue tomando forma, su visión materializándose en la pantalla. Empezó con planos de situación de Salt Creek, el barranco y el propio arroyo. Luego su alocución directa a cámara, explicando los hechos básicos del caso. Intercaló estos momentos con capturas del informe policial que había obtenido, resaltando las incoherencias. La narración avanzaba hacia la pregunta central: ¿cómo podía un adolescente sano ahogarse accidentalmente en quince centímetros de agua?

Para la miniatura, abrió la carpeta que contenía la fotografía escolar de Iris. Los ojos serios de la joven de diecisiete años la miraban desde detrás de unas gafas rectangulares, tan parecidos a los ojos de la propia abuela de Zara que le provocaron un dolor casi físico en el pecho. Este no era un caso más. Esto era personal en aspectos que aún no había reconocido del todo, ni siquiera ante sí misma.

Aplicó unos sutiles ajustes a la imagen, aumentando ligeramente el contraste para asegurar que el rostro de Iris fuera claramente visible incluso como una pequeña miniatura en las plataformas de streaming. El título aparecería junto a su cara: «La Chica del Arroyo, Episodio 1: Quince centímetros». Limpio, sencillo, intrigante.

El reloj de su portátil marcaba las 22:38. Había estado trabajando durante horas sin descanso, pero el ritmo familiar de la creación la había mantenido en marcha. Ahora llegaba la parte más importante: la locución que lo uniría todo. Zara montó un micrófono en un pequeño soporte de sobremesa, colocando el filtro antipop con cuidado. Dio un sorbo al agua de la botella que había rellenado antes, se aclaró la garganta y empezó la grabación.

—Bienvenidos a *La chica del arroyo* —dijo, bajando la voz al registro profesional que había aprendido en su carrera de periodismo y perfeccionado durante años de locución. Fluida pero sin artificios, autoritaria sin ser pomposa, implicada pero controlada—. Esta es la historia de Iris Zhang y la verdad que Salt Creek no quiere que oigan.

Continuó presentando los hechos básicos del caso. Su voz se mantuvo firme al describir el dictamen oficial, y luego cambió ligeramente, dejando que su indignación aflorara al cuestionar cómo un adolescente sano pudo ahogarse en un agua que no pasaba de los tobillos. Detalló sus propias observaciones en el arroyo, las pruebas visuales que había reunido y las preguntas que seguían sin respuesta.

—En los próximos episodios, exploraremos quién era Iris Zhang, qué ocurrió la noche del 15 de octubre de 2014 y por qué la investigación sobre su muerte se cerró tan rápido con una conclusión tan inverosímil.

Zara terminó la locución en una sola toma. Escuchó la reproducción, tomando notas sobre las secciones que podrían necesitar una regrabación, pero solo encontró problemas menores que se solucionaban fácilmente con breves parches de audio.

A medida que masterizaba el sonido e integraba la narración con las imágenes, el episodio tomó su forma definitiva. Quince minutos y diecisiete segundos de contenido ajustado que presentaba el caso y establecía el misterio central: un ahogamiento que no debería haber sido posible. No era su trabajo más pulido. No contaba con asistente de investigación, ni con mezclador de sonido profesional, ni con diseñador gráfico para los títulos. Pero era fascinante. Planteaba preguntas que exigían respuestas. Hablaba por una chica que ya no podía hablar por sí misma.

A las 23:47, Zara subió el episodio terminado a su plataforma de alojamiento. Se distribuiría automáticamente a Spotify, Apple Podcasts, YouTube y todas las demás plataformas donde *Los australianos perdidos* habían prosperado antaño. Escribió una breve descripción, añadió etiquetas para optimizar las búsquedas y programó que se publicara de inmediato.

Hizo clic en «Publicar» y observó cómo se llenaba la barra de progreso. Cuando terminó, cerró el portátil y se puso de pie, estirando los músculos entumecidos tras horas de estar sentada. El cansancio la golpeó como una ola; su cuerpo por fin registraba el esfuerzo del día ahora que la concentración creativa se había disipado.

Zara se dirigió a la cama y se desplomó sobre ella vestida, demasiado agotada para cambiarse o incluso para apartar las mantas. Su móvil yacía a su lado, en silencio de momento, pero siendo potencialmente el portador de noticias cruciales por la mañana. ¿Habría un pico en sus estadísticas? ¿Sus oyentes restantes responderían a esta nueva dirección? ¿Ganaría nuevos seguidores interesados en la historia de Iris?

Las preguntas daban vueltas en su mente mientras la fatiga la arrastraba hacia el sueño. Ocho semanas de margen económico. Eso era lo que había calculado antes de salir de Brisbane. Ocho semanas antes del colapso económico total. Este episodio, este caso, la historia de esta chica, era su última oportunidad para reconstruir lo que había perdido tras el caso de las Niñas Perdidas. Pero mientras el sueño se apoderaba de ella, no fue lo que se jugaba a nivel económico lo que llenó sus pensamientos, sino los ojos serios de Iris Zhang tras sus gafas rectangulares, pidiendo la verdad, exigiendo justicia.

El día de mañana determinaría si esta apuesta salvaría su carrera o la terminaría por completo. Pero esta noche, en la tranquila oscuridad de una habitación de motel de Salt Creek, Zara había empezado a hacer lo que mejor sabía: le había dado voz a alguien que había sido silenciado. Tanto si a alguien más le importaba como si no, había en ello una satisfacción que le permitió sumirse rápidamente en un sueño profundo y sin sueños.

CAPÍTULO 4

LA ALARMA DEL MÓVIL de Zara la despertó sobresaltada a las seis. Parpadeó, desorientada, todavía vestida con la ropa de la noche anterior y con un dolor en el cuello por el ángulo forzado contra la almohada. Durante un instante no supo dónde estaba, pero de pronto todo volvió a su mente. Salt Creek. Iris Zhang. El episodio que había subido poco antes de medianoche. Alargó la mano rápidamente hacia el teléfono, silenció la alarma y abrió el panel de estadísticas con el corazón martilleándole las costillas.

Las cifras tardaban en cargar; el Wi-Fi del motel apenas podía con el tráfico de la mañana. Se incorporó frotándose el cuello, deseando que la página cargara más rápido. Cuando por fin apareció, parpadeó dos veces, convencida de que estaba leyendo mal.

Visualizaciones: 7.823 Suscriptores: +412

—¿Qué narices? —susurró. Cerró la aplicación y volvió a abrirla, asumiendo que se trataba de algún error técnico. Las cifras seguían ahí, e incluso subieron unos cuantos dígitos mientras miraba. No podía ser cierto. Su último episodio, un reportaje sobre un asesinato de los años setenta investigado a toda prisa, apenas había superado las 2.000 visualizaciones en su primera semana. ¿Y ahora tenía casi 8.000 en menos de seis horas?

Pasó a las estadísticas de YouTube, donde el crecimiento era aún más pronunciado. El algoritmo había detectado su vídeo y lo estaba promocionando agresivamente. La miniatura de la foto escolar de Iris junto al arroyo aparecía en la sección de «Tendencias» de contenido true crime.

Le temblaban ligeramente los dedos mientras bajaba hasta la sección de comentarios:

—*¡Joder, esto es IMPOSIBLE! Ni de coña fue un accidente. Me tiene enganchada.*

—*Te echábamos de menos, Zara. Nadie cuenta estas historias como tú. Esta pobre chica merece justicia.*

—*Ahora vivo en el Reino Unido, pero crecí a tres horas de Salt Creek. Recuerdo cuando pasó; nunca tuvo sentido. Gracias por investigarlo.*

—*¡Suscrito! ¿Cuándo sale el próximo episodio?*

Los comentarios caían en cascada por la pantalla, por decenas. Se desplazó rápidamente, buscando las voces críticas, las acusaciones de explotación que la habían perseguido tras el caso de Little Girls Lost. Había algunos, siempre los había, pero estaban sepultados bajo oleadas de apoyo e interacción.

Zara dejó caer las piernas por el borde de la cama y se acercó a su portátil; lo encendió para ver mejor las estadísticas. La pantalla más grande confirmó lo que le había mostrado el móvil: su contenido estaba arrasando de una forma que no ocurría desde hacía casi dos años. Las métricas subían incluso mientras las miraba. Visualizaciones, compartidos, comentarios, suscriptores.

Y lo más importante: la proyección de ingresos estimada para el mes ya había alcanzado los 1.200 dólares solo con este episodio. Si el crecimiento continuaba aunque fuera a la mitad de ese ritmo, podría llegar a los 5.000 dólares o más ese mes. El pago de la hipoteca. Las facturas. Comida que no fuera ramen o la lata de atún más barata.

Sin darse cuenta, se llevó la mano al pecho y presionó el esternón, donde un nudo de tensión se había instalado desde hacía meses. Seguía allí, pero ahora estaba más flojo, como si alguien hubiera empezado a deshacer las primeras hebras.

Abrió el panel de su plataforma de streaming, donde la versión en podcast de audio mostraba un crecimiento similar. Las descargas estaban en 6.435 y subiendo a buen ritmo. Las métricas de interacción indicaban que la gente escuchaba el episodio completo, sin abandonarlo a la mitad. Era la retención más alta que había visto desde... bueno, desde antes de aquello.

Sus notificaciones de Patreon mostraban quince nuevos suscriptores en las últimas seis horas, cada uno comprometiéndose a un apoyo mensual de entre 5 y 25 dólares. Tres antiguos mecenas habían regresado, dejando mensajes:

—*Qué alegría tenerte de nuevo en forma. Este caso necesita a alguien como tú.*

—*Nunca perdí la fe. Esta es la Zara Langley a la que he apoyado desde el principio.*

—*Toma mi dinero. Necesito saber qué le pasó a Iris.*

Zara se reclinó en la silla. Validación. Después de meses de cifras menguantes, pánico económico y de preguntarse si su carrera había terminado, ahí tenía la prueba concreta de que aún conservaba su audiencia. De que su voz seguía importando. De que no había perdido aquello que la hacía buena en su trabajo.

Pero no se trataba solo de ella. La gente se estaba interesando por la historia de Iris. Se hacían las mismas preguntas que se había hecho ella mientras estaba con el agua por los tobillos en aquel arroyo. ¿Cómo podía ahogarse una chica sana de diecisiete años en quince centímetros de agua de corriente lenta? ¿Por qué se cerró la investigación tan rápido? ¿Qué pasó de verdad aquella noche?

Abrió su libreta y empezó a anotar reacciones, dudas planteadas en los comentarios que ella no había considerado y conexiones hechas por los oyentes que podrían abrir nuevas vías de investigación. Esto era lo que más había echado de menos: el aspecto colaborativo de los podcast de true crime, el modo en que una audiencia entregada se convertía en un equipo de investigación extendido, ofreciendo perspectivas e información que ella quizá nunca habría descubierto sola.

El móvil vibró con un mensaje de Dev:

—*Acabo de escucharlo. Es brillante. La sección de comentarios echa humo. ¡Has vuelto!*

Ella sonrió, conmovida por su entusiasmo y apoyo. Le respondió:

—*Gracias. Aún es pronto, pero la cosa promete.*

Volvió a centrar su atención en las estadísticas; los números seguían subiendo. No era el típico pico inicial que acompaña a un nuevo lanzamiento; esto tenía el patrón inequívoco de contenido que se comparte más allá de su audiencia habitual. El algoritmo la estaba empujando y la gente respondía.

Más importante aún: estaban respondiendo a Iris. A la injusticia fundamental de que la muerte de una chica joven de origen chino-australiano se descartara con tanta ligereza. A la evidencia visual que hacía que el dictamen oficial resultara imposible de creer. A esos ojos serios tras las gafas rectangulares que parecían mirar directamente a los espectadores, pidiendo ayuda.

Zara se puso en pie y se desperezó; sentía el cuerpo aún rígido por el esfuerzo de ayer al bajar y subir el barranco. Fue al pequeño baño del motel y se echó agua fría en la cara. En el espejo, su reflejo se veía distinto al de ayer. Los ángulos marcados de sus pómulos seguían ahí, al igual que los rastros del estrés y de un presupuesto de comida limitado. Pero sus ojos habían cambiado. La chispa de determinación que había sentido ayer se había convertido en algo más fuerte, más seguro.

Tenía que ser cautelosa. Este éxito temprano no garantizaba nada. Ya había sentido este impulso antes con otros casos, solo para toparme luego con muros, callejones sin salida y resistencia. Salt Creek era un pueblo pequeño con mucha memoria. Si había un secreto oculto, el pueblo lo había guardado durante diez años. No lo entregarían fácilmente.

Pero, por primera vez en dos años, Zara sintió el viento a favor en lugar de en contra. Tenía impulso. Tenía audiencia. Y en el horizonte empezaba a vislumbrarse un respiro económico.

Lo más importante: tenía la historia de Iris que contar. Y si las primeras seis horas servían de indicativo, la gente estaba lista para escuchar.

Regresó al portátil y abrió el documento donde había empezado a planificar el siguiente episodio. La estructura básica estaba ahí, pero ahora añadió notas de los comentarios, preguntas que investigar y ángulos que explorar. Hoy tendría que averiguar más sobre el propio Salt Creek, sobre la historia del arroyo y sobre cómo reaccionó el pueblo ante la muerte de Iris. Y necesitaba encontrar una forma de acercarse a la familia Zhang, de ganarse su confianza, de asegurarse de que contaba la historia de su hija de una forma que honrara su memoria en lugar de explotarla.

Los dedos de Zara se movían por el teclado con confianza y seguridad. El impulso de una historia que empieza a arder. Esto era lo que le faltaba. Esto era lo que mejor sabía hacer.

Por Iris. Por ella misma. Por la verdad que alguien en este pueblo no quería que se contara.

La biblioteca pública de Salt Creek compartía edificio con la oficina de correos del pueblo, una construcción de ladrillo de la época de la federación con ventanales altos y escalones de piedra desgastados que conducían a unas puertas dobles. Zara subió esos peldaños poco después de la hora de apertura a las nueve, con la libreta y el portátil en su maletín, lista para indagar en la historia del pueblo. Las búsquedas en internet le habían proporcionado información básica, pero los archivos locales guardarían los detalles contextuales que necesitaba para comprender no solo el arroyo en sí, sino la comunidad construida a su alrededor. Entender la geografía y la historia era su prioridad; podría explicar por qué una chica de diecisiete años acabó en un arroyo al anochecer y por qué nadie cuestionó su supuesto ahogamiento accidental en treinta centímetros de agua.

En el interior, la biblioteca era agradablemente fresca; los ventiladores de techo giraban perezosamente sobre las filas de estanterías. El espacio olía a papel y a cera para muebles, ese aroma distintivo de biblioteca que trasciende cualquier lugar. Pese a su reducido tamaño, el local se veía bien cuidado y organizado, con un rincón infantil alegrado con pufs de colores, una hilera de cuatro ordenadores públicos y una sección de historia local destacada cerca del mostrador de recepción.

Tras dicho mostrador se encontraba una mujer de unos sesenta años, con el cabello plateado cortado en una melena corta impecable y gafas de lectura que colgaban de una cadena de cuentas alrededor del cuello. Levantó la vista cuando la puerta se cerró tras Zara, regalándole una sonrisa acogedora.

—Buenos días —dijo, con la calidez característica de alguien que disfruta de verdad el trato con los demás—. No la había visto antes por aquí. ¿Está de paso?

—Voy a quedarme un tiempo en el pueblo —respondió Zara acercándose al mostrador—. Estoy investigando. Esperaba poder aprender algo más sobre la historia de la zona.

La sonrisa de la mujer se ensanchó. —Bueno, ha venido al lugar indicado. Soy Esther, la bibliotecaria de aquí desde hace veintisiete años. Conozco este pueblo mejor que la mayoría de los que han nacido aquí. —Extendió la mano y Zara se la estrechó—. La historia local es mi especialidad. ¿Qué le interesa exactamente?

—Soy Zara. Para empezar, tengo curiosidad por saber de dónde viene el nombre del arroyo. En realidad no es salado, al menos no en la parte de donde tomé una muestra ayer.

A Esther se le iluminaron los ojos, claramente encantada de compartir sus conocimientos. —Tiene razón, no es salado a su paso por el pueblo. El nombre viene de más abajo, a unos dos kilómetros pasado el barranco. Hay una pequeña cascada allí y, por debajo, el agua corre por una llanura aluvial que se extiende hasta el estuario. Las mareas altas empujan la sal arroyo arriba. La finca ganadera original que dio nombre al pueblo se estableció allí abajo en 1862, y el ganado pastaba en las fértiles llanuras aluviales.

Salió de detrás del mostrador e indicó a Zara que la siguiera hasta una vitrina de cristal que contenía fotografías antiguas.

—Aquí está la propiedad original —dijo señalando una imagen en sepia de una tosca estructura de madera junto al arroyo—. Fue destruida por un ciclón en 1937, pero para entonces ya se había construido un puente sobre el barranco aquí arriba para que pasara una carretera en condiciones, y el municipio había empezado a crecer aquí, en el punto de cruce.

Zara analizó la fotografía, percatándose de lo distinto que se veía el arroyo. Más ancho, con una corriente más rápida. —El barranco parece demasiado profundo para que el arroyo actual lo haya formado —observó—. ¿Era más caudaloso en el pasado?

—Exactamente —asintió Esther con aprobación—. Buena observación. El arroyo solía ser mucho más importante antes de que construyeran la presa Blackwell río arriba en 2001. Un proyecto de gestión hídrica para proteger las tierras de cultivo de las inundaciones durante la estación húmeda. Ahora el arroyo solo fluye de verdad cuando hay descargas de agua de la presa.

Zara sacó su libreta y anotó los detalles. —¿Así que el arroyo solo se ha desbordado un par de veces desde entonces?

—Eso es. Solo cuando tenemos un clima ciclónico que les obliga a realizar una gran descarga de agua de la presa. La última vez fue en 2011; se llevó la vieja pasarela de madera y tuvieron que reconstruirla. Por lo demás, está casi siempre como lo ve ahora. Un hilillo de agua la mayor parte del año.

Esto confirmaba lo que Zara sospechaba. El arroyo donde supuestamente se había ahogado Iris no es que estuviera poco profundo aquel día en concreto, es que era poco profundo por diseño, controlado por la presa río arriba, y rara vez alcanzaba una profundidad significativa salvo durante las descargas de agua controladas o fenómenos meteorológicos extremos.

—¿Hubo algún fenómeno meteorológico inusual en octubre de 2014? —preguntó, manteniendo un tono casual.

Esther frunció un poco el ceño. —¿Octubre de 2014? Déjeme pensar... No, habría sido el clima típico de primavera. Días cálidos, quizá alguna tormenta ocasional por la tarde, pero nada de ciclones en esa época del año.

—¿Entonces el arroyo habría estado más o menos como lo vi ayer? Poco profundo, con el agua corriendo apenas sobre las piedras.

—Sí, así es. Solo un flujo suave en esa época, a menos que hubiera una descarga de agua específica de la presa, algo que anuncian con antelación. —Esther se dirigió a un estante en un rincón de la biblioteca que parecía poco transitado y recuperó un pesado archivador rotulado como «Geografía local y registros meteorológicos»—. Puedo comprobar si hubo alguna descarga programada, si quiere.

—Me sería de gran ayuda —dijo Zara.

Esther hojeó el archivador hasta encontrar la página correspondiente a 2014. Su dedo recorrió la columna de fechas. —No, nada en octubre. Hubo una pequeña descarga a principios de diciembre, pero octubre fue completamente normal.

Zara asintió mientras tomaba otra nota. Aquello era importante. Una confirmación oficial de que el arroyo estaba en su estado habitual, poco profundo, la noche en que murió Iris. La imposibilidad de un ahogamiento accidental cobraba más fuerza con cada nuevo dato.

—Esto es fascinante —dijo—. En realidad, estoy trabajando en un podcast sobre el pueblo y me gustaría incluir parte de este contexto histórico. —Hizo una pausa, observando con atención la expresión de Esther antes de añadir—: Me interesa especialmente lo que le ocurrió a Iris Zhang.

El cambio fue inmediato y drástico. La expresión abierta y amable de Esther se esfumó, como si le hubieran dado un portazo en las narices. Se le tensaron los hombros, apretó los labios y cerró el archivador con una contundencia desproporcionada para una acción tan simple.

—Oh, no nos gusta mucho hablar de eso —dijo, con un tono notablemente más frío—. Fue hace mucho tiempo. Un accidente terrible, por supuesto, pero regodearse en esas cosas no le hace bien a nadie.

Zara mantuvo el rostro inexpresivo pese a las alarmas que empezaron a sonarle por dentro. —Entiendo que pueda ser difícil, pero como periodista, me interesa dar voz a historias que podrían haberse pasado por alto.

—No se pasó por alto —la interrumpió Esther, devolviendo el archivador a su estante—. La policía investigó y determinó que fue un accidente. La pobre chica resbaló, se golpeó la cabeza y se ahogó. Estas cosas pasan. —Se puso a ordenar libros y carpetas que no necesitaban orden alguno, evitando mirar a Zara a los ojos.

—Pero en quince centímetros de agua...

—Lo siento —le cortó Esther de nuevo—, pero tengo tareas de catalogación que hacer esta mañana. Es bienvenida a echar un vistazo a nuestra sección de historia local. —Hizo un gesto vago hacia las estanterías—. Todo está claramente etiquetado.

Zara probó con otro ángulo. —¿Conoció usted a Iris personalmente? ¿O a su familia?

—Todo el mundo se conoce en un pueblo de este tamaño —respondió Esther; una obviedad que servía para no contestar—. Ahora, si me disculpa. —Se retiró al mostrador principal, sacó un montón de fichas y se concentró en ellas.

Era un despido en toda regla. Zara le dio las gracias por la información histórica y se dirigió a la sección de historia local como le habían sugerido, pero la reacción de Esther le había dicho más de lo que probablemente encontraría en cualquier libro de aquellas estanterías. El comportamiento de la mujer se había transformado por completo al mencionar a Iris Zhang, pasando de entusiasta historiadora local a hermética guardiana del fuerte en cuestión de segundos.

Zara curioseó en los estantes durante otros veinte minutos y encontró algunos libros sobre el desarrollo del pueblo, pero ninguno mencionaba la muerte de Iris. Nada sorprendente para la biblioteca de un pueblo pequeño. Cuando se disponía a marcharse, lanzó una mirada a Esther, que ahora ayudaba a un anciano con una amabilidad que no dejaba ni rastro de su frialdad anterior.

Ya fuera, en los escalones de la biblioteca, Zara se detuvo para terminar sus notas. La reacción de Esther confirmaba lo que sospechaba: este pueblo había decidido colectivamente no hablar de lo que le pasó a Iris Zhang. Ya fuera por culpa, por complicidad o por un simple deseo de pasar página, el silencio era deliberado y se imponía a rajatabla.

Lo cual solo hacía que Zara estuviera más decidida a romperlo.

Salties estaba medio lleno cuando Zara llegó para cenar. La clientela del lunes por la noche era una mezcla de lugareños que se relajaban tras el trabajo y algunos viajeros de paso. El interior del pub iba a juego con su fachada desgastada: suelos de madera pulidos por décadas de pisadas, paredes cubiertas de fotos descoloridas de equipos deportivos locales y un aire denso con olor a cerveza y comida frita. Zara eligió una mesa en una esquina que le permitía ver bien la entrada y mantener la espalda contra la pared, un hábito adquirido tras años de labor de investigación. Pidió un pollo a la parmesana hawaiano que el camarero prometió que era «el mejor a este lado de Bundy», y luego sacó el móvil para comprobar sus analíticas de nuevo, una compulsión de la que no se había podido librar en todo el día.

Las cifras habían seguido su trayectoria ascendente. Las visualizaciones superaban ya las 32.000, con comentarios que se contaban por cientos. Lo más importante: los ingresos previstos para el mes habían superado los 5.000 dólares, una cifra que le produjo a Zara una sensación física de alivio tan profunda que casi la marea. La letra de la hipoteca. Las facturas. La comida. La próxima renovación del permiso de circulación del coche. Podría cubrirlo todo y aún le sobraría para continuar la investigación.

Llegó su pollo a la parmesana, acompañado de una montaña de patatas fritas y una pequeña guarnición de ensalada. Zara dio las gracias al camarero y probó un bocado, sorprendida de lo bueno que estaba mientras la piña dulce se deshacía en su boca. No se había dado cuenta del hambre que tenía; el desayuno había sido una barrita de cereales y el almuerzo un sándwich apresurado en la pequeña cafetería cerca de la biblioteca. Comió despacio, saboreando cada bocado mientras seguía revisando los comentarios en su móvil, tomando notas mentales de las preguntas que debía abordar en el próximo episodio.

Iba por la mitad de la comida cuando el ambiente del pub cambió sutilmente. Las conversaciones bajaron de volumen y las cabezas se giraron hacia la entrada. Zara levantó la vista para ver a qué se debía el cambio.

Una mujer joven estaba en el umbral, recorriendo la sala con la mirada. No tendría ni treinta años, pensó Zara, pero se movía con la compostura segura de alguien mucho mayor. Su pelo rubio miel le caía en ondas perfectas hasta los hombros, claramente peinado en peluquería. Llevaba unos pantalones de lino oscuro que probablemente costaban más que toda la ropa de Zara, combinados con una blusa de seda en un azul suave que hacía juego con sus ojos y unas discretas joyas de oro. Elegancia cara pero no ostentosa; el tipo de informalidad sofisticada que requiere mucho dinero para lograrse.

Lo que más llamó la atención de Zara no fue solo el aspecto impecable de la mujer, sino la reacción que provocaba. El camarero buscó de inmediato la que a todas luces era su bebida de siempre. Los hombres se enderezaron un poco y las mujeres cambiaron la expresión. No era miedo exactamente, sino deferencia. El tipo de respeto que se reserva para alguien con influencia.

La mujer saludó con la cabeza a varios parroquianos, intercambiando breves cortesías mientras se dirigía a la barra. Entonces su mirada se posó en Zara, el rostro desconocido, la forastera, y algo centelleó en su expresión. ¿Reconocimiento, tal vez? Interés, sin duda. Sin vacilar, cambió de dirección.

—Usted debe de ser la podcaster de la que todo el mundo habla —dijo al llegar a la mesa—. Soy Kirsty Cannon, concejala del condado de Salt Creek. ¿Le importa si me siento? —Señaló la silla vacía frente a Zara.

La pregunta era un mero formulismo; ya estaba sacando la silla. Zara asintió mientras tragaba un bocado. —Zara Langley —respondió, limpiándose la mano en la servilleta de papel antes de tenderla.

El apretón de manos de Kirsty fue firme y breve; tenía la mano fresca y seca a pesar del calor del pub. —Hoy me han hablado de su podcast varios residentes preocupados —dijo, acomodándose en la silla—. La Chica del Arroyo, ¿verdad? Sobre Iris Zhang.

Así que la voz se había corrido rápido. Nada sorprendente en un pueblo así, pero Zara se preguntó exactamente qué «residentes preocupados» habían acudido a una concejala con tanta presteza. ¿Habría cogido Esther, la bibliotecaria simpática, el teléfono en cuanto Zara salió por la puerta?

—Exacto —confirmó Zara, dejando el tenedor—. Estoy investigando las circunstancias de su muerte. El dictamen oficial nunca me ha cuadrado.

La expresión de Kirsty cambió a una de compasión ensayada, una mirada que Zara había visto en los rostros de los políticos durante las ruedas de prensa. —Fue una tragedia terrible. Iris y yo éramos mejores amigas, ¿sabe? Sigo pensando en ella todo el tiempo.

¿Mejores amigas? Zara mantuvo el rostro neutral pese a la chispa de interés que prendió en ella al instante. Aquello era un giro inesperado. Acceso directo a alguien que, supuestamente, había conocido bien a Iris.

—Debió de ser increíblemente difícil para usted —dijo Zara, observando a Kirsty con atención—. Me encantaría que alguien que la conoció personalmente me hablara de ella.

—Era maravillosa —dijo Kirsty, con la mirada perdida hacia la distancia, aunque no llegaba a transmitir una emoción real—. Tan inteligente, tan talentosa. Todos sabíamos que llegaría lejos.

Zara asintió, animándola a dar detalles más concretos. —¿Qué clase de talentos tenía? ¿Qué le apasionaba?

Hubo una ligera vacilación, casi imperceptible, pero Zara la captó. —El arte, principalmente. Era muy creativa. Siempre estaba trabajando en proyectos. —Kirsty hizo una pausa y luego cambió de tema—. En realidad, por eso quería hablar con usted. Me preocupa el impacto que su podcast pueda tener en la familia Zhang. Ya han pasado por mucho, y que se remueva todo esto de nuevo después de tantos años...

La transición fue sutil, pero a Zara le saltaron las alarmas. Kirsty estaba esquivando el tema, alejándose de los detalles específicos sobre Iris.

—¿Ha hablado con los Zhang hace poco? ¿Cómo están? —preguntó Zara, movida por la curiosidad y por poner a prueba el supuesto vínculo de Kirsty.

—Los veo por el pueblo de vez en cuando. Casi siempre van a lo suyo, centrados en su restaurante. —Otra respuesta genérica—. Pero reabrir esta herida no les ayudará a sanar. A veces, preocuparse por alguien significa protegerlo de un dolor que no necesita revivir.

La frase sonaba ensayada, como si Kirsty la hubiera preparado antes de acercarse a ella. Zara tomó un sorbo de cerveza, sopesando su siguiente pregunta con cuidado.

—¿Cómo era Iris como persona? Más allá de su talento, quiero decir. ¿Qué querría que la gente supiera sobre su mejor amiga?

Kirsty sonrió, pero la expresión no le llegó a los ojos. —Era amable. Atenta. El tipo de amiga que recordaba cada cumpleaños, que se daba cuenta de si tenías un mal día.

Clichés genéricos que podrían aplicarse a cualquiera. El radar de mentiras de Zara empezó a pitar.

—¿Tenía algún plan concreto para la universidad? Tengo entendido que iba a solicitar el ingreso anticipado. —Estaba presionando, buscando grietas en la fachada impecable de Kirsty, pero no sabía lo suficiente sobre la mujer para saber dónde apretar.

—Sí, estaba muy motivada académicamente —respondió Kirsty, de nuevo con esa vacilación mínima—. Iba a echar la solicitud en varios sitios. Todos esperábamos que le fuera bien fuera a donde fuera.

Ni una mención al Queensland College of Art que constaba específicamente en el informe policial. Ni anécdotas personales. Ni un solo recuerdo específico de los que una mejor amiga tendría de sobra.

—¿Por qué cree que estaba en el arroyo esa noche? —preguntó Zara, pasando a un enfoque más directo.

La postura de Kirsty se tensó ligeramente. —No creo que ninguno de nosotros llegue a saberlo con certeza. Estaba oscuro, puede que estuviera tomando un atajo. Fue un accidente terrible.

—¿En quince centímetros de agua?

—Los accidentes ocurren de las formas más inesperadas —respondió Kirsty, con un tono algo afilado bajo su barniz de cortesía—. Pudo resbalar y golpearse la cabeza. La investigación policial fue exhaustiva.

¿Una investigación de dos semanas que ignoró la imposibilidad física del escenario? Zara lo dudaba mucho.

—Como su mejor amiga, ¿notó algo inusual en los días previos a su muerte? ¿Mencionó alguna preocupación o conflicto?

La sonrisa de Kirsty permaneció fija, pero algo se endureció en sus ojos. —Iris era una adolescente normal con preocupaciones de adolescente normales. No hubo nada inusual. —Miró su reloj—. Debería dejar que termine su cena. Solo quería presentarme y expresarle mi preocupación por cómo este podcast podría afectar a nuestra comunidad. —Se puso en pie y se alisó la chaqueta—. Salt Creek es un pueblo muy unido. Aquí solemos cuidarnos los unos de los otros. Espero que lo tenga en cuenta mientras continúa con su... proyecto.

Las palabras eran educadas, pero el trasfondo de advertencia resultaba inconfundible. Zara le sostuvo la mirada. —Siempre tengo en cuenta el impacto de mi trabajo. Especialmente en aquellos que merecen que su historia se cuente con rigor.

Algo cruzó el rostro de Kirsty —molestia, tal vez, o preocupación— antes de que recompusiera su sonrisa de política. —Ha sido un placer conocerla, Zara. Disfrute de su estancia en Salt Creek. —Se dio la vuelta y caminó hacia la barra, entablando conversación de inmediato con un grupo de hombres que se irguieron al verla acercarse, con expresiones de atento respeto.

Zara la observó un momento y luego sacó su cuaderno para anotar las impresiones mientras estaban frescas:

Kirsty Cannon: afirma ser la mejor amiga de Iris, pero solo ha dado detalles genéricos. Sin recuerdos específicos. No mencionó el QCA específicamente al preguntarle por los planes universitarios. Lenguaje corporal tenso al presionarla. Ha pasado rápido al tema de «preocupada por la familia». La advertencia sobre que en el pueblo suelen «cuidarse los unos de los otros» ha sonado amenazante. Hay algo que no encaja en absoluto con la mejor amiga preocupada.

Subrayó la última frase dos veces y luego dio el último bocado a su pollo a la parmesana, ya frío. Kirsty Cannon acababa de pasar al primer puesto de su lista de personas a investigar a fondo.

Capítulo 5

La comisaría de Salt Creek se alzaba al final de la calle principal, un edificio de ladrillo de una sola planta que parecía más una clínica dental de los años setenta que una sede de las fuerzas del orden. Zara empujó la puerta de cristal y el cambio del sofocante calor del mediodía al frío del aire acondicionado le puso la piel de gallina en los brazos. Su camisa de algodón, húmeda por el sudor del breve paseo desde el motel, se sintió de repente fría contra su piel.

La zona de recepción confirmó su impresión de clínica dental: suelo de linóleo desgastado de un beige institucional, paredes pintadas en un tono crema que había amarilleado con el tiempo y un ventilador de techo que giraba tan despacio que parecía estar marcando el paso del tiempo más que moviendo el aire. En la pared colgaba un cartel sobre la violencia doméstica, con las esquinas curvadas hacia dentro y el número de la línea de ayuda borrado por años de luz solar. La sala olía a papeleo viejo y a limpiador industrial.

Detrás de un tabique protector de cristal, una mujer de unos cincuenta años levantó la vista de la pantalla de un ordenador. Su uniforme de la Queensland Police parecía quedarle una talla grande, colgando de sus estrechos hombros, pero su expresión era alerta, vigilante.

—Buenos días. ¿En qué puedo ayudarla? —preguntó con voz profesionalmente neutra.

Zara se acercó al mostrador, irguiéndose. —He venido a ver a alguien para acceder a los archivos del caso de Iris Zhang.

La expresión de la mujer no cambió, pero algo en su mirada se agudizó. —¿Tiene cita?

—No, pero llamé ayer y me dijeron que alguien estaría disponible para hablar conmigo esta mañana.

La recepcionista la estudió un momento más. —¿Nombre?

—Zara Langley.

La mujer asintió y cogió un teléfono. Se dio media vuelta, hablando en voz baja, con palabras que Zara no alcanzó a distinguir. Tras un breve intercambio, colgó y se volvió hacia ella.

—El sargento detective Pennell la recibirá en breve. Tome asiento, por favor.

Zara asintió en agradecimiento y se dirigió a una de las sillas de plástico alineadas contra la pared. El vinilo estaba agrietado y le faltaba un trozo en una esquina, dejando al descubierto la espuma de debajo. Se sentó en el borde, se puso el bolso en el regazo y sacó su cuaderno y su grabadora digital.

Comprobó el nivel de batería de la grabadora. Llena. La probó con un susurro —Probando, uno, dos, tres...— antes de detener la grabación y borrar el archivo de prueba. Tenía las palmas de las manos húmedas a pesar del aire acondicionado. Esta reunión era importante. Obtener acceso a los archivos oficiales le daría detalles críticos que la base de datos pública había omitido. Fotos de la autopsia. Transcripciones de las entrevistas. Las notas del agente encargado del caso. Todas las piezas que necesitaba para entender cómo se había dictaminado un ahogamiento accidental en quince centímetros de agua.

Hojeó su cuaderno hasta la página donde había preparado las preguntas. La clave estaba en empezar de forma profesional, sin confrontaciones. Solicitar el acceso a los archivos como una periodista que investiga un caso abierto. Explicar sus credenciales. Solo si la presionaban mencionaría las imposibilidades físicas del dictamen oficial.

Zara miró su reloj. Habían pasado diez minutos. Aprovechó el tiempo para ensayar su planteamiento. —Estoy investigando las circunstancias que rodearon la muerte de Iris Zhang para un pódcast documental. Me gustaría solicitar el acceso a los archivos del caso bajo la Ley de Derecho a la Información.

Formal. Profesional. Sin acusaciones, solo una petición rutinaria que sería difícil de denegar de plano, sobre todo teniendo en cuenta que el caso estaba oficialmente cerrado.

El sonido de una puerta al abrirse atrajo su atención. Levantó la vista, esperando a un estereotipo de poli de pueblo. Mayor, barrigudo, despectivo.

Pelo oscuro, un poco demasiado largo. Ojos gris azulados. Una camisa impecable, pero ligeramente arrugada, como si la hubiera llevado puesta todo el día a pesar de ser solo media mañana.

El hombre de Childers.

Sus miradas se cruzaron, y una sorpresa mutua cruzó ambos rostros. El desconocido sin nombre con el que había pasado la noche era el sargento detective Garrett Pennell. Precisamente el agente al que tenía que convencer para que le diera acceso a los archivos de Iris Zhang.

Durante un terrible momento de suspensión, ninguno de los dos se movió. El ventilador de techo continuó su rotación perezosa, un reloj en la pared hacía tictac y, en algún lugar de otra habitación, un teléfono sonaba sin que nadie lo cogiera. Todo lo demás pareció congelarse mientras su historia compartida flotaba en el aire entre ellos.

Vio el reconocimiento en sus ojos, seguido rápidamente por la alarma, la incredulidad y, tal vez, un destello del mismo calor que habían generado juntos en aquella habitación de motel. Su garganta se movió al tragar saliva.

Entonces su rostro cambió. El desconcierto desapareció, sustituido por una expresión cuidadosamente inexpresiva. Enderezó los hombros y su postura cambió a algo más formal, más distante.

—¿Señorita Langley? —dijo él, sin que su voz traicionara nada de lo que acababa de pasar entre ellos. Si la recepcionista había notado su parálisis momentánea, no dio señales de ello, con la atención de nuevo en la pantalla de su ordenador.

Zara se aclaró la garganta, forzando su propia expresión a la neutralidad. —Sí. ¿Sargento detective Pennell?

Él asintió una vez, manteniendo la puerta abierta. —Por aquí, por favor.

Recogió su bolso, el cuaderno y la grabadora, muy consciente de cada movimiento. Sintió las piernas desconectadas del cuerpo mientras se levantaba y caminaba hacia él. Al cruzar el umbral, lo suficientemente cerca como para percibir el aroma de su loción para después del afeitado, su mente voló a su boca contra su clavícula, a sus manos sobre su piel. Fulminó el pensamiento.

La puerta se cerró tras ellos. Lo que fuera que hubiese pasado en Childers pertenecía ahora a una realidad alternativa, una que ambos tendrían que fingir que nunca había existido.

La sala de entrevistas era pequeña y sin ventilación, con las paredes beige vacías, a excepción de un espejo unidireccional y un reloj que hacía un tictac demasiado fuerte. Una planta en una maceta, medio muerta, languidecía en una esquina, con las hojas polvorientas y descuidadas. Garrett señaló la silla de metal frente a él con movimientos formales, como si se conocieran por primera vez. Zara se sentó y colocó su grabadora y su cuaderno sobre la mesa entre ellos, una frágil barricada contra la imposible intimidad de la situación.

—¿Le importa si grabo esta conversación? —preguntó ella, con la voz más firme de lo que se sentía.

—No será necesario —respondió Garrett, cortante y profesional—. Se trata de una charla informal, no de una entrevista oficial.

Ella se fijó en lo cuidadosamente que colocaba las manos sobre la mesa. Planas, controladas, sin agitarse. El anillo de boda que ella había notado que faltaba en Childers seguía sin estar. No estaba casado, entonces. Solo un hombre que había elegido pasar una noche con una extraña durante una tormenta. Un hombre que ahora se sentaba frente a ella como un obstáculo para su investigación.

—Lo entiendo, pero prefiero tener un registro preciso.

—Como desee, entonces. —Se encogió de hombros.

Encendió la grabadora e indicó la fecha, la hora y los participantes para que constara en el registro. Garrett la observaba con expresión indescifrable, pero ella notó cómo se le tensaba ligeramente la mandíbula.

—Para que conste —dijo él en cuanto ella terminó de hablar—, no doy mi consentimiento para que ninguna parte de esta grabación se retransmita de forma alguna. Esta reunión es de cortesía y no forma parte de ningún registro oficial.

Listo, pensó ella. —Entendido —dijo en voz alta—. Y acepto que ninguna parte de esta conversación sea retransmitida. Esto es solo para mis notas personales.

—Entonces, ¿en qué puedo ayudarla hoy, señorita Langley? —La formalidad de su trato era deliberada. Un muro.

Zara se lanzó a su petición ensayada. —Estoy investigando las circunstancias que rodearon la muerte de Iris Zhang para un pódcast documental. Me gustaría solicitar el acceso a los archivos completos del caso bajo la Ley de Derecho a la Información.

—Conozco su podcast —dijo él—. Escuché su primer episodio anoche en Spotify.

Spotify. La versión solo de audio. Así que no había visto las imágenes de vídeo de ella en el arroyo, demostrando la escasa profundidad del agua. Eso explicaba su sorpresa al verla, al menos.

—Entonces comprenderá por qué me interesa revisar los archivos completos —continuó ella—. La base de datos pública solo ofrece una fracción de la información.

Garrett se echó un poco hacia atrás, con la postura rígida. —El caso se investigó a fondo y se cerró hace más de una década. El dictamen oficial fue ahogamiento accidental.

—¿En quince centímetros de agua? —La pregunta escapó antes de que pudiera moderar su tono.

Sus ojos se encontraron directamente con los de ella por primera vez desde que se habían sentado. Un error, tal vez, porque algo pasó entre ellos, una corriente de recuerdo compartido que ninguno de los dos podía reconocer.

—Los accidentes ocurren de formas inesperadas —dijo él, imitando las palabras de Kirsty Cannon de la noche anterior con tanta exactitud que Zara se preguntó si la frase formaba parte del guion acordado por el pueblo.

Garrett alargó la mano para coger un bolígrafo de la mesa y sus dedos rozaron los de ella. Se retiró como si se hubiera quemado y luego compensó el gesto cogiendo el bolígrafo con una naturalidad deliberada. Pero ella había visto el sobresalto en su mano, el tropiezo casi imperceptible en su respiración.

—He visitado el lugar —dijo ella, moviéndose ligeramente en su silla mientras él se inclinaba hacia delante—. He documentado la profundidad del arroyo, el flujo del agua, el terreno. Físicamente, el relato oficial no cuadra.

—Los niveles de agua cambian. Está viendo el lugar más de una década después.

—La Blackwell Dam regula el nivel del agua desde 2001. Según los registros locales, no hubo vertidos inusuales ni fenómenos meteorológicos en octubre de 2014. El arroyo estaba como ahora. Poco profundo, apacible, ni siquiera llegaba a los tobillos en la mayoría de los sitios.

Algo parpadeó en su expresión. Sorpresa, quizá, por el hecho de que ella hubiera investigado tan a fondo. La unidad de aire acondicionado en la esquina chisporroteó, luchando contra la humedad que presionaba desde el exterior.

—Está reabriendo viejas heridas sin motivo —dijo él, ahora más bajo—. La familia Zhang ya ha sufrido bastante como para que la muerte de su hija se convierta en entretenimiento.

La acusación dolió, tal como él pretendía. —Esto no es por entretenimiento. Es por la verdad. Una chica de diecisiete años no pudo ahogarse accidentalmente en quince centímetros de agua.

—Usted no sabe qué pasó esa noche.

—Y usted tampoco, al parecer, si se cree el dictamen oficial.

Sus ojos se entrecerraron ante el desafío. Se inclinó hacia delante y el aroma de su loción llegó hasta el otro lado de la mesa. Zara se obligó a no reaccionar, a no mostrar ninguna señal de que recordaba cómo aquel aroma se había mezclado con la lluvia sobre su piel.

—Llevo catorce años en el cuerpo de policía —dijo él—. Entiendo cómo ocurren los accidentes, lo rápido que pueden torcerse las cosas.

—Y yo llevo doce años siendo periodista —replicó ella—. Entiendo cuándo algo no tiene sentido.

Se miraron fijamente, con un antagonismo profesional que apenas enmascaraba la aguzada conciencia de la proximidad del otro. Él llevaba las mangas remangadas hasta los codos, dejando a la vista unos antebrazos por los que ella recordaba haber deslizado los dedos. El botón de la blusa de ella estaba abrochado a una altura profesional, pero sabía que él recordaba lo que había debajo. Ese conocimiento se interpuso entre ellos, obsceno en aquel entorno.

—Los archivos que solicita contienen información sensible —dijo él, rompiendo el silencio—. Fotos de la autopsia. Declaraciones de testigos. Detalles personales sobre una menor.

—Todo lo cual se trataría con la debida discreción.

—¿Como en su podcast? ¿Difundiendo especulaciones sobre un caso cerrado ante miles de oyentes?

—Estoy planteando preguntas legítimas sobre una muerte sospechosa.

Los dedos de Garrett golpearon una vez la mesa y se quedaron quietos. —Escuché sus teorías en la versión de audio, pero ¿ha considerado que Iris pudo tener un episodio médico? Un ataque, tal vez, o un desmayo que la incapacitó antes de caer.

—La autopsia no encontró indicios de dolencias previas.

—El informe público está abreviado. La autopsia completa contiene detalles adicionales.

—Entonces me gustaría ver esos detalles —insistió Zara—. Si hay una explicación médica con sentido, quiero conocerla. E incluso si la hay, la pregunta sin respuesta sigue siendo: ¿por qué estaba Iris allí? Ya he investigado la ruta que debería haber tomado para volver a casa desde The Golden Horse. La casa de sus padres está en el mismo lado del pueblo. No debería haber estado ni cerca del arroyo.

Hubo un silencio breve y tenso. Y en ese momento, Zara habría jurado ver un signo de acuerdo en los ojos de Garrett antes de que él desviara la mirada.

—Tendrá que presentar una solicitud formal acogiéndose a la Ley de Derecho a la Información. —Sacó un formulario de una carpeta y lo deslizó por la mesa—. El proceso puede tardar de cuatro a seis semanas.

Sus dedos volvieron a rozarse cuando ella cogió el formulario y, esta vez, ninguno pudo fingir que no se había dado cuenta. El contacto se prolongó una fracción de segundo más de lo debido. El recuerdo de Childers flotaba entre ellos; la tormenta, el pub, su habitación, la oscuridad, sus cuerpos moviéndose al unísono. La intimidad que habían compartido contrastaba de forma grotesca con su situación actual.

El aire acondicionado volvió a chisporrotear y luego se estabilizó en un zumbido forzado. El sudor perlaba la sien de Garrett a pesar del frío. Zara cruzó y descruzó las piernas, hipersensible a su proximidad.

—Presentaré esto hoy mismo —dijo ella, doblando el formulario y guardándolo en su cuaderno—. Pero espero que entienda que no me iré del pueblo mientras espero. Hay algo más en esta historia y tengo la intención de encontrarlo, con o sin colaboración oficial.

Algo que podría haber sido admiración cruzó el rostro de él antes de desaparecer. —Es su prerrogativa.

El reloj de la pared marcaba los segundos con fuerza en el silencio posterior. Ninguno parecía dispuesto a ser el primero en dar por terminada la reunión, en romper la extraña tensión que los mantenía inmóviles.

—Los pueblos pequeños tienen mucha memoria, señorita Langley —dijo Garrett finalmente, echándose atrás en su silla y creando una distancia entre ambos que resultaba tan necesaria como deliberada—. No se está haciendo bienvenida aquí con ese podcast. La gente habla. Recuerdan quién altera su paz.

La advertencia quedó suspendida en el aire. Zara sostuvo su mirada, negándose a dejarse intimidar a pesar del vuelco en su estómago. ¿Hablaba como un agente de policía preocupado por las relaciones con la comunidad o había algo más específico en su advertencia? En cualquier caso, no pensaba dar marcha atrás.

—¿Es una amenaza, sargento detective Pennell?

—Una observación —respondió él, con tono neutro pero mirada dura—. Usted es una forastera que remueve recuerdos dolorosos. No todo el mundo lo agradecerá.

—¿Y qué hay de la justicia para Iris Zhang? ¿Acaso importa menos que mantener la paz?

Su expresión se tensó. —Usted asume que hubo una injusticia. El caso se investigó siguiendo el procedimiento.

—¿Un procedimiento que de alguna manera pasó por alto la imposibilidad física de que una adolescente sana se ahogara accidentalmente en agua que le llegaba por los tobillos? —Zara se inclinó hacia delante—. Llevo en Salt Creek solo un par de días y ya he encontrado incoherencias que deberían haber sido obvias para los investigadores. Así que, o bien la investigación fue incompetente, o alguien miró hacia otro lado deliberadamente.

La mandíbula de Garrett se apretó. —Está acusando al departamento de mala conducta basándose en un vídeo que grabó para conseguir clics y visitas.

—Estoy cuestionando las conclusiones basándome en pruebas físicas y en el sentido común. —Golpeó su cuaderno—. Los hematomas en la parte superior de los brazos de Iris, anotados en el resumen de la autopsia pero descartados por considerarse «consistentes con las actividades normales de una adolescente». La profundidad del agua. La ausencia de un traumatismo craneal que pudiera explicar la pérdida de conocimiento. Las declaraciones contradictorias sobre sus movimientos esa noche.

Algo cambió en sus ojos. —Ha estado muy ocupada.

—Mi trabajo es ser minuciosa.

—Y el mío es proteger a esta comunidad.

—¿De qué? ¿De la verdad?

Cada palabra entre ellos parecía cargada, con el conflicto profesional superpuesto a su historia tácita. Sus ojos sostuvieron los de ella un instante de más y un calor que nada tenía que ver con el clima de Queensland le recorrió la piel.

—Se ha metido en un terreno pantanoso —dijo él, bajando la voz—. Esto no es Brisbane, donde puede aterrizar, revolverlo todo e irse cuando las cosas se ponen feas.

—No me iré hasta que obtenga respuestas. Si está poniendo trabas para proteger la reputación del departamento...

—Intento evitar que cause más daño que bien —la interrumpió él, con un deje de autenticidad—. Hay complejidades en esta situación que usted no comprende.

—Entonces explíquemelas.

Garrett se levantó bruscamente, apartando la silla. Las patas de metal chirriaron contra el linóleo. —Tengo que coger otro formulario para su solicitud —dijo con voz tensa.

Rodeó la mesa hacia un archivador en la esquina. Para llegar a él, tuvo que pasar por detrás de la silla de ella, entrando en su visión periférica. La proximidad resultó de repente, agudamente íntima en la pequeña habitación. Se detuvo justo detrás de ella, lo bastante cerca para que ella pudiera sentir el calor de su cuerpo y oler su piel bajo la loción.

El cuello de Zara se encendió cuando el aroma activó los recuerdos de aquella noche en Childers. Su boca contra su cuello. Sus manos en su pelo. El peso de él sobre ella. Los sonidos que él emitía cuando ella le recorría la espalda con las uñas.

Se quedó completamente inmóvil mientras él se demoraba un segundo más de lo necesario antes de seguir hacia el archivador. Sabían perfectamente cómo era el cuerpo del otro desnudo, cómo sonaba el otro en el placer, y ahora tenían que fingir que nada de eso había ocurrido.

Garrett regresó dando un rodeo, evitando pasar de nuevo por detrás de ella. Al colocar el formulario frente a ella, sus manos se rozaron brevemente.

—Este detalla los requisitos específicos para acceder a los archivos de casos cerrados —dijo él, con voz firme a pesar del rubor que le había subido por la mandíbula—. Tendrá que ser muy específica sobre qué documentos solicita.

—Los quiero todos —respondió Zara, luchando por mantener la voz nivelada—. El archivo del caso completo. Sin editar.

—Así no es como funciona esto.

—Entonces dígame cómo funciona, sargento detective. —La formalidad de su cargo le parecía absurda dado que conocía la textura exacta de la cicatriz de su hombro izquierdo, la que él le había contado que se hizo al caerse de un árbol cuando era niño.

Exhaló lentamente, pareciendo debatirse entre su papel oficial y algo más personal. —Tiene que entender en qué se está metiendo aquí, señorita Langley. Esto no es Brisbane. Las reglas son diferentes. Las consecuencias son diferentes.

—¿Está intentando que deje el caso?

—Le sugiero que considere las implicaciones de lo que está haciendo. —Sus ojos se encontraron con los de ella—. No solo para el pueblo, sino para usted misma.

Ella ya no estaba segura de si hablaba de la investigación o de ellos dos. Tal vez de ambas cosas.

—Puedo lidiar con las consecuencias —dijo ella, sosteniéndole la mirada.

—¿Ah, sí? Porque una vez que se abren ciertas puertas, ya no se pueden volver a cerrar.

—No es mi primer caso difícil —dijo Zara, recogiendo su cuaderno y la grabadora, necesitando salir de aquella habitación y alejarse de su inquietante proximidad—. No me iré hasta conseguir esos registros.

—Es su elección. —Él se levantó al mismo tiempo que ella—. Pero no diga que no se lo advirtieron.

—Tomo nota, sargento detective.

Se enfrentaron al otro lado de la mesa, rígidos y cuidadosos, con palabras cortantes que no servían para ocultar las complicadas corrientes subyacentes. Lo que había pasado en Childers pertenecía ya a otra vida, una que no podían reconocer sin empeorarlo todo.

—La acompañaré a la salida —dijo él finalmente, dirigiéndose a la puerta.

Zara asintió y lo siguió por el pasillo hasta la recepción, manteniendo una distancia prudencial durante todo el trayecto.

En el mostrador de entrada, él se detuvo. —Que tenga un buen día, señorita Langley.

—Sargento detective —respondió ella con un breve asentimiento.

Fuera, el calor la golpeó como un muro, pero fue casi un alivio tras la asfixia de aquella habitación. Zara se detuvo un momento en los escalones de la comisaría para recomponerse. El universo tenía un sentido del humor retorcido. De todos los hombres en todos los pubs de todo Queensland, había tenido que pasar la noche con el mismísimo detective que ahora se interponía entre ella y la verdad sobre Iris Zhang.

Le vibró el móvil en el bolsillo. Probablemente era Dev, comprobando sus progresos, o quizá otra notificación sobre el aumento de oyentes del pódcast. Pero esas preocupaciones parecían lejanas ahora, eclipsadas por la complicación que no podría haber previsto.

Zara enderezó los hombros y echó a andar de vuelta hacia su motel. La investigación acababa de volverse infinitamente más compleja, pero su determinación no había flaqueado. En todo caso, las trabas solo la convencían más de que algo andaba muy mal en el caso de Iris Zhang.

Y el sargento detective Garrett Pennell sabía más de lo que decía.

Capítulo 6

El sol del mediodía caía a plomo sobre la nuca de Zara mientras caminaba desde la comisaría hacia el Golden Horse Restaurant. El encuentro con el sargento detective Pennell todavía le producía un hormigueo bajo la piel: aquel reconocimiento incómodo, el antagonismo profesional mezclado con su historia nunca verbalizada, sus advertencias veladas. Desechó esos pensamientos y se centró en su siguiente reto. Los Zhang. Los padres de Iris. Tenía que abordarlos con cuidado, con respeto. El caso de su hija podía ser su tabla de salvación, pero para ellos, Iris no era un caso en absoluto. Era su niña.

The Golden Horse estaba en la calle principal; la pintura roja y dorada se veía algo desvaída, pero seguía destacando entre los edificios desgastados que lo rodeaban. Un golden horse pintado a mano se encabritaba con orgullo en el cartel, con su pan de oro captando el implacable sol de Queensland. A través de los grandes ventanales delanteros, Zara alcanzaba a ver mesas con manteles blancos, algunas ocupadas por comensales tempraneros. Se le encogió el estómago. Aquella gente había perdido a su única hija en circunstancias que desafiaban cualquier explicación racional, y allí estaba ella, a punto de perturbar la poca paz que hubieran podido encontrar en la última década.

Se detuvo en la acera y apretó los dedos alrededor de la correa de su bandolera. Ya había entrevistado a familias en duelo anteriormente; había aprendido a navegar por el delicado terreno que separa la indagación periodística de la decencia humana. Pero algo en esto se sentía diferente. Más personal. Quizás fuera lo imposible del ahogamiento, la apresurada investigación, el aparente acuerdo colectivo del pueblo de no cuestionar lo ocurrido. O quizás fueran esos ojos serios tras unas gafas rectangulares los que asediaban sus pensamientos.

Irguiendo los hombros, Zara empujó la puerta. Una campanilla tintineó para anunciar su llegada. El interior del restaurante estaba impecable y el aire cargado con los aromas del jengibre, el ajo y las cinco especias. Algunas mesas estaban ocupadas por lugareños que almorzaban temprano; sus conversaciones formaban un suave murmullo bajo la música instrumental china que sonaba por unos altavoces ocultos. Tras un pequeño mostrador se encontraba una mujer a la que Zara reconoció de inmediato por su investigación: May Zhang, la madre de Iris.

Era más menuda de lo que Zara esperaba, quizá de poco más de metro sesenta; su cabello negro estaba veteado de canas y recogido en un práctico moño. Su rostro, redondo y de rasgos amables, quizá hubo un tiempo en que fue propenso a la sonrisa, pero ahora parecía moldeado por la pena en un semblante mucho más precavido. Vestía una sencilla blusa negra y pantalones oscuros, con una pulsera de jade como único adorno.

May levantó la vista al oír la campana. Sus ojos, oscuros e inteligentes, evaluaron a Zara en un instante. — ¿Mesa para uno? —preguntó May, con voz deliberadamente neutra y un acento australiano que no guardaba rastro de la herencia china evidente en sus facciones.

—En realidad —comenzó Zara, acercándose al mostrador—, esperaba hablar con usted, señora Zhang. Me llamo Zara Langley. Estoy investigando lo que le ocurrió a Iris.

La temperatura en el local pareció bajar diez grados de golpe. La mano de May, que se disponía a coger una carta, se quedó helada en el aire.

—No tenemos nada que decir sobre eso —dijo ella con una voz que ahora tenía un filo lo bastante afilado como para cortar—. Fue hace mucho tiempo.

—Lo entiendo —dijo Zara, manteniendo un tono suave pero directo—. Pero creo que quedan preguntas sin respuesta sobre cómo murió Iris. El dictamen oficial no...

—Ya hemos oído esto antes —la interrumpió May, con los dedos aferrados ahora al borde del mostrador—. Periodistas, escritores de true crime, gente que dice que quiere ayudar, que quiere encontrar la verdad. Se llevan lo que quieren, nuestro dolor, nuestra historia, y luego se largan. Nada cambia. Iris sigue muerta.

La crudeza de sus palabras golpeó a Zara como un impacto físico. Esperaba resistencia, pero la amargura descarnada en la voz de May revelaba profundidades de un dolor que seguía vivo después de más de diez años.

—No estoy aquí para explotar su duelo —dijo Zara con cautela—. Creo sinceramente que se pasó algo por alto en la investigación. El arroyo donde encontraron a Iris...

—El arroyo donde murió mi hija —intervino May— es solo un arroyo. Hablar de ello no la traerá de vuelta. Escribir sobre ello no cambiará nada. Ya hemos dicho todo lo que teníamos que decir.

Un movimiento en el umbral de la cocina captó la atención de Zara. Un hombre apareció, con su chaquetilla de chef marcada por los restos de la preparación del almuerzo. David Zhang era más corpulento que su esposa, de facciones más anchas y gafas de montura fina. Su pelo negro clareaba en las sienes y sus hombros mostraban una ligera carga por los años encorvado sobre los fogones. Sus ojos localizaron a Zara al instante y parecieron evaluarla y clasificarla de un solo vistazo antes de dirigirse a su esposa.

David se acercó a May y le puso una mano en el hombro. El gesto era a la vez protector y de apoyo, una manifestación física de su frente unido. La postura de May se relajó ligeramente ante su contacto, aunque su expresión siguió siendo recelosa.

—¿Hay algún problema? —preguntó David, con una voz más profunda que la de su esposa. Tenía los más mínimos rastros de acento: la investigación de Zara había revelado que May nació en Australia, de una familia de etnia china con un siglo de historia en Melbourne, pero que David era originario de Hong Kong.

—Es la señorita Langley —dijo May, y el ligero énfasis en su apellido sugería que ya habían oído hablar de ella—. Está aquí por Iris.

La mirada de David volvió a Zara, con unos ojos indescifrables tras las gafas. —No hablamos de nuestra hija con extraños —dijo simplemente, con rotundidad.

Zara supo cuándo retirarse. Presionar ahora solo afianzaría su resistencia y cerraría cualquier pequeña posibilidad que pudiera existir para una conversación futura. Asintió, relajando su postura y adoptando una actitud menos confrontativa.

—Lo entiendo —dijo—. Siento la intrusión. ¿Podría pedir algo para llevar en su lugar? Aún no he almorzado.

La petición pareció sorprender a ambos, ese giro de periodista de investigación a cliente ordinaria. Tras un momento, May deslizó una carta de comida para llevar sobre el mostrador.

—El arroz frito especial de la casa es muy popular —dijo, con un tono algo menos hostil pero ni mucho menos acogedor.

—Me parece perfecto. Gracias.

David regresó a la cocina mientras May registraba el pedido. Zara pagó y luego se quedó a un lado del mostrador, esperando, tratando de parecer natural mientras absorbía cada detalle del restaurante. Las fotos en las paredes mostraban el establecimiento a lo largo de los años: versiones más jóvenes de May y David, el corte de cinta de la gran inauguración, premios locales. Pero en ninguna parte vio imágenes de Iris. Era como si su hija hubiera sido cuidadosamente extirpada del espacio público; probablemente preservada en otro lugar, en privado.

Los demás comensales la miraban de vez en cuando, con expresiones curiosas pero no hostiles. Zara se preguntó cuántos de ellos habrían conocido a Iris, cuántos habrían asistido a su funeral, cuántos habrían aceptado el imposible ahogamiento sin cuestionarlo.

Diez minutos más tarde, May salió de la cocina con una bolsa de plástico blanca que contenía el envase de comida para llevar. Se la entregó a Zara sin mirarla a los ojos.

—Gracias —dijo Zara, cogiendo la bolsa. Mientras se daba la vuelta para marcharse, añadió en voz baja—: Lo que he dicho iba en serio. No estoy aquí para explotar lo ocurrido. Solo quiero entenderlo.

May no dijo nada, pero cuando Zara llegó a la puerta, miró hacia atrás. May la estaba observando y, por un momento, su expresión cuidadosamente mantenida flaqueó. Lo que Zara vio no fue la hostilidad de antes, sino algo más complejo. Un destello de dolorosa esperanza que fue inmediatamente sofocado por el miedo a permitir que existiera.

La campanilla tintineó cuando Zara volvió a salir a la intensa luz del sol, con la bolsa de comida caliente en las manos. El peso de la responsabilidad se asentó sobre sus hombros, más pesado que antes. Si seguía adelante con esto y fracasaba, no solo estaría destruyendo su propia última oportunidad de redención profesional. Estaría confirmando cada uno de los temores que los Zhang albergaban sobre los forasteros que prometían respuestas pero solo daban más dolor. Los estaría traicionando de nuevo, tal como el sistema ya los había traicionado una vez.

Pero aquel atisbo de esperanza en los ojos de May le había revelado algo importante: bajo el caparazón protector de la hostilidad, los Zhang también querían respuestas. Simplemente no podían soportar tener esperanzas por más tiempo.

Zara caminó de vuelta al Salt Creek Motel mientras la bolsa de comida se balanceaba entre sus dedos. El encuentro con los Zhang la había dejado con una sensación de vacío bajo las costillas. Su duelo era algo palpable, de más de una década de antigüedad pero todavía lo bastante vivo como para llenar una habitación. Comprendía su cautela. Periodistas que aterrizaban en paracaídas, exprimían la emoción de su tragedia y luego desaparecían en cuanto surgía la siguiente noticia. No podía culparlos por asumir que ella estaba cortada por el mismo patrón. Pero aquel destello de esperanza en los ojos de May la perseguía. Bajo su coraza defensiva, ellos también querían respuestas.

Al doblar la esquina hacia su habitación del motel, Zara se quedó petrificada. Un hombre estaba sentado en el escalón de hormigón frente a su puerta. Tendría unos treinta años, era de complexión sólida y vestía ropa sencilla pero de buena calidad: pantalones cargo color canela y una camisa de botones gris oscuro con las mangas remangadas hasta los codos. Estaba mirando su teléfono, aparentemente absorto, pero algo en su postura sugería que estaba esperando. A ella.

El pulso de Zara se aceleró. Sus dedos se cerraron alrededor de las llaves en su bolsillo, calculando mentalmente si podrían servir como arma improvisada. Pero era plena luz del día, el aparcamiento del motel era visible desde la calle principal y pasaban coches con regularidad. Seguramente no corría peligro allí.

El hombre levantó la vista al sentir su presencia. Sus ojos se encontraron con los de ella y se puso en pie, guardándose el teléfono. Su movimiento fue cauteloso, como si se acercara a un animal asustadizo.

—¿Zara Langley? —preguntó él, manteniendo las distancias. Su voz era baja, firme. Nada amenazadora.

—¿Quién pregunta? —Ella se mantuvo firme, sin acercarse.

—Soy Vince —se pasó una mano por el pelo, un gesto de energía nerviosa—. Vincent Thorne. Era el novio de Iris Zhang. Ayer vi tu primer episodio en YouTube.

La tensión en los hombros de Zara se relajó un poco, sustituida por un escalofrío de excitación. ¡El novio de Iris! Una mina de oro potencial de información, alguien que la había conocido personalmente, íntimamente. Alguien que quizá estuviera realmente dispuesto a hablar.

—Siento presentarme así sin más —continuó él cuando ella no respondió de inmediato—. Pero no tenía tiempo para esperar...

Mañana vuelo de vuelta. Soy ingeniero FIFO, dos semanas allí y una de descanso, en una explotación minera en el centro de Queensland. Pero de verdad quería hablar contigo sobre Iris —se le quebró un poco la voz al pronunciar su nombre; más de una década de pesar seguía siendo evidente—. Porque creo que tienes razón.

Zara dio un paso adelante, y luego otro. — ¿Razón en qué exactamente?

—En que no fue un accidente —sus ojos sostuvieron los de ella, firmes y serios—. Iris no pudo haberse ahogado así. No por accidente. Ella no.

El instinto periodístico de Zara vibró. — ¿Estarías dispuesto a hablar con registro oficial? ¿Para el podcast?

Vince asintió. —Para eso estoy aquí. Necesito que la gente sepa quién era ella en realidad. Lo que le pasó de verdad. —Miró a su alrededor, al aparcamiento del motel—. Aunque ¿quizá no aquí fuera?

—Desde luego. —Zara pasó por su lado para abrir la puerta; su recelo inicial se disolvió ante esta oportunidad inesperada—. Pasa. Tengo que preparar el equipo.

La habitación del motel parecía más pequeña con Vince dentro. Zara dejó la bolsa de comida sobre la mesita, olvidada por la emoción. Se movió por el cuarto sacando la cámara y el trípode de su funda, montando los micrófonos y despejando espacio para la entrevista.

—Tengo que hacer un par de cosas para asegurarme de que la calidad del sonido sea buena —explicó, corriendo las cortinas para eliminar el contraluz y recolocando las sillas para encuadrar bien la toma—. ¿Has hecho alguna entrevista de este tipo antes?

Vince negó con la cabeza. —Nunca. Después de que muriera Iris, algunos reporteros hicieron preguntas, pero no dije mucho. Tenía diecisiete años y estaba en estado de choque. Y para cuando procesé todo lo suficiente como para hablar, ya habían dictaminado que fue un accidente y habían pasado a otra cosa.

Mientras Zara trabajaba, lo observaba. Había una solidez en Vince que sugería fiabilidad. Estaba sentado con las manos entrelazadas, viéndola prepararse. Sin inquietarse, sin volver a mirar el móvil. Esperando en silencio, como alguien que tiene algo importante que decir y ha esperado mucho tiempo para contarlo.

—¿Puedes contarme un poco sobre ti primero? —preguntó Zara mientras ajustaba los niveles del micrófono—. ¿Cómo conociste a Iris, a qué te dedicas ahora?

—Trabajo como ingeniero para Fortescue —dijo—. Vuelo a la cuenca de Bowen Basin. A Iris... la conocía de toda la vida. Fuimos juntos a la escuela primaria y luego al instituto. Yo le sacaba un curso. Fuimos novios durante casi un año antes de que muriera.

Zara terminó de preparar la cámara, comprobó el encuadre y pulsó el botón de grabar. Se sentó en la silla frente a Vince, lo bastante cerca para conversar pero sin agobiarle. —Háblame de Iris —dijo ella, con su voz adoptando el registro profesional que utilizaba para las entrevistas—. ¿Cómo era?

Algo se suavizó en el rostro de Vince. —Era brillante —dijo—. No solo inteligente, que lo era, la mejor de la clase, sino luminosa, en todos los sentidos. Tenía una forma de mirar el mundo que te hacía ver las cosas de manera diferente.

Describió a Iris con todo lujo de detalles, de esos que solo proceden del conocimiento auténtico. Su pasión por la fotografía y los medios digitales. Cómo podía pasarse horas para conseguir que una sola toma saliera exactamente como quería. Su empeño en crear un portafolio que le asegurara el acceso anticipado al Queensland College of Art. La forma en que llevaba las gafas apoyadas sobre la cabeza cuando no las usaba, dejando unas marcas en la frente que él solía recorrer con el dedo.

—Tenía principios —continuó, con la voz cada vez más animada—. Muy firmes. No transigía en las cosas que le importaban: la ética, la integridad, cómo se debe tratar a la gente. —Su expresión se ensombreció—. A veces pienso que eso fue lo que hizo que la mataran.

Zara se inclinó ligeramente hacia delante. —¿Qué quieres decir con eso?

Vince negó con la cabeza. —No lo sé con exactitud. Pero la Iris que yo conocía no habría estado en ese arroyo por accidente. Y, desde luego, no se habría caído y ahogado así como así. Para empezar, era una gran nadadora. Y era cuidadosa. Meticulosa en todo lo que hacía.

—¿Dónde estabas tú cuando ocurrió? —preguntó Zara, manteniendo un tono neutro, profesional.

—En Nueva Zelanda —dijo él sin vacilar—. Mi abuela estaba muy enferma, en Auckland. Fui con mis padres a verla. Estuvimos allí diez días. Tenía los sellos del pasaporte, las tarjetas de embarque. La policía lo verificó todo. —Tensó la mandíbula—. Volé a casa al día siguiente de que la encontraran. Ni siquiera pude despedirme.

El dolor en su voz era puro, real. No era alguien fingiendo pena; era alguien que seguía conviviendo con ella. El contraste con Kirsty Cannon, la supuesta mejor amiga de Iris, no podía ser mayor.

—¿Mencionó Iris algún problema en los días previos a tu marcha a Nueva Zelanda? —insistió Zara—. ¿Alguna preocupación? ¿Conflictos con alguien?

Vince guardó silencio un momento, reflexionando. —Estaba trabajando en un proyecto. Algo para su portafolio. Estaba ilusionada, pero también... no sé, ¿protectora? No quería enseñárselo a nadie hasta que estuviera terminado. —Frunció el ceño—. Y pasó algo con Kirsty. Había cierta tensión.

—¿Kirsty Cannon? ¿La concejala? —Zara sopesó con cuidado sus siguientes palabras—. Conocí a Kirsty brevemente anoche. Me dijo que era la mejor amiga de Iris.

—Sí. Eran amigas desde hacía años; como he dicho, todos crecimos juntos. Pero algo ocurrió. Iris no me lo explicó realmente, solo dijo que Kirsty había hecho algo que sobrepasaba el límite. Que se habían distanciado. —Frunció el ceño—. Fuera lo que fuese, debió de ser grave. Iris no rompería una amistad a la ligera. Era leal hasta la médula.

Zara tomó nota mental para seguir ese hilo. Las descripciones vagas y genéricas que Kirsty había hecho de Iris adquirirían un cariz distinto con este contexto.

—¿Había alguien que pudiera haber querido hacer daño a Iris? —preguntó, observando su reacción con atención.

El rostro de Vince se ensombreció. —Me he hecho esa pregunta durante once años. Si lo supiera, habría ido a la policía hace mucho tiempo. —Se le entrecortó la voz—. Era el amor de mi vida, ¿sabes? Éramos adolescentes, y la gente dice que a esa edad es pronto para saberlo, pero yo lo sabía. Sigo sabiéndolo.

Se le saltaron las lágrimas y no hizo ningún esfuerzo por ocultarlas. —Por favor, averigua qué le pasó realmente —dijo, con la voz quebrada por la emoción—. Por favor. Ella se merece la verdad.

Sus padres se la merecen. Necesito saber quién me la arrebató. *Por qué* la mataron.

La crudeza de su súplica golpeó a Zara en el pecho. Esto no era solo buen contenido; era un ser humano que seguía cargando con el peso de una pérdida no resuelta, buscando cerrar una herida después de más de una década. No preguntó si Vince estaba casado o si tenía novia. Algo le decía que respondería negativamente. No podía dejar ir a Iris.

—Haré todo lo que esté en mi mano —prometió, y en ese momento lo decía más en serio de lo que había dicho nada en mucho tiempo. Ya no se trataba solo de salvar su carrera. Se trataba de hacer justicia a la chica del arroyo y a las personas que la habían amado.

Tal vez, si encontraba las respuestas, Vince podría encontrar la paz y seguir adelante.

La habitación se sintió más vacía cuando Vince se fue. Zara se sentó a la pequeña mesa, mirando el envase intacto de arroz frito, ahora frío. El estómago le rugió, pero lo ignoró y acercó su ordenador portátil. La entrevista con Vincent Thorne era exactamente lo que necesitaba. Un relato de primera mano de alguien que había conocido íntimamente a Iris, que podía hablar de quién era ella como persona, no solo como víctima. Alguien que cuestionaba la versión oficial y que tenía una coartada sólida como una roca. El metraje era oro puro. Oro puro, innegable y capaz de atrapar a la audiencia. Y, sin embargo, su dolor había sido tan crudo, tan genuino, que reducirlo a simple contenido le parecía, de algún modo, incorrecto.

Exhaló aire. Vince había venido a verla a *ella*. Él quería esto, lo había pedido. Había aceptado ponerse ante la cámara sabiendo lo que ella haría con las imágenes. Merecía que su parte de la historia fuera contada, que sus preguntas fueran escuchadas, y la había elegido a ella como mensajera.

Conectó la cámara al portátil y empezó a transferir los archivos, observando cómo avanzaba la barra de progreso. En otra vida, quizá habría tenido una ayudante de investigación para esto, alguien que registrara el metraje, creara transcripciones e identificara las mejores frases. Ahora solo estaba ella, sola en una habitación de motel de un pueblo donde la mayoría de la gente parecía desear que se fuese.

Los archivos terminaron de transferirse. Zara abrió su programa de edición; la interfaz familiar la saludó como a una vieja amiga. Creó un proyecto nuevo: "La Chica del Arroyo_EP02". Este episodio sería diferente al primero. No serían solo sus preguntas y teorías, sino un testigo. Una voz para contrarrestar el silencio del pueblo.

Empezó a revisar las imágenes, tomando notas de los momentos en los que el testimonio de Vincent era especialmente potente. Su descripción del carácter de Iris: íntegra, decidida, cuidadosa. Su seguridad de que no se habría ahogado accidentalmente. La mención de la tensión entre Iris y Kirsty Cannon, un hilo del que tendría que tirar más adelante. Lo más convincente de todo era su emoción pura, las lágrimas que asomaron a sus ojos mientras hablaba de la chica a la que había amado y perdido.

Zara construyó la narrativa con cuidado, dando forma a la estructura del episodio a medida que seleccionaba los clips. Empezar con el contexto, resumir brevemente el primer episodio para los nuevos oyentes. Mencionar que los habitantes de Salt Creek se mostraban muy reticentes a hablar de Iris, quizá para proteger a uno de los suyos. Luego presentar a Vincent, explicando su relación con Iris y el hecho de que se hubiera acercado a Zara queriendo contar su versión de la historia. Queriendo, tal vez, hablar de Iris cuando nadie más lo hacía. Utilizar sus descripciones para pintar un retrato de quién era Iris, no solo la víctima de las fotos de la escena del crimen, sino una mujer joven con todas las letras, con sueños, talentos y principios sólidos.

Trabajó con ritmo constante, guiada por su instinto periodístico. ¿Qué calaría en los oyentes? ¿Qué haría avanzar la investigación? ¿Qué preguntas planteaba su testimonio que pudiera explorar en futuros episodios?

Mientras editaba, Zara se encontró volviendo una y otra vez a un clip concreto. Vincent describiendo cómo Iris se subía las gafas a la cabeza cuando no las usaba, dejando unas marcas en la frente que él solía recorrer con el dedo. El detalle era íntimo, específico, imposible de inventar. Hacía que Iris fuera real de una forma que los informes policiales y las fotografías escolares no lograban. Zara lo colocó al principio del episodio, sabiendo que engancharía a los oyentes, que haría que se preocuparan por la chica del arroyo.

Echó mano de su botella de agua y bebió un largo trago. Cogió un tenedor y comió algo del arroz frito, ya frío, consciente de que necesitaba algo en el estómago. La edición iba por buen camino, pero el peso emocional del testimonio de Vincent se le había instalado en el pecho. Su dolor era palpable, tenía más de una década, pero seguía tan reciente como para que se le saltaran las lágrimas. Al verlo una y otra vez mientras daba forma al episodio, Zara se descubrió conteniendo sus propias lágrimas. Esto no era solo contenido. Era la vida de alguien, la pérdida de alguien.

Sin embargo, no podía negar la parte profesional de su cerebro que reconocía lo que esto supondría para su podcast. El testimonio de Vincent era cautivador, emotivo, auténtico. El tipo de contenido que generaba compromiso, que hacía que los oyentes se implicaran en una historia y volvieran para saber más. El tipo de contenido que podría salvar su casa, su carrera, su frágil sentido de la valía profesional.

Preparó el micrófono para grabar la narración. Su voz debía guiar a los oyentes a través del testimonio de Vincent, aportando contexto y planteando las preguntas que ellos mismos se harían. Se aclaró la garganta, bebió un sorbo de agua y empezó:

—Vincent Thorne tenía diecisiete años cuando su novia, Iris Zhang, fue hallada muerta en Salt Creek. Más de una década después, su dolor sigue a flor de piel, sus preguntas sin respuesta. En este episodio, escucharemos a alguien que conoció a Iris íntimamente, no solo como víctima, sino como una mujer joven y brillante con sueños, principios y un futuro que le fue robado.

Hizo una pausa y siguió:

—Lo que Vince revela sobre el carácter de Iris plantea nuevas preguntas sobre cómo pudo ahogarse accidentalmente en quince centímetros de agua. También introduce nuevos elementos en nuestra investigación, incluyendo la tensión entre Iris y Kirsty Cannon, la actual concejala del condado que afirma haber sido la mejor amiga de Iris.

Terminada la narración, Zara la integró en el episodio, superponiéndola a imágenes de B-roll cuidadosamente seleccionadas del arroyo, del pueblo y de la foto escolar de Iris. El resultado era impecable a pesar de sus limitados recursos. Conmovedor, emocional, profesional.

Para el final, eligió la súplica de Vince. Su rostro llenando el encuadre, los ojos humedecidos por lágrimas contenidas, la voz ronca por la emoción: —Era el amor de mi vida. Por favor, averigua qué le ocurrió realmente. Por favor.

Zara dejó que el clip corriera sin narración, permitiendo que su cruda súplica se mantuviera por sí sola antes de dar paso a la música de cierre del podcast. El impacto era innegable. Los oyentes sentirían su dolor, compartirían su necesidad de respuestas. Volverían para el siguiente episodio, queriendo saber más.

Exportó el archivo, observando cómo la barra de progreso se llenaba de nuevo. Veintitrés minutos y cuarenta y siete segundos de contenido que harían avanzar su investigación y que, si la respuesta a su primer episodio servía de indicación, aumentarían significativamente sus estadísticas. La combinación del testimonio emotivo y las nuevas revelaciones sobre la posible implicación de Kirsty Cannon generaría debate, daría pie a teorías en los comentarios e incluso, tal vez, haría que aparecieran otros testigos.

Cuando terminó la exportación, Zara subió el episodio a su plataforma de alojamiento. Escribió una descripción, añadió etiquetas y adjuntó la imagen de miniatura que había creado: una pantalla dividida que mostraba la foto escolar de Iris junto a un fotograma de Vincent durante la entrevista, con una expresión sincera y dolorida. Luego programó el episodio para que se publicara de inmediato.

Hizo clic en "Publicar" y vio aparecer la confirmación en la pantalla. El alivio se mezcló con algo más pesado y complejo. Culpa, quizá, por utilizar el dolor de Vincent como contenido, incluso con su permiso explícito. O ansiedad por la responsabilidad que ahora cargaba, no solo ante su audiencia o su cuenta bancaria, sino ante Vincent, ante los Zhang, ante la propia Iris.

Zara cerró el portátil y volvió a coger el envase de arroz frito frío, comiendo mecánicamente mientras consultaba el móvil. Las notificaciones ya estaban empezando a llegar. Las visualizaciones subían, aparecían comentarios, los compartidos aumentaban. El episodio estaba encontrando a su audiencia, quizá superando incluso el alcance del primero.

Dejó el tenedor, incapaz de terminar de repente. Las palabras de Vincent resonaban en su mente: —*Era el amor de mi vida. Por favor, averigua qué le pasó realmente. Por favor.* El peso de su confianza, de su dolor de hace una década, se posó sobre sus hombros junto a la presión del pago de la hipoteca, sus ahorros menguantes y su futuro profesional.

Pasara lo que pasara a continuación, Zara sabía que este caso se había convertido en algo más que su camino de vuelta a la relevancia. Se había convertido en una promesa a una chica muerta, al chico que la había amado, a unos padres todavía congelados en su dolor. Una promesa que no podía permitirse romper por razones que iban mucho más allá de lo económico.

Capítulo 7

El calor le oprimía la piel mientras Zara avanzaba por la calle principal de Salt Creek, provocando que el sudor le resbalara por el nacimiento del pelo a pesar de la hora temprana. Levantó su cámara, encuadrando el Golden Horse Restaurant en el visor, centrándose en las líneas de visión entre la entrada y la ruta que Iris habría tomado para llegar al arroyo en su última noche, a través de la entrada del parque y luego por el camino que bajaba por el barranco. Otra pieza del puzle que documentar, otro ángulo que considerar.

La casa de los Zhang estaba en la dirección opuesta, una manzana por detrás de la calle principal. O Iris no «iba de camino a casa» como les había dicho a sus padres, o se había encontrado con alguien por el camino que la convenció para ir al arroyo en su lugar. Tras haber recorrido el sendero que bajaba hasta el agua, Zara no creía que nadie hubiera podido llevar a Iris en brazos hasta allí; era demasiado empinado y difícil. Iris había ido por su propio pie, por el motivo que fuese.

Zara bajó la cámara y anotó en su teléfono: «Línea de visión directa desde el restaurante hasta la entrada del parque. Cualquiera que estuviera vigilando desde Golden Horse habría visto a Iris dirigiéndose hacia el arroyo en lugar de a casa». Se limpió la frente con el dorso de la mano y siguió caminando, con el bolso de bandolera golpeándole pesadamente la cadera.

El éxito de sus dos primeros episodios le había dado un pequeño respiro, pero no podía permitirse ser complaciente. Tenía que ser minuciosa. La entrevista con Vincent era un contenido convincente, pero necesitaba más: pruebas concretas, inconsistencias en la versión oficial, testigos dispuestos a hablar oficialmente. Esto último estaba resultando difícil de conseguir.

Fotografió la ruta desde el restaurante hasta la pasarela, tomando instantáneas desde múltiples ángulos y anotando posibles puntos ciegos, lugares donde alguien podría haber seguido a Iris sin ser visto. El sol subía cada vez más, y su reflejo en los escaparates de las tiendas intensificaba el calor. La camiseta se le pegaba a la espalda y el asfalto parecía irradiar calor hacia arriba a través de las suelas de sus botas de montaña.

Una campanilla tintineó al empujar la puerta de la tienda de piensos y suministros agrícolas; la sombra repentina fue un alivio momentáneo. El aire en el interior olía a cuero, grano y aceite de motor, un perfume rural distintivo que le recordaba lo lejos que estaba de Brisbane. Un ventilador de techo giraba perezosamente sobre su cabeza, haciendo circular el aire caliente sin llegar a enfriarlo.

Detrás del mostrador, un hombre de unos sesenta años levantó la vista de un catálogo de maquinaria agrícola. Su rostro curtido hablaba de décadas bajo el sol de Queensland, con arrugas profundas alrededor de unos ojos que la evaluaron con franca curiosidad, pero sin reconocimiento; por lo visto, no había estado viendo YouTube.

—Buenos días —dijo él, cerrando el catálogo—. ¿Puedo ayudarla en algo?

Zara sonrió, adoptando el aire informal que había perfeccionado tras años de trabajo de investigación.

—Solo estoy echando un vistazo. Soy nueva en el pueblo.

—¿Turista? —su tono sugería lo poco probable que le parecía esa posibilidad.

—Estoy trabajando en un proyecto —respondió ella, deambulando junto a un estante de guantes de trabajo y sombreros, manteniendo el tono casual—. ¿Lleva usted mucho tiempo por aquí?

—Haré cuarenta y tres años el mes que viene. —El hombre se relajó un poco, siempre dispuesto a hablar de sí mismo—. Me hice cargo del negocio de mi padre en el 86.

—Debe de conocer a todo el mundo en el pueblo, entonces.

—Más o menos. —Asintió, con un orgullo evidente en su postura—. Tras cuatro décadas detrás de este mostrador, ves pasar a generaciones enteras.

Zara se acercó más, curioseando en un estante de camisas de trabajo mientras dirigía gradualmente la conversación.

—Habrá visto muchos cambios a lo largo de los años.

—Algunos. No tantos como creería. Salt Creek es bastante fiel a sus costumbres.

Ella asintió, como si estuviera reflexionando sobre ello.

—Estaba leyendo sobre una tragedia que ocurrió aquí hace unos años. ¿Una chica joven? ¿Iris Zhang?

El cambio fue sutil pero inmediato. Él tensó los hombros y su mirada se desvió hacia la puerta que había tras ella.

—Un asunto terrible, ese.

—¿Conocía a su familia?

—Vienen a por suministros para el jardín a veces. La mayoría del tiempo van a lo suyo. —Sus dedos tamborilearon contra el mostrador en un gesto nervioso.

—Algo así debe haber afectado a todo el mundo. —Zara mantuvo su tono ligero, nada amenazante. El comentario era una invitación a compartir cómo se sentía él, personalmente, respecto al caso.

—Eso ya es agua pasada —dijo él; un refrán desafortunado dadas las circunstancias—. El pueblo ha pasado página.

—¿Ah, sí? Me dio la impresión de que...

—Buenos días, Ray. —La voz profunda a su espalda envió una descarga por la columna de Zara.

Se dio la vuelta y se encontró a Garrett Pennell de pie en el pasillo, lo suficientemente cerca como para que percibiera el olor de su loción para después del afeitado; la misma de Childers, la misma de la sala de interrogatorios de la comisaría.

—Sargento detective —lo saludó ella con la voz cuidadosamente neutra, a pesar de la súbita aceleración de su pulso.

—Señorita Langley. —Él asintió y luego miró más allá de ella al dueño de la tienda—. ¿Han llegado ya esos postes para la valla, Ray?

—Mañana, sargento. Le reservaré unos pocos.

Garrett volvió a centrar su atención en Zara.

—He visto su coche en el aparcamiento del motel esta mañana. Esos neumáticos están prácticamente lisos. Es un accidente a punto de ocurrir.

Zara se erizó ante la observación, ante la crítica implícita a su situación económica.

—Lo solucionaré cuando pueda permitírmelo.

Los ojos de él sostuvieron los de ella un instante más de lo necesario, con algo ilegible cruzando su mirada. Entonces se acercó más y bajó la voz, hablando solo para sus oídos.

—El taller de Mick, junto a la gasolinera. Dile que vas de mi parte. Te pondrá unos neumáticos usados decentes por la mitad de precio que unos nuevos.

La proximidad entre ellos cargó el ambiente; sus cuerpos recordaban Childers a pesar de que sus mentes fingían lo contrario. Zara podía sentir el calor que irradiaba, podía ver los destellos de un azul más oscuro en sus ojos grisáceos a esa distancia.

—Gracias —dijo ella con rigidez, sin saber por qué su ayuda la molestaba más que su oposición. Quizá porque confundía la versión que ella misma se había construido: Garrett Pennell, el obstáculo para la verdad.

Se volvió hacia el tendero, decidida a continuar con sus preguntas, pero el hombre se había quedado repentinamente absorto reordenando artículos detrás del mostrador.

—¿Necesita algo más, Ray? —preguntó Garrett, todavía de pie lo suficientemente cerca como para que Zara sintiera su presencia sin mirarlo.

—Todo bien, Garrett. Ya le avisaré cuando lleguen esos postes.

Zara sintió que la atención de Garrett volvía a ella; su mirada era casi tangible sobre su piel. Se negó a girarse, se negó a reconocer lo que fuera que estaba sucediendo entre ellos. Tras un momento, lo oyó dirigirse hacia la puerta.

—Unos neumáticos decentes podrían salvarle la vida en estas carreteras, señorita Langley. Vale la pena tenerlo en cuenta. —La campanilla tintineó cuando salió, y el calor del exterior entró brevemente de golpe para llenar el vacío de su marcha.

El tendero, Ray, continuó con su innecesaria tarea de reordenar, habiendo perdido toda su apertura inicial. Cualquier mínima posibilidad que hubiera tenido de obtener información de él se había esfumado con la llegada de Garrett. ¿O fueron sus preguntas sobre Iris las que lo habían cerrado en banda? El momento elegido hacía que fuera imposible saberlo con certeza.

—Gracias por su tiempo —dijo ella, caminando hacia la puerta. Ray asintió sin levantar la vista.

Afuera, el calor la golpeó de nuevo y el sudor le brotó de inmediato en la frente. Zara consultó su teléfono e hizo una nota rápida sobre la interacción: *«Dueño de la tienda de forrajes (Ray) poco dispuesto a hablar sobre Iris. La aparición de Pennell cortó la conversación, ¿coincidencia o interrupción deliberada?»*.

Miró hacia el final de la calle por donde se había ido Garrett, pero ya había desaparecido. La recomendación de los neumáticos permaneció en su mente, un gesto que no encajaba bien en la idea que tenía de él. Amable, casi protector, lo cual no tenía sentido si estaba intentando que se marchara del pueblo cuanto antes. A menos que fuera su forma de decirle que sabía que sus recursos eran limitados, que tarde o temprano tendría que rendirse e irse a casa. Los neumáticos eran caros. ¿Cómo se había fijado en que los suyos estaban gastados? ¿Había estado revisando su coche específicamente, buscando vulnerabilidades?

Zara irguió los hombros y continuó con su documentación, apartando el encuentro de su mente. Tenía trabajo que hacer. Un pueblo que mapear. Preguntas que hacer.

Y un sargento detective al que descifrar, encuentro tras perturbador encuentro.

A media mañana, Zara se encontraba frente al Salt Creek Supermarket, con el sol imponiendo ya plenamente su dominio sobre el día. Había programado su visita para pillar a la encargada del turno de mañana, Emma Sutton, durante su descanso para fumar. La mujer, de unos veinte años y con el pelo rubio platino recogido en un moño descuidado, se había mostrado dubitativa al principio, mirando por encima del hombro como si alguien pudiera estar vigilando. Pero las cuidadosas preguntas de Zara sobre sus días compartidos en el instituto habían ido relajando su guardia poco a poco.

—No éramos amigas íntimas ni nada —dijo Emma, exhalando el humo lejos de Zara—. Círculos diferentes, ¿sabes? Pero todo el mundo conocía a Iris. La mejor de la clase, siempre trabajando en algún proyecto o algo así.

—¿Estabas en el mismo año? —Zara mantuvo la voz casual, con la grabadora escondida en el bolsillo.

Emma negó con la cabeza.

—Un curso por encima de ella y de Kirsty, el mismo año que Vince. Pero es un pueblo pequeño, no había tantos chicos en la escuela. Todos nos conocíamos, y un año o dos de diferencia no suponían una gran diferencia a la hora de salir juntos. Por cierto, vi tu podcast. Vince siempre estuvo loco por Iris. Nunca miró a ninguna otra, ni siquiera cuando otras chicas lo intentaron.

Zara tomó nota mental de esta confirmación de la devoción de Vince.

—¿Notaste algo inusual en Iris en los días previos a su muerte?

Emma dio otra calada, reflexionando.

—Estaba... tensa. Como si algo la preocupara. —Bajó más la voz—. Yo trabajaba en la caja por aquel entonces, aún estaba en el instituto. Iris vino dos días antes de... de que pasara. No era ella misma.

—¿En qué sentido?

—Normalmente charlaba, preguntaba por mi hermano pequeño, él tenía asma y ella siempre se acordaba de preguntar. Pero ese día parecía distraída. No dejaba de mirar por encima del hombro. —Emma frunció el ceño ante el recuerdo—. Y compró una memoria USB. Una de esas caras con mucha capacidad. Pagó en efectivo, lo cual fue raro porque los Zhang siempre usaban la tarjeta para los gastos del negocio.

El pulso de Zara se aceleró. Una memoria USB. Vince había mencionado que Iris estaba trabajando en algo para su portafolio, algo de lo que era muy celosa.

—¿Dijo para qué era?

—No, pero... —Los ojos de Emma se agrandaron de repente, fijándose en algo por encima del hombro de Zara. Su postura se tensó—. Debería volver al trabajo. Perdone.

Zara se giró para ver a Garrett saliendo de la cafetería de al lado, con un café para llevar en la mano. Las vio de inmediato y su expresión se endureció al acercarse. Emma apagó el cigarrillo y murmuró un «Lo siento» antes de apresurarse hacia el interior, sin siquiera mirar a Garrett al pasar a su lado.

—Veo que se está haciendo popular en el pueblo —dijo Garrett, deteniéndose a un par de metros de Zara.

La frustración surgió en ella. Otra entrevista interrumpida, otra pista potencial cortada por su aparición.

—¿Tiene por costumbre intimidar a los testigos o es solo cuando yo hablo con ellos?

Garrett se acercó un poco más. Su voz bajó lo suficiente como para que los transeúntes no pudieran oírle.

—No entiende las dinámicas de un pueblo pequeño. La gente ha vivido con esta historia durante más de una década. ¿Para qué está removiendo el dolor? ¿Para conseguir más descargas del podcast?

La acusación le dolió precisamente porque una parte de ella reconocía que había algo de verdad en ello. Pero ahora sus motivos eran otros, algo que se había solidificado tras conocer a Vince, tras ver aquel destello en los ojos de May Zhang.

—Por justicia —respondió ella, sin retroceder a pesar de la proximidad del hombre—. Algo por lo que se supone que usted debería preocuparse.

Él apretó la mandíbula y un músculo dio un salto bajo su piel.

—¿Cree que lo sabe todo después de pasar unos días aquí?

La ira en su voz parecía desproporcionada, personal de una manera que no tenía sentido para un oficial de policía que simplemente defendía el trabajo de su departamento. A menos que tuviera motivos para estar a la defensiva. A menos que supiera algo.

Sus cuerpos se habían inclinado el uno hacia el otro, y la discusión conllevaba la energía de algo totalmente distinto; algo que ninguno de los dos estaba dispuesto a reconocer. El calor entre ellos no era solo rabia; era la tensión no resuelta de Childers, de la sala de interrogatorios, de cada encuentro desde entonces.

—Sé lo suficiente para ver que la versión oficial no cuadra —dijo Zara, consciente del sudor que le perlaba las sienes y del rubor que le subía por el cuello, el cual no se debía enteramente al calor o al enfado—. Sé que una chica de diecisiete años no pudo ahogarse accidentalmente en un agua que le llegaba a los tobillos. Sé que la gente de este pueblo se cierra en banda cuando menciono su nombre, lo que me indica que saben algo que no están contando.

Los ojos de Garrett no se apartaron de los suyos; la intensidad de su mirada era casi tangible. —No tienes ni idea de lo que estás removiendo. Esto no trata solo sobre Iris Zhang.

—Entonces cuéntame de qué trata —le desafió ella, dando medio paso hacia él a su pesar.

Estaban tan cerca que ella podía verle la barba de un día en la mandíbula y oler el café en su aliento. Un grupo de ancianas en un banco cercano intercambiaron miradas de complicidad, interpretando claramente de forma errónea la tensión como una simple hostilidad entre una forastera y un agente de la ley local. Si tan solo fuera así de sencillo.

—No puedes presentarte aquí sin más, exigiendo respuestas y esperando que todo el mundo desnude su vida ante tu micrófono —dijo él, con el músculo de la mandíbula tenso—. Esta gente ha construido sus vidas en torno a ciertos entendimientos, ciertos... acuerdos.

—¿Acuerdos? —Zara se aferró a la palabra—. ¿Qué significa eso exactamente?

Algo cruzó sus ojos. Arrepentimiento, tal vez, por haber hablado de más. Dio un paso atrás, poniendo distancia entre ambos, y Zara sintió la pérdida de su proximidad como algo físico.

—Significa que se está convirtiendo en una persona non grata —dijo finalmente, con voz más fría ahora, más controlada—. No diga que no se lo advertí.

Él se dio la vuelta y se alejó, con el café todavía intacto en la mano. Zara lo vio marcharse, con el corazón martilleando contra sus costillas y la piel encendida por la rabia y por algo más que se negaba a reconocer.

Las ancianas del banco seguían observando; una se inclinó para susurrar algo que hizo que las demás asintieran con aire de sabelotodo. Zara las ignoró, centrándose en cambio en lo que Emma le había revelado antes de la interrupción de Garrett. Una memoria USB. Iris comprando almacenamiento digital, pagando en efectivo para no dejar rastro. Algo en lo que estaba trabajando que requería secretismo.

Y la curiosa elección de palabras de Garrett: *acuerdos*. Ni mentiras ni encubrimientos, sino acuerdos. Como si el pueblo hubiera pactado colectivamente una versión oficial de los hechos, una estructura construida en torno a lo que fuera que le ocurrió realmente a Iris Zhang.

Zara sacó su teléfono y tomó notas mientras la conversación estaba fresca en su mente. Puede que Emma Sutton no volviera a hablar con ella tras ver la reacción de Garrett, pero ya había dicho lo suficiente como para tirar de un nuevo hilo. Y el propio Garrett, sin querer, había revelado más de lo que probablemente pretendía.

La investigación avanzaba, a pesar de sus intentos por bloquearla. ¿O de verdad estaba intentando bloquearla? Sus advertencias podían interpretarse de varias maneras: una preocupación genuina por la paz del pueblo, o algo más personal. Algo que hacía que su mirada se oscureciera cuando ella lo presionaba, algo que le hacía acercarse en lugar de alejarse.

Zara sacudió la cabeza, obligando a sus pensamientos a volver al caso. No podía permitirse distracciones, especialmente aquellas con ojos de color gris azulado y advertencias que casi parecían muestras de preocupación.

Salties rebosaba con la clientela del viernes por la noche; los ventiladores del techo giraban inútilmente contra el calor combinado de los cuerpos y la calidez persistente del día. Zara se había adueñado de la última mesa libre del rincón, con el portátil abierto mostrando grabaciones del arroyo y los auriculares puestos para captar el sutil sonido del flujo del agua bajo el estruendo del pub. Había elegido aquel lugar público deliberadamente, en parte por el Wi-Fi, que funcionaba mejor que la irregular conexión del motel, y en parte para observar a los lugareños en su hábitat natural. Tres horas y un pollo a la parmesana después, había avanzado bastante en su tercer episodio, pero se veía distraída repetidamente por la dinámica cambiante del pub.

En la barra se amontonaban los clientes: granjeros todavía con la ropa de trabajo, obreros que se relajaban tras la semana y jóvenes de la zona vestidos para una noche de fiesta que inevitablemente terminaba allí, en el único local del pueblo. Las conversaciones subían y bajaban a su alrededor, bajando ocasionalmente de volumen cuando alguien mencionaba a Iris o a «la mujer del podcast», antes de reanudarse con miradas furtivas en su dirección.

Zara se ajustó los auriculares, intentando concentrarse en el software de edición en lugar de en las miradas hostiles ocasionales. Su tercer episodio iba tomando forma, incorporando la revelación de Emma sobre la memoria USB junto a más fragmentos del testimonio de Vince y una breve narración sobre la historia del pueblo que estaba incluyendo para dar contexto. El relato avanzaba hacia una pregunta fascinante: ¿qué información poseía Iris por la que valiera la pena matar?

El ambiente del pub cambió sutilmente; el tono y el volumen de las conversaciones se ajustaron. Zara levantó la vista, escaneando instintivamente el lugar para encontrar la causa del cambio. Se le encogió el estómago cuando Garrett cruzó la entrada, flanqueado por otros dos hombres. Todos vestían de paisano, pero su porte los marcaba inequívocamente como policías: la misma postura alerta, la misma forma de escudriñar cuidadosamente la sala.

Zara bajó la mirada a su pantalla y el pulso se le aceleró a pesar de sus esfuerzos por permanecer indiferente. Podía sentir el peso de la atención de Garrett cuando él notó su presencia, aunque ella mantuvo deliberadamente los ojos fijos en su trabajo. Por el rabillo del ojo, vio cómo sus colegas ocupaban una mesa mientras Garrett se dirigía a la barra.

La multitud se apartó ligeramente para dejarle paso, no de forma dramática, sino con la sutil deferencia que se le otorga a la autoridad local. Se detuvo en la barra justo al lado de su mesa, de espaldas a ella mientras esperaba para pedir. Ninguno de los dos reconoció al otro, pero Zara sentía una hiperconciencia de su proximidad, del aroma de su loción para después del afeitado mezclándose con el olor a cerveza y comida frita del pub.

El silencio entre ellos se tensó como un cable mientras el camarero iba atendiendo a los clientes. Cuando finalmente llegó a Garrett, su pregunta casi se perdió en el estruendo: —¡Qué va a ser, sargento?

—Una caña grande de Great Northern —respondió Garrett, y luego añadió sin volverse—, y lo que ella esté tomando. —Señaló hacia Zara con un ligero ladeo de cabeza.

Ella levantó la vista, sorprendida por el gesto tras su enfrentamiento a la salida del supermercado. —No necesito su caridad, sargento detective.

Garrett se giró entonces, con una mano apoyada en el borde de la barra, y sus ojos se encontraron con los de ella directamente por primera vez esa noche. —No es caridad. Es cortesía profesional.

El camarero esperaba con las cejas alzadas, atrapado entre ambos. El ruido del pub pareció retroceder alrededor de su mesa, aunque Zara sabía que era solo su agudizada percepción lo que lo hacía parecer así. Varios clientes cercanos observaban con un interés mal disimulado.

—Una cerveza para mí también —dijo finalmente, accediendo más por el deseo de poner fin al escrutinio público que por aceptar realmente el gesto.

Garrett asintió al camarero, que se alejó a por las bebidas. Ninguno habló por un momento, y la ausencia de palabras se llenó con el peso de sus encuentros anteriores: Childers, la comisaría, el supermercado. Cada interacción se superponía a la anterior, creando algo cada vez más complejo entre ellos.

¿Es siempre así de testaruda? —preguntó él en voz baja, rompiendo el silencio.

Zara le miró fijamente a los ojos, negándose a dejarse intimidar por su proximidad o por el pub lleno de lugareños observándolos. —¿Está siempre así de comprometido con mantener el statu quo?

Algo asomó en su expresión. Frustración, quizá, o una admiración reticente. Antes de que pudiera responder, llegaron las bebidas. Garrett pagó, cogió su caña con una mano y el vaso de ella con la otra. Dejó la cerveza sobre la mesa y la deslizó hacia ella; sus dedos casi se rozaron en el intercambio.

—Que pase una buena noche, señorita Langley —dijo él, con una voz que llevaba un trasfondo que ella no lograba descifrar del todo.

Regresó con sus compañeros, dejando a Zara con una cerveza que no quería y la punzante sensación de ser observada, tanto por toda la sala como, de vez en cuando, por el propio Garrett. Se quitó los auriculares, incapaz ya de concentrarse en la edición con el peso de aquella mirada intermitente que la buscaba desde el otro lado de la estancia.

La cerveza estaba frente a ella, con el vaso empañado de condensación. No debería bebérsela. Aceptar favores del mismo agente que se interponía entre ella y la verdad sobre Iris Zhang se sentía mal, como una concesión de algún tipo. Y, sin embargo, rechazarla ahora solo atraería más atención. Zara dio un sorbo y volvió a su trabajo, obligándose a concentrarse a pesar de las distracciones.

Una hora más tarde, apenas había avanzado. Había rechazado educadamente la tercera cerveza pedida por un hombre de pelo pajizo en la barra «para la chica del podcast», y apenas había probado las dos primeras. El ambiente se había vuelto cada vez más opresivo: el calor, el ruido, las miradas encubiertas, algunas curiosas, otras hostiles. Cuando un grupo de jóvenes en una mesa cercana empezó a discutir en voz alta sobre «periodistas de ciudad que buscan llamar la atención y deberían meterse en sus asuntos», Zara decidió que era hora de irse.

Guardó el portátil en su maletín, dio un último trago de cerveza para armarse de valor y se levantó. Mientras se dirigía a la puerta, sintió más que vio cómo la atención de Garrett se desplazaba hacia ella. El aire nocturno de fuera era solo ligeramente más fresco que el interior del pub, pesado por una humedad que prometía lluvia para la mañana.

Zara no había dado ni diez pasos cuando la puerta del pub se abrió a su espalda. No necesitó volverse para saber quién la seguía.

—La acompañaré al motel —dijo Garrett, alcanzándola en unas pocas zancadas.

—Soy perfectamente capaz de volver sola —respondió ella, aunque sin mucha convicción. Lo cierto era que algunas de aquellas miradas en el pub la habían dejado inquieta. Los pueblos pequeños podían volverse peligrosos rápidamente, y ella era, a todas luces, una forastera allí.

—Hágame el favor —dijo él, poniéndose a su altura.

Caminaron en silencio durante unos minutos; la calle estaba tranquila salvo por los sonidos distantes del pub a sus espaldas y el zumbido ocasional de algún coche que pasaba. La tensión entre ellos había vuelto a cambiar, era menos antagónica que en el supermercado y más complicada que su encuentro profesional en la comisaría.

—¿Por qué ha salido detrás de mí? —preguntó ella finalmente.

Garrett no respondió de inmediato. —Algunos de esos chicos de ahí dentro han bebido de más. Más vale prevenir que curar.

—¿Es una evaluación profesional, sargento detective?

—Garrett a secas está bien cuando no estoy de servicio. —La miró de reojo y luego volvió a fijar la vista en la carretera—. Y sí, lo es. Viernes por la noche, demasiada cerveza, una mujer de fuera caminando sola... no es una buena combinación.

Zara analizó aquello. ¿Estaba genuinamente preocupado por su seguridad, o era otra táctica para inquietarla, para recordarle su condición de forastera? ¿O era algo completamente distinto, algo que ninguno de los dos estaba dispuesto a nombrar?

Llegaron al motel demasiado rápido y no lo suficientemente rápido a la vez. Zara se detuvo frente a su puerta, buscando la tarjeta en su maletín. Garrett se quedó a un paso de distancia, con las manos en los bolsillos, observándola.

Tras localizar la tarjeta, se giró para mirarlo, de repente insegura. El aire entre ellos parecía cargado, eléctrico con posibilidades que ninguno había reconocido. Sus ojos sostuvieron los de ella, luego bajaron brevemente a su boca antes de volver a encontrarlos. Se sintió inclinarse ligeramente hacia delante, atraída por la corriente que fluía entre ellos a pesar de todas las objeciones racionales que planteaba su mente.

Por un momento, Zara pensó que él acortaría la distancia. Su cuerpo se tensó, su peso se desplazó casi imperceptiblemente hacia delante. Ella contuvo la respiración, sin saber si quería que la besara o si lo apartaría si lo intentaba, solo con la certeza de que algo tenía que romper aquella tensión imposible.

Entonces Garrett dio un paso atrás, con la expresión cerrándose como una puerta. Sin decir palabra, se dio la vuelta y se alejó; sus pasos se desvanecieron en la noche, dejando a Zara sola ante su habitación del motel.

Se apoyó contra la puerta, exhalando. La frustración la recorría, contra Garrett, contra sí misma y contra toda esta situación. ¿Qué le pasaba? Ese hombre estaba potencialmente obstruyendo su investigación, posiblemente incluso era cómplice del encubrimiento de lo que le había pasado a Iris. El hecho de que hubieran compartido una noche antes de saber quién era el otro debería ser irrelevante.

Y, sin embargo, su piel aún hormigueaba, su pulso aún corría rápido por sus venas. Zara se separó de la puerta e introdujo la tarjeta con más fuerza de la necesaria. Necesitaba concentrarse, recordar por qué estaba aquí. Iris Zhang merecía justicia, y los líos románticos con el detective local solo la distraerían de ese objetivo.

Por mucho que el recuerdo de Childers persistiera entre ellos como una promesa incumplida.

CAPÍTULO 8

LA CAMPANA DE LA entrada de The Golden Horse tintineó suavemente cuando Zara entró por cuarta vez esa semana. El ajetreo del almuerzo ya había pasado, dejando solo dos mesas ocupadas: una pareja de ancianos sentada junto a la ventana y un camionero encorvado sobre un plato de pollo a la miel. May Zhang levantó la vista desde detrás del mostrador; su expresión no era tan cautelosa como en la primera visita de Zara, pero distaba mucho de ser acogedora. Progreso, pensó Zara. Un progreso lento y prudente.

Eligió la misma mesa de la esquina de la que se había adueñado cada vez, lo bastante cerca de la cocina para observar las idas y venidas, pero lo bastante lejos de los demás comensales para tener privacidad. Los aromas familiares a jengibre, anís estrellado y soja la envolvieron, activando recuerdos de otra cocina, de otra época.

Zara había abandonado la comida para llevar después de aquel primer encuentro incómodo, optando en su lugar por comer en el restaurante donde May pudiera verla, donde su presencia se convirtiera en una persistencia amable en lugar de una intrusión. Había ido probando diferentes secciones de la carta: gyoza al vapor con una masa translúcida perfecta, calamares crujientes a la sal y pimienta, fragantes berenjenas estofadas. Cada plato había sido impecable, con sabores equilibrados y vivos de una forma que las cadenas de restaurantes nunca lograban. David Zhang era un cocinero realmente bueno; este restaurante habría sido aclamado en Brisbane. En la zona rural de Queensland, era un auténtico tesoro.

May se acercó con una libreta, con movimientos bruscos y prácticos. Llevaba el mismo pantalón negro funcional y la misma blusa sencilla de todos los días, con su cabello entrecano recogido en su habitual moño apretado. Solo su pulsera de jade ofrecía un atisbo de expresión personal; la piedra verde captaba la luz al moverse.

—¿Qué desea hoy? —preguntó May, con un tono neutro pero no frío.

—El *beef ho fun*, por favor —respondió Zara—. Y té de jazmín.

May anotó el pedido sin comentarios, pero hizo una pausa antes de darse la vuelta. Sus ojos oscuros estudiaron a Zara un instante, como si se estuviera formulando una pregunta. Zara esperó, manteniendo una expresión abierta y paciente.

—¿Por qué sigue volviendo? —preguntó May finalmente con la voz más baja, solo para los oídos de Zara—. ¿Es por su... investigación? —La palabra tenía un matiz amargo.

Zara consideró mentir, sopesó alguna respuesta estratégica que pudiera hacer avanzar su investigación. En cambio, se vio ofreciendo la verdad.

—Por la comida —dijo simplemente—. Me recuerda a la cocina de mi abuela. La madre de mi madre. Era de Hanói.

May arqueó ligeramente las cejas, la primera reacción genuina que Zara le había visto.

—¿Es usted vietnamita? —La pregunta no contenía ninguna acusación, solo sorpresa.

—En una cuarta parte. Mi abuela vino a Australia en los años setenta, como novia de guerra. —Zara se tocó la cara, los ligerísimos pliegues epicánticos en los ángulos internos de los ojos—. Sé que no se me nota mucho. Mi padre es australiano de origen escocés. La gente no suele darse cuenta a menos que mencione mi nombre completo, Zara Ngoc Langley.

La expresión de May cambió, de forma casi imperceptible. Una reevaluación.

—Mi abuela vivió con nosotros hasta que cumplí los quince —continuó Zara, sin saber muy bien por qué compartía aquello pero incapaz de detenerse—. Ella me enseñó a cocinar, aunque nunca llegué a ser tan buena como ella. Cuando murió, sentí que había perdido mi conexión con esa parte de mí misma. —Hizo un gesto vago hacia el restaurante—. Su comida, sé que no es la misma gastronomía, pero hay algo en el esmero que pone, en el equilibrio de los sabores... me recuerda a su forma de cocinar.

Las manos de May, que habían estado apretando con fuerza la libreta de pedidos, se relajaron un poco.

—La gente ve lo que espera ver —dijo May tras un momento, con voz más suave—. Cuando abrimos por primera vez aquí, hace veinticinco años, los clientes me preguntaban si era pariente de los dueños del restaurante chino de Bundaberg. —Una frustración familiar cruzó fugazmente su rostro—. Porque todos los chinos debemos de conocernos, ¿verdad? ¡Mi familia es de Melbourne! ¡Un antepasado vino aquí por la fiebre del oro en el siglo XIX!

Zara asintió, reconociendo la experiencia compartida.—Mi profesor de historia de cuarto de la ESO me preguntó si podía dar una «perspectiva personal» sobre la guerra de Vietnam. Yo nací en Brisbane. Mi *madre* nació en Brisbane. Mi abuela nunca hablaba de la guerra.

La comisura de la boca de May se curvó hacia arriba; no llegó a ser una sonrisa, pero se quedó cerca.—La gente tiene buena intención, en su mayoría.

—En su mayoría —asintió Zara.

Un momento de entendimiento pasó entre ellas, frágil pero real. Entonces la puerta tintineó cuando entró otro cliente, rompiendo el hechizo. May se irguió y su máscara profesional volvió a ocupar su lugar.

—Le traeré el té —dijo, dándose la vuelta.

Zara la vio alejarse, sintiendo una pequeña oleada de esperanza. No era un gran avance, tal vez, pero sí una grieta en el muro que las separaba.

Al día siguiente, Zara regresó para almorzar tarde, calculando deliberadamente su llegada para el periodo de calma que había observado. El restaurante estaba vacío cuando entró; May estaba sola en el mostrador, revisando lo que parecían facturas. May señaló con la cabeza la mesa habitual de la esquina de Zara sin decir palabra.

—Hoy *chow mein* de verduras, por favor —dijo Zara cuando May se acercó—. Y té de jazmín otra vez.

May anotó el pedido, luego vaciló. —¿El restaurante vietnamita de Brisbane donde trabajó, dónde estaba? —preguntó.

Zara parpadeó sorprendida. —En West End. Un lugar pequeño llamado Mekong River. ¿Cómo ha sabido que había trabajado en un restaurante vietnamita?

May se encogió de hombros, con una sonrisilla misteriosa asomando a sus labios. —El tipo de restaurante fue una conjetura, pero... por la forma en que se mueve por el restaurante, la forma en que maneja los platos y los cubiertos. Como una camarera.

Zara sonrió. —Tres años sirviendo mesas durante la universidad. El dueño era amigo de mi abuela, de la comunidad vietnamita.

May asintió y desapareció en la cocina. Cuando regresó con el té unos minutos después, el restaurante seguía vacío. En lugar de volver al mostrador, May sacó la silla frente a Zara y se sentó. La acción fue tan inesperada que Zara se quedó helada, con la taza de té a medio camino de los labios.

—David ha ido a recoger suministros a Bundaberg —dijo May, como justificando su inusual comportamiento—. Volverá para el servicio de la cena. —Entrelazó las manos sobre la mesa y la pulsera de jade se deslizó por su muñeca—. Quieres saber cosas sobre Iris.

No era una pregunta. Zara dejó la taza de té con cuidado, sintiendo el peso de este momento, de la precaria confianza que se le estaba brindando.

—Sí —dijo, simplemente—. Quiero comprender quién era. No solo lo que le pasó.

Los ojos de May escudriñaron el rostro de Zara, buscando algo. Sinceridad, tal vez, o respeto. Buscara lo que buscase, pareció encontrarlo para continuar.

—Era brillante —dijo May, y la palabra desprendía tanto orgullo como dolor—. Creativa. Siempre estaba creando cosas, historias, pequeños proyectos artísticos desde que era pequeña. —Sus dedos trazaron un patrón invisible sobre la mesa—. Cuando tenía catorce años, filmó un documental sobre la historia de este pueblo. Entrevistó a los residentes más ancianos, encontró fotos que nadie había visto en años. La sociedad histórica todavía se lo enseña a los visitantes, aunque borraron su nombre de los créditos al editarlo. —El dolor se reflejó en su rostro ante aquello; el borrado casual del logro de su hija resultaba una crueldad innecesaria.

Zara escuchó sin interrumpir, sin tomar notas, dando a los recuerdos de May el espacio que merecían, incluso mientras decidía mentalmente localizar ese vídeo y mostrarlo en su canal de YouTube, íntegro y con el debido reconocimiento a Iris.

—Quería estudiar en el Queensland College of Art —continuó May—. En el programa de admisión anticipada, para poder ir al terminar primero de bachillerato en lugar de esperar otro año. Estaba preparando su dosier cuando... —su voz flaqueó, pero luego se estabilizó—. La habrían aceptado. Los profesores que vieron su trabajo más tarde, todos lo dijeron.

—¿Era feliz aquí? —preguntó Zara con suavidad—. ¿En Salt Creek?

May meditó la pregunta. —Era feliz con quien era ella. A veces se sentía frustrada por las limitaciones del pueblo. Veía más allá de este lugar, pero no lo despreciaba. —Una sonrisa pequeña y triste rozó sus labios—. Quería contar historias de personas que otros pasaban por alto. «Todo el mundo tiene una historia que vale la pena contar, mamá», me decía siempre.

Sonó el timbre de la cocina, indicando que el pedido de Zara estaba listo. May se levantó; el momento quedó en suspenso pero no se rompió. Cuando regresó con el plato humeante, lo puso ante Zara.

—Debería volver a las cuentas —dijo, señalando el mostrador. Luego, casi como si se le acabara de ocurrir, añadió—: Venga mañana si quiere. David prepara pato laqueado los sábados. No está en la carta, pero siempre tenemos algo.

Zara asintió, comprendiendo la invitación por lo que era: no solo una comida, sino una puerta que se abría. —Me encantaría. Gracias.

May regresó al mostrador y Zara se centró en sus fideos, con un nudo inesperado en la garganta. Se había dado el primer paso real hacia la confianza y, con él, el primer vislumbre de Iris como algo más que un simple caso: como una hija profundamente amada, una mente brillante perdida demasiado pronto. Mientras comía, Zara sintió el peso de esa confianza, a la vez carga y regalo.

La casita de Jane Goulding estaba situada al borde del barranco, con su exterior de tablas de madera casi oculto tras una profusión de flores autóctonas y frutales cuidadosamente cuidados. Zara siguió el sinuoso camino de piedra hasta la puerta principal, sorteando con cuidado a un lagarto de lengua azul que dormitaba al sol sobre las rocas calientes. Tras días ganándose gradualmente la confianza de May, esta pista había surgido inesperadamente. La dueña del restaurante había mencionado a la «profesora favorita» de Iris mientras comían el pato laqueado del sábado, con una rara sonrisa asomando a sus labios al hablar de la mujer que había fomentado el talento de su hija. Una llamada telefónica después, y Zara tenía una invitación para visitarla el domingo por la tarde.

Llamó a la puerta de la casita, pintada de un alegre verde azulado. Se oyeron pasos desde el interior y la puerta se abrió para revelar a una mujer alta y esbelta con un llamativo pelo plateado cortado en un estilo bob que formaba un ángulo agudo desde la nuca hasta la mandíbula. A pesar de tener setenta años, Jane Goulding se movía como alguien con la mitad de su edad, y sus ojos se veían brillantes y alerta tras unas elegantes monturas rectangulares.

—¡Zara, qué alegría conocerte! —dijo con un marcado acento británico—. Pasa, pasa. He puesto el hervidor.

El interior de la casita era tan colorido como su jardín: paredes llenas de estanterías, obras de arte de colores vibrantes y colecciones de lo que parecían proyectos de alumnos expuestos con orgullo. Jane condujo a Zara a una solana que daba al barranco, donde una bandeja de té esperaba junto a una pila de carpetas de dosieres. Charlaron amigablemente mientras Zara montaba la cámara y los micrófonos para la entrevista.

—Me recuerdas un poco a Iris, curiosamente —dijo Jane mientras servía el té en delicadas tazas de porcelana—. Algo en tu presencia. En tu forma de comportarte.

Zara pulsó el botón de grabar y se sentó, sorprendida por la comparación. —Tengo entendido que era alguien bastante excepcional.

—Extraordinaria —corrigió Jane, instalándose en un sillón de mimbre frente a Zara—. En cuarenta y cinco años de docencia, nunca tuve otra alumna como Iris. La técnica se podía enseñar, por supuesto, pero su *mirada*, ese sentido innato para la historia, para lo que importa en un encuadre... eso era un puro don. —Señaló las carpetas de la mesa—. Guardé copias de todos sus trabajos. Con el permiso de May y David, por supuesto. Ellos no soportaban verlos después de... bueno. Pero yo no podía consentir que se olvidaran. Les preguntaré de nuevo, algún día, si los quieren. Cuando me llegue la hora. No me gustaría que se perdieran.

—Pediré permiso a May y David para compartirlos en mis canales —dijo Zara de inmediato—. Estoy de acuerdo; yo tampoco creo que deban perderse.

—¡Creo que sería algo maravilloso! —dijo Jane con alegría—. Yo también hablaré con May, por si vieras que se muestra algo reacia.

Jane abrió la primera carpeta, revelando memorias USB, DVD y materiales impresos organizados con esmero, cada uno etiquetado con caligrafía pulcra. Seleccionó una unidad y la insertó en un elegante portátil que parecía fuera de lugar en la estética, por lo demás antigua, de la casita.

—Este fue su informe para el concurso estatal de medios cuando tenía dieciséis años —explicó Jane, girando la pantalla para que Zara pudiera ver.

El vídeo que empezó a reproducirse era un documental de cinco minutos sobre la sequía en la región, contado a través de entrevistas con agricultores locales. Lo que impactó de inmediato a Zara fue la composición: cada toma encuadrada deliberadamente, el montaje ágil y profesional, el desarrollo de la narrativa de una forma que superaba con creces lo que cabría esperar de una estudiante de secundaria.

—Ganó —dijo Jane en voz baja—. Superó a estudiantes universitarios tres y cuatro años mayores.

Jane le enseñó más: un ensayo fotográfico sobre las manos de los residentes de Salt Creek: manos nudosas de agricultores, dedos de panadero cubiertos de harina, uñas manchadas de aceite de un mecánico; cada imagen revelaba el carácter a través de esos sencillos detalles. Una pieza de radio que exploraba la relación del pueblo con el arroyo que le daba nombre, superponiendo relatos históricos con voces contemporáneas y un sutil diseño sonoro. Un cortometraje que dramatizaba un incidente del pasado del pueblo, cuando los residentes habían dado refugio a un preso fugitivo en contra de las órdenes de las autoridades.

—Todo lo que hacía tenía capas —dijo Jane mientras Zara se quedaba hipnotizada por el trabajo—. Un significado superficial para los espectadores ocasionales, temas más profundos para quienes estuvieran dispuestos a mirar más de cerca. Entendía los matices de una forma que la mayoría de los adultos nunca alcanzan.

Zara sintió un dolor creciente a medida que Iris se volvía más real a través de su obra, a pesar de no aparecer nunca en la pantalla: no era solo una víctima, no era solo un caso, sino una mujer joven brillante con una voz y una visión propias. El trabajo revelaba a alguien que observaba con atención, que encontraba la belleza en rincones olvidados, que se acercaba a sus sujetos con empatía pero nunca con sentimentalismo. Alguien cuya pérdida representaba no solo una tragedia personal para su familia, sino una voz creativa silenciada antes de que pudiera emerger por completo.

—El dosier que estaba preparando cuando murió —continuó Jane, abriendo otro archivo—, le habría garantizado el programa de admisión anticipada en la QCA. Los profesores a los que se lo enseñé más tarde quedaron... bueno, uno de ellos incluso lloró. —Se le quebró la voz—. Qué desperdicio. Un desperdicio terrible.

Zara vio un ensayo en vídeo maravillosamente construido sobre la identidad adolescente en la Australia rural, con entrevistas a compañeros de Iris, incluyendo breves fragmentos de Vince y varios de Kirsty Cannon. El contraste entre la joven serena y elocuente que estaba detrás de la cámara y el arroyo vacío donde se encontró su cuerpo le provocó a Zara un dolor casi físico en el pecho.

—¿Era muy querida en el instituto? —preguntó Zara, recobrando el habla—. May mencionó que a veces se sentía frustrada por las limitaciones del pueblo.

Jane sonrió levemente mientras removía su té. —Respetada más que querida, tal vez. El talento puede ser aislante a esa edad. Los otros estudiantes la admiraban, pero algunos se sentían intimidados. —Tomó un sorbo, sopesando sus siguientes palabras—. Hubo tensión con Kirsty Cannon en esas últimas semanas. Lo noté en mi clase.

El interés de Zara se agudizó. —¿Qué tipo de tensión?

—El habitual drama adolescente, en apariencia. Las dos estaban interesadas en el mismo chico, Vincent Thorne. —Jane miró directamente a los ojos a Zara—. ¿No te lo ha mencionado él?

—No —dijo Zara, sorprendida—. Habló de que salía con Iris, pero nunca mencionó que Kirsty estuviera interesada en él.

Jane soltó una risita suave y sin mucho humor. ——¡Oh, Kirsty estaba interesada, desde luego! No es que diera un paso hasta después de que Iris muriera, un par de meses más tarde, si mal no recuerdo. Algo de bastante mal gusto, la verdad. —Negó con la cabeza—. Vincent la rechazó de forma muy pública. Dijo algo mordaz que la humilló por completo. No recuerdo sus palabras exactas, pero iban en la línea de que ella no era Iris y que nunca podría ser Iris. El tipo de honestidad brutal en la que se especializan los adolescentes.

Zara absorbió esta información, conectándola con la actual posición de autoridad de Kirsty en el pueblo y su imagen cuidadosamente mantenida. Un rechazo y una humillación públicos serían devastadores para alguien tan pendiente de su imagen, especialmente viniendo del chico que quería, el chico que había amado a su rival.

—Me sorprende que Vince no mencionara esto —dijo Zara con cautela.

—Oh, los chicos de esa edad pueden ser sorprendentemente ajenos a esas dinámicas —respondió Jane—. Y todo quedó bastante eclipsado por la muerte de Iris. Vince se fue a la universidad poco después. Puede que no se diera cuenta de la importancia.

O puede que lo considerara irrelevante para la muerte de Iris, ya que ocurrió después, pensó Zara. Pero si Kirsty había estado abrigando sentimientos por Vince mientras este salía con Iris...

—¿Hubo algún indicio de que este triángulo causara problemas antes de que Iris muriera? —preguntó Zara.

Jane meditó la pregunta. —Nada más allá de la habitual torpeza adolescente. Kirsty siempre era... contenida. Cuidadosa con su imagen. —Cerró el portátil pensativa—. La tensión que noté no era por Vince, no realmente, o esa no es la impresión que tuve. Iris se guardaba algo para sí misma, no lo compartía con nadie, ni siquiera con Kirsty, lo cual era inusual. Solían colaborar a menudo. —Frunció el ceño ligeramente—. Me dio la impresión de que Kirsty se sentía excluida, tal vez incluso amenazada por aquello en lo que Iris estuviera trabajando.

Esto coincidía con lo que Vince le había contado sobre que Iris protegía mucho su proyecto final, y con la información de Emma sobre la memoria USB comprada en efectivo. Otra pieza del rompecabezas, aunque Zara aún no estaba segura de dónde encajaba.

—Ha mantenido el contacto con sus alumnos —observó Zara—. ¿Suele ver a Kirsty ahora?

—Menos desde que me jubilé. Se asegura de venir siempre que hay algún acto escolar, así que solía verla allí. Siempre la exalumna dedicada. —La sonrisa de Jane no llegó a sus ojos—. Le ha ido bien a nuestra Kirsty. La concejala más joven de la historia del pueblo, encaminada a la política estatal para seguir los pasos de su padre. Quizá algún día a Canberra. —Hizo una pausa, estudiando a Zara—. Aunque a veces me pregunto qué habría pensado Iris del ascenso de su antigua mejor amiga. Eran tan diferentes. Iris era puro contenido; Kirsty, todo fachada.

La comparación quedó flotando en el aire mientras Jane empezaba a guardar los portafolios. ——He puesto copias digitales de todo en esta unidad para ti —le ofreció un disco duro portátil delgado—. El trabajo de Iris merece ser visto, ser comprendido. Podría ayudarte a entender qué le pasó.

—Me gustaría mucho —dijo Zara al aceptar la unidad, impactada de nuevo por el abismo entre la vibrante fuerza creativa evidente en el trabajo de Iris y la versión oficial de un ahogamiento por descuido—. Gracias por haber compartido esto conmigo.

Jane la acompañó hasta la puerta, deteniéndose en el umbral. —Encuentra la verdad —dijo en voz baja, perdiendo un poco su reserva británica—. Merecía algo mucho mejor que esa ridícula historia del ahogamiento.

Zara asintió. —Lo estoy intentando —prometió—. Merece ser recordada.

Jane se secó los ojos húmedos y asintió. —Estoy disfrutando de tu podcast —dijo como nota final—. Esperaré con ganas tu próximo episodio.

Mientras caminaba de regreso hacia el pueblo, la mente de Zara bullía con nuevas preguntas. ¿Por qué no habría mencionado Vince el interés de Kirsty por él? ¿Era simplemente poco importante para él, o demasiado doloroso de recordar? Y lo más urgente: ¿podrían los celos románticos haber jugado un papel en lo que fuera que le ocurrió a Iris Zhang aquella noche de octubre?

Zara se sentó con las piernas cruzadas en la cama del motel, con el portátil apoyado en las rodillas, mientras redactaba con cuidado un correo electrónico para Vince. La revelación sobre el interés de Kirsty en él necesitaba ser corroborada, pero dudaba sobre cómo expresarlo para no parecer acusadora por su omisión. Tras varios intentos, optó por un enfoque directo: —*Hoy he hablado con Jane Goulding y ha mencionado algo interesante: que Kirsty sentía un interés romántico por ti y que la rechazaste después de que muriera Iris. Me pregunto si puedes confirmarlo y si crees que podría ser relevante para lo que le pasó a Iris.*

Lo leyó dos veces y añadió: —*Quiero dejar claro que no sugiero que hayas ocultado información. Entiendo que esto pueda haber parecido inconexo o demasiado personal para mencionarlo en nuestra entrevista.* Tras una lectura final, hizo clic en enviar, con la mente ya puesta en cómo este posible triángulo podría remodelar su comprensión del caso.

La respuesta llegó más rápido de lo esperado, apenas veinte minutos después. Zara acababa de salir de la ducha cuando su ordenador emitió el sonido de notificación. Se envolvió en una toalla y se sentó a leer la respuesta de Vince, mientras las gotas de agua caían de su pelo sobre el teclado.

—*Hola, Zara. Sí, eso pasó, aunque no había pensado en ello en años. No era relevante para la muerte de Iris, ya que ocurrió de-*

spués, por eso no lo mencioné. Debió de ser unos dos meses después de que Iris muriera; recuerdo que era época de Navidad. Kirsty me acorraló en una fiesta, dijo que deberíamos «consolarnos mutuamente», ya que ambos extrañábamos a Iris. Yo estaba borracho y enfadado, y probablemente fui más cruel de lo necesario. No recuerdo exactamente qué dije, pero fue algo así como que ella nunca llegaría a ser ni la mitad de lo que era Iris, y que preferiría estar solo para siempre que con alguien que solo me recordara lo que había perdido. No fue mi mejor momento, pero tenía dieciocho años, estaba de luto y, francamente, un poco asqueado por su oportunismo. Nunca volvió a hablarme. De todos modos, me iba a Brisbane para la universidad, así que no me importó mucho en aquel momento.

—En retrospectiva, puedo ver lo humillante que debió de ser para ella, especialmente si había tenido sentimientos por mí mientras yo estaba con Iris. Pero sinceramente no creo que esto conecte con la muerte de Iris. Kirsty e Iris eran amigas —mejores amigas, según Kirsty—, aunque Iris nunca usó ese término, que yo recuerde. Hubo cierta tensión entre ellas esas últimas semanas, pero ciertamente nunca pensé que pudiera ser por mí. Parecía tener más que ver con los proyectos escolares y sus solicitudes para la universidad.

—Estaré encantado de hablar más si crees que esto importa. No volveré a Salt Creek hasta dentro de 8 días, pero puedo llamarte después de mi turno mañana si quieres.

—Vince

Zara leyó el correo dos veces, sopesando sus implicaciones. El momento en que ocurrió hacía poco probable que unos sentimientos románticos rechazados hubieran motivado directamente la muerte de Iris, pero añadía otra dimensión al carácter de Kirsty y a su relación con Iris. La tensión que Vince mencionaba coincidía con lo que Jane había dicho sobre que Iris se guardaba un proyecto para sí misma sin compartirlo con Kirsty.

Se secó el pelo con la toalla, analizando sus opciones para el próximo episodio. El triángulo amoroso sin duda generaría interés en los espectadores. A la gente le encantaban ese tipo de dramas. Pero sin conexiones más concretas con la muerte de Iris, destacarlo corría el riesgo de convertir el podcast exactamente en el tipo de contenido explotador que la habían acusado de crear con el caso de Little Girls Lost... y de cabrear a los lugareños más de lo que ya estaban.

—No —dijo en voz alta a la habitación vacía—. Por ahí no. Todavía no.

En su lugar, se centraría en el trabajo creativo de Iris, en darle vida como persona y no solo como víctima. Ese enfoque honraba tanto la verdad como la confianza de los Zhang. El ángulo de Kirsty podría esperar hasta que tuviera conexiones más sustanciales con el caso.

Vestida y con el rumbo más claro, Zara abrió su software de edición y empezó a montar el siguiente episodio. Cortó fragmentos de su conversación con Jane, capturando los recuerdos de la profesora sobre Iris y sus descripciones del extraordinario talento de la joven. Llamó a May y, con su bendición, incluyó fragmentos de los trabajos de Iris: fragmentos de sus documentales, trozos de sus piezas de audio, imágenes de sus ensayos fotográficos, con una nota de que las versiones completas de la obra de Iris estarían disponibles por separado en su canal.

Mientras editaba, Zara sintió la satisfacción familiar de elaborar una narrativa cautivadora, pero también algo más profundo: un sentido de responsabilidad hacia la chica cuya vida estaba reconstruyendo a través de los recuerdos de otros y de su propio trabajo. Esto no era solo contenido; era una restauración, enfocar a Iris como algo más que la víctima del arroyo.

Trabajó durante toda la tarde y parte de la noche. A las dos de la madrugada, tenía un montaje preliminar que le pareció correcto: respetuoso, atractivo, sustancial. Añadió su narración, enlazando los elementos, enfatizando el contraste entre la joven vibrante y talentosa de las imágenes y la versión oficial de un ahogamiento por negligencia.

La edición final le llevó otras tres horas. Cuando por fin lo subió al amanecer, el agotamiento empezaba a pesarle, pero la satisfacción era mayor que la fatiga. Este episodio conectaría a los espectadores con Iris como persona, haría que les importara que se hiciera justicia con ella de una manera que sensacionalizar un triángulo amoroso adolescente nunca lograría.

Se desplomó en la cama mientras los primeros rayos de sol se filtraban por las finas cortinas del motel, poniendo una alarma para el mediodía para comprobar el rendimiento del episodio.

Al despertar, con los ojos nublados y aún cansada, su teléfono estaba encendido con notificaciones. Lo buscó a tientas, entrecerrando los ojos ante la pantalla mientras los números se enfocaban. Las visualizaciones ya iban por cuarenta y siete mil y subían rápidamente. Comentarios por miles. «Compartidos», «me gusta», nuevos suscriptores; todas las métricas se disparaban a un ritmo que no había visto desde el apogeo de *Los Australianos Perdidos*.

Abrió el panel de control en su portátil mientras se cargaban las analíticas. No era solo interacción, sino interacción significativa. Los comentarios hablaban del talento de Iris, expresaban indignación por la pérdida de tal potencial, exigían justicia. Los espectadores conectaban con Iris como persona, tal como Zara había esperado.

Lo más sorprendente fue la cifra de ingresos proyectada para el mes: veinte mil dólares. Se quedó mirando el número, segura de que lo estaba leyendo mal por el cansancio. Pero no, la cifra permanecía allí, casi burlona en su improbabilidad. Veinte *mil* dólares. Suficiente para cubrir su hipoteca durante meses. Suficiente para borrar su deuda de la tarjeta de crédito. Suficiente para respirar.

Se rió, un sonido entre la incredulidad y el alivio, mientras recorría comentario tras comentario. La gente estaba implicada ahora, no solo en el misterio sino en la propia Iris. La estrategia había funcionado más allá de sus proyecciones más optimistas.

Zara pasó la siguiente hora respondiendo a comentarios clave y tomando notas para futuros episodios. Ahora tenía material suficiente de Jane para al menos dos entregas más, centrándose en diferentes aspectos del trabajo creativo de Iris mientras construía gradualmente el argumento de que su muerte no pudo haber sido accidental.

Al cerrar el portátil, le vino un recuerdo: Garrett Pennell hablándole de sus neumáticos desgastados y recomendándole el taller de Mick. Se había erizado ante la observación entonces, sintiéndola como una crítica a su situación económica. Ahora, con veinte mil dólares en el horizonte, el recuerdo le produjo una emoción distinta: una extraña mezcla de reivindicación y algo parecido a la gratitud.

Cogió las llaves, repentinamente decidida. Neumáticos nuevos. Una cosa pequeña, tal vez, pero simbólica; la prueba de que no se marcharía de Salt Creek pronto, de que se estaba asentando, de que tenía los recursos para quedarse hasta descubrir la verdad sobre lo que le ocurrió a Iris Zhang.

Y si por casualidad Garrett Pennell se fijaba en su coche recién equipado, bueno, eso no sería más que un beneficio colateral.

CAPÍTULO 9

ZARA ESTABA SENTADA CON las piernas cruzadas en la cama del motel, con el ordenador sobre las rodillas. La barata unidad de aire acondicionado rateaba y gemía, escupiendo de vez en cuando un aire tibio que apenas servía para combatir el verano de Queensland que presionaba contra las ventanas. Deslizó la pantalla por la sección de comentarios de su último episodio. Cuarenta y ocho mil visualizaciones y subiendo. La Chica del Arroyo ya no era solo un podcast; se estaba convirtiendo en un movimiento.

El episodio dedicado al trabajo creativo de Iris había resonado mucho más allá de sus expectativas. Los oyentes no solo se interesaban por el misterio; conectaban con Iris como persona, compartiendo su indignación por la pérdida de semejante talento y exigiendo respuestas sobre cómo alguien tan cuidadosa y concienzuda pudo haberse ahogado accidentalmente en aguas que apenas le llegaban a los tobillos.

—El documental de Iris sobre Salt Creek debería presentarse a festivales de cine —escribió un usuario—. Tenía un ojo extraordinario para la composición.

—No puedo dejar de pensar en su serie fotográfica sobre manos —añadió otro—. La forma en que captaba la personalidad a través de detalles tan sencillos. Perdimos a un gran talento cuando murió.

Zara dio un sorbo a su agua del tiempo. Era exactamente lo que había esperado: resucitar a Iris como algo más que una víctima, lograr que a la gente le importara la verdad tras su muerte porque les importaba ella. Los ingresos previstos también seguían subiendo; ya rondaban los 22.000 dólares mensuales. Un respiro económico tras meses de deudas asfixiantes.

Se detuvo en un comentario que destacaba entre las respuestas emocionales: *—La antigua pasarela estaba a cincuenta metros río arriba de donde indicaste, no a veinte. Te equivocas en la geografía básica.*

Zara frunció el ceño y abrió rápidamente sus notas de investigación. El comentario tenía razón; se había equivocado en la distancia durante la narración. Tomó nota para publicar una corrección en el próximo episodio y siguió leyendo. Aparecieron más correcciones, extrañamente específicas:

—Iris no estuvo en la clase de Inglés del señor Peterson en su último año, estuvo en la de la señora Hargrove. Contrasta tus datos.

—El barranco no termina «justo al este del pueblo» como afirmas. Hay más de tres kilómetros hasta la cascada. Este tipo de descuidos merman tu credibilidad.

Zara arrugó el entrecejo mientras leía. La molestia inicial por sus errores dio paso a la inquietud. No eran observaciones casuales de los oyentes; eran conocimientos locales precisos, detalles que solo alguien de Salt Creek conocería.

Se secó el sudor de la frente con el dorso de la mano y, de repente, la habitación le pareció más claustrofóbica a pesar de que sus dimensiones no habían cambiado. Le llegó un pitido de notificación, otro comentario:

—*Deberías tener más cuidado con a quién acusas. Los pueblos pequeños tienen buena memoria, y los periodistas que causan problemas no duran mucho.*

Se le encogió el estómago. Aquello ya no era una corrección; era una advertencia. Siguió bajando y encontró más mensajes con matices cada vez más hostiles:

—*Hay historias que es mejor dejar enterradas. Por el bien de todos.*

—*¿Cierra bien la puerta de tu habitación del motel por las noches? Salt Creek no siempre es seguro para los de fuera.*

El último comentario hizo que se le cortara la respiración. Comprobó los perfiles de usuario: todos anónimos, todos creados en la última semana, todos sin otra actividad más allá de comentar sus vídeos. Irrastreables.

Zara cerró el ordenador, se levantó y comprobó que la puerta de la habitación del motel estuviera echada, con la cadena puesta. La parte racional de su cerebro insistía en que solo eran los típicos troles de internet, justicieros del teclado intentando asustarla con amenazas vacías. Pero la periodista que llevaba dentro, la parte que había pasado años desarrollando el instinto para saber cuándo una historia se volvía peligrosa, le susurraba que aquello era distinto. Era local, específico y escalaba deliberadamente.

Volvió al ordenador y sacó capturas de pantalla de cada comentario preocupante, anotando las marcas de tiempo y los ID de usuario. Luego abrió un documento nuevo y empezó a analizar patrones: estilos de escritura, conocimientos específicos revelados, horario de las publicaciones. Sus manos se movían automáticamente, cayendo en la rutina de investigación que siempre la había calmado cuando las historias se complicaban.

Los comentarios habían empezado a aparecer aproximadamente tres horas después de que el episodio se publicara, lo que sugería que alguien de la zona lo había visto temprano esa mañana y había reaccionado casi de inmediato. El conocimiento específico del horario de clases de Iris apuntaba a alguien relacionado con la escuela: un profesor, un administrativo o un antiguo alumno. Y la amenaza sobre su habitación del motel significaba que alguien sabía exactamente dónde se alojaba.

Pero ¿qué buscaban? ¿Qué había provocado esta escalada? El último episodio no mencionaba a posibles sospechosos ni proponía nuevas teorías sobre la muerte de Iris. Simplemente mostraba su trabajo creativo, su talento. A menos que...

Zara volvió a abrir el vídeo, pasando rápido para revisar los fragmentos de los documentales de Iris que había incluido. ¿Habría mostrado sin querer algo que alguien no quería que se viera? ¿Algún detalle en la obra de Iris que revelara más de la cuenta?

El reloj de su ordenador marcaba las 6:42 p. m. Fuera, el sol empezaba a ponerse, proyectando largas sombras a través de las finas cortinas. Zara se acercó a la ventana y miró hacia el aparcamiento, que estaba casi vacío. No había vehículos sospechosos, nadie vigilando desde el otro lado de la calle. Solo la tranquilidad habitual de Salt Creek al atardecer.

Regresó a su ordenador, copió las capturas de pantalla en una carpeta segura en la nube y luego le envió un breve mensaje a Dev: —*Estoy recibiendo algunos comentarios preocupantes en el último episodio. Nada concreto, pero mantengo los ojos abiertos. ¿Hablamos mañana?*

Si alguien podía rastrear esas cuentas anónimas, era Dev. No quería alarmarlo, pero lanzar una señal de alerta le parecía lo más prudente, y sabía que él empezaría a investigar de inmediato.

El aire acondicionado volvió a ratear y expulsó un chorro de aire ligeramente más frío. Zara se secó el cuello, donde se había acumulado el sudor a pesar de estar relativamente quieta. Los comentarios no deberían intimidarla, lo sabía. El acoso en línea formaba prácticamente parte del trabajo de cualquier mujer periodista, y más aún de una que investigaba el posible encubrimiento de un asesinato. Pero la precisión la inquietaba: el conocimiento local, la clara intención de desestabilizarla.

Cerró el documento y abrió en su lugar el software de edición. La mejor respuesta no era la retirada, sino el avance. Empezó a esbozar el siguiente episodio, centrándose en las incoherencias de la investigación oficial. Si alguien intentaba asustarla, es que no entendía en absoluto qué era lo que la motivaba. Las amenazas no la hacían huir; hacían que cavara más hondo.

Sin embargo, la mención específica a su habitación del motel la carcomía. Volvió a mirar la puerta, las ventanas, el cuarto de baño donde la pequeña ventana permanecía firmemente cerrada. Tal vez debería considerar mudarse, buscar un sitio menos obvio para quedarse. La casita de Jane Goulding era lo bastante grande como para tener una habitación libre; podría alquilársela unas semanas si se lo pidiera. Pero no; huir enviaría una señal de debilidad, confirmaría que la intimidación estaba surgiendo efecto.

Zara irguió los hombros y volvió a su trabajo. No se marcharía a ninguna parte. No hasta descubrir qué le pasó realmente a Iris Zhang. No hasta entender por qué su muerte seguía provocando respuestas tan viscerales once años después.

Y no hasta identificar exactamente quién estaba intentando enterrar con tanto empeño una verdad que se negaba a permanecer oculta.

Zara regresó al Salt Creek Motel poco después de las cinco de la tarde siguiente, con su cuenta bancaria casi mil dólares más ligera pero con su coche por fin estable en la carretera. Había descartado la sugerencia de Garrett de poner neumáticos usados después de que Mick le mostrara la diferencia en la calidad del dibujo. —Estos le durarán dos años fácilmente, con los pocos kilómetros que hace al año —le había dicho, dando una palmada a los nuevos Michelins que le había pedido cuando llevó el coche por primera vez—. Esos neumáticos usados podrían haber reventado en seis meses. —Con más de veinte mil dólares en camino gracias al éxito del podcast, podía permitirse hacer las cosas bien por una vez. Aparcó frente a su unidad; la vista familiar de su destartalado hogar temporal le resultó extrañamente reconfortante tras pasar el día absorta en el trabajo creativo de Iris en la biblioteca, con Esther vigilándola con una presencia ligeramente hostil de fondo.

Pero al abrir la puerta, algo cambió en su percepción. La puerta estaba cerrada. Las cortinas echadas exactamente como recordaba. Nada visiblemente fuera de lugar. Aun así, algo se sentía mal, una sutil alteración en el ambiente que su cuerpo registró antes de que su mente consciente pudiera identificarla.

A primera vista, la habitación parecía normal: la cama hecha, una camisa limpia sobre la silla donde la había dejado, la funda del portátil sobre el escritorio. Pero al entrar, esa sensación de que algo iba mal cristalizó en detalles específicos.

Sus libros en la mesilla de noche, tres de bolsillo y su cuaderno de cuero, estaban dispuestos en un orden diferente. Ella solía dejar el cuaderno encima por costumbre; ahora era el tercero de la pila. La cremallera de su maleta, que siempre dejaba cerrada del todo, estaba abierta un par de centímetros en un extremo. Su neceser, que esa mañana había dejado sobre la encimera del baño, estaba en el lado opuesto del lavabo.

Alguien había estado en su habitación. Alguien había tocado sus cosas.

Zara se dirigió primero al escritorio, con el corazón acelerado mientras revisaba el maletín del equipo. El cierre estaba intacto. Lo abrió y comprobó que su ordenador y el disco duro de Jane que contenía el material de Iris seguían seguros, sin tocar. Su equipo de grabación, la cara cámara Sony y los micrófonos que llevaba dieciocho meses pagando, también estaban allí.

No habían robado nada. Buscaban algo.

Se le erizó la piel al pensar en unas manos desconocidas hurgando en su espacio privado, examinando sus pertenencias, abriendo su maleta donde guardaba la ropa doblada, con sus prendas íntimas expuestas ante los ojos de un extraño. Fue al baño, inspeccionándolo con más cuidado. El cepillo de dientes estaba exactamente en su soporte, pero su crema hidratante se había movido y el tapón no estaba bien apretado.

—Mierda —susurró, con la voz temblorosa en la silenciosa estancia.

Zara sacó el móvil y comprobó la hora: las 5:23 p. m. El personal de limpieza habría terminado su ronda hacía horas y, además, ella siempre colgaba el cartel de «No molestar» al salir. Aquello no era cosa del servicio de habitaciones. Había sido deliberado.

Se acercó a las ventanas para revisar los cierres y examinar los marcos en busca de signos de forzado. Nada. Volviendo al maletín del equipo, se agachó para poner la cerradura a la altura de los ojos y entonces los vio: unos arañazos finos alrededor del cierre, como si alguien hubiera intentado forzarlo con torpeza.

Así que quienquiera que hubiera hecho esto no era precisamente un profesional. ¿Habrían sobornado o convencido al recepcionista para que les diera acceso a la habitación? ¿Habrían cogido la llave maestra que debe de tener la limpiadora para entrar en todas las habitaciones? Zara estaba bastante segura de que no obtendría una respuesta sincera de nadie que trabajara en el motel.

Los comentarios anónimos de anoche aparecieron en su mente: —*¿Cierra bien la puerta de tu habitación del motel por la noche? Salt Creek no siempre es seguro para los de fuera.* No se trataba de una amenaza aleatoria, sino de una advertencia deliberada de alguien que ya sabía que podía acceder a su espacio.

Caminó de un lado a otro de la pequeña habitación, seis pasos de pared a pared, intentando controlar su respiración. ¿Qué habían estado buscando? ¿El disco duro de Jane con el trabajo de Iris? ¿Sus notas de investigación? ¿O era simple intimidación, un mensaje de que ningún sitio era realmente privado, de que la vigilaban?

En cualquier caso, la intención estaba clara: asustarla, hacer que se sintiera vulnerable, conseguir que se fuera.

Zara se obligó a quedarse quieta, a pensar. Podía no decir nada, fingir que no se había dado cuenta, pero entonces quien hubiera hecho aquello pensaría que su mensaje no se había entregado.

O podía llamar a la policía. Denunciar el allanamiento, crear un registro oficial. Obligar a quien estuviera detrás de esto a darse cuenta de que no se dejaría intimidar ni silenciar.

Se quedó mirando el teléfono, con el número de la comisaría de Salt Creek ya guardado en sus contactos. Llamar significaba que probablemente Garrett respondería. Garrett, con sus ojos azul grisáceo que veían demasiado, con sus advertencias que ahora parecían menos amenazas y más preocupación genuina.

El recuerdo de su presencia física en Childers, de su cercanía en la sala de interrogatorios de la policía, aquella noche que él la acompañó a casa desde el pub, le provocó un vuelco inoportuno en el estómago. Complicado. Demasiado complicado.

Pero sus instintos periodísticos se impusieron a sus dudas personales. *Documentarlo todo. Crear un rastro documental. Seguir el procedimiento.* No tenía por qué caerle bien Garrett Pennell para utilizar el sistema que él representaba.

Zara hizo fotos de los objetos desordenados con su móvil, con cuidado de no tocar nada más. Luego se tragó el orgullo y marcó el número de la comisaría. Mientras el teléfono daba señal, contempló su espacio vital profanado, y la indignación fue sustituyendo gradualmente el impacto inicial.

Alguien pensaba que podía intimidarla con esas pequeñas invasiones. Alguien creía que huiría ante el primer signo de resistencia. Estaba claro que no entendían qué la había traído a Salt Creek en primer lugar: no solo la desesperación profesional, sino una creencia genuina en la justicia, un compromiso con la verdad que la había sostenido en amenazas peores que esta.

—Comisaría de Salt Creek —dijo la voz de la recepcionista.

—Soy Zara Langley —dijo ella, con voz firme a pesar de la inquietud persistente—. Me gustaría denunciar un allanamiento en el Salt Creek Motel.

No se dejaría asustar. Ni por comentarios anónimos, ni por su privacidad vulnerada, ni por amenazas sutiles. Quienquiera que hubiera registrado su habitación solo había logrado confirmar lo que ella ya sospechaba: se estaba acercando a algo que alguien quería mantener oculto a toda costa.

Garrett llegó a los diecisiete minutos de su llamada. Zara los había estado contando, sentada en el borde de la silla del escritorio, reacia a sentarse en la cama que manos desconocidas podrían haber tocado. Reconoció el sonido de su vehículo antes de verlo, el estruendo característico del LandCruiser patrulla entrando en la plaza de aparcamiento frente a su ventana. Cuando oyó los golpes, tres toques secos, se levantó rápidamente, se alisó la camisa y abrió la puerta para encontrárselo ocupando todo el quicio, con una expresión profesional que no llegaba a ocultar la preocupación en sus ojos.

—Señorita Langley —dijo formalmente, aunque algo en su voz suavizaba la distancia profesional—. ¿Ha denunciado un allanamiento?

Se hizo a un lado para dejarle entrar, muy consciente de cómo su presencia hacía que la pequeña habitación pareciera de pronto más estrecha. Hoy iba de uniforme: camisa azul claro con la insignia de la policía de Salt Creek, pantalones oscuros y cinturón de servicio. Oficial, autoritario. Sin embargo, no pudo evitar recordarlo en Childers, de paisano, con su cuerpo pegado al de ella.

—No falta nada —explicó, señalando los sutiles signos de la intrusión—. Pero alguien ha revuelto mis cosas. Buscaban algo.

Garrett asintió mientras sacaba una pequeña cámara digital y un cuaderno.

—¿Le importa explicarme qué es lo que ha encontrado? —preguntó, situándose tan cerca de ella que Zara podía oler su loción para después del afeitado mezclada con café y el tenue aroma de detergente. Demasiado cerca para una interacción profesional, pero ninguno de los dos se apartó.

Ella le describió cada objeto alterado, dónde había estado y cómo sabía que se había movido. Mientras ella hablaba, los ojos de él volvían una y otra vez al rostro de Zara, estudiando su expresión de una manera que iba más allá del procedimiento policial. Recorrió la habitación con ella, fotografiando los libros recolocados y la cremallera de la maleta parcialmente abierta. Sus movimientos eran cuidadosos, profesionales, pero Zara se fijó en cómo se posicionaba, siempre entre ella y la puerta, como si esperara que el intruso regresara en cualquier momento.

—¿Ha estado en la misma habitación desde que llegó? —preguntó él, escribiendo en su cuaderno.

—Sí, desde hace diez días.

—¿Alguien más aparte del servicio de limpieza tiene acceso? ¿Amigos de visita? ¿¿Coleguillas?

—No. Me he reunido con gente del pueblo, Jane Goulding, May Zhang, pero nunca aquí. Bueno, excepto con Vince Thorne, pero está fuera, en la explotación minera en la que trabaja —hizo una pausa—. Siempre cuelgo el cartel de «No molestar». El servicio de limpieza no ha entrado en tres días.

Él anotó esto y luego levantó la vista, manteniendo sus ojos azul grisáceo fijos en los de ella. —¿Ha notado que alguien la siguiera? ¿Alguien que mostrara un interés inusual en sus movimientos?

Las preguntas iban más allá del protocolo estándar para un simple allanamiento sin robo. Era preocupación personal, mal disfrazada de rigor profesional.

—No específicamente. Pero ha habido... —Dudó, luego sacó su móvil y le mostró las capturas de pantalla de los comentarios anónimos—. Estos empezaron a aparecer ayer. Después de que se publicara mi último episodio.

Garrett cogió el teléfono y fue deslizando los mensajes. Se le tensó el músculo de la mandíbula mientras leía y su expresión se ensombreció. Cuando llegó al comentario sobre la cerradura de la habitación del motel, apretó los dedos sobre el teléfono.

—¿Por qué no denunció esto? —Su voz era baja, tensa por lo que parecía una rabia genuina. No contra ella, se dio cuenta Zara, sino contra quien estuviera tras las amenazas.

—Parecían los típicos troles de internet. Hasta ahora.

Le devolvió el teléfono y sus dedos rozaron los de ella. —Esto no es trolleo. Es intimidación dirigida. —Se acercó más y bajó la voz—. Se está convirtiendo en un objetivo, Zara. Esto ya no es solo resistencia de pueblo.

—No voy a dar marcha atrás —dijo ella, levantando la barbilla—. Si alguien está tan decidido a asustarme, es que debo de estar acercándome a algo importante.

—O a alguien peligroso. —Él levantó la mano, casi tocándole la cara antes de retirarla—. No entiende en qué se ha metido.

—Pues dímelo —lo retó ella, acercándose sin querer un paso más—. ¿Qué se me escapa, Garrett? ¿Qué es lo que no me dices?

El aire entre ellos pareció comprimirse, cargado de palabras no dichas, del recuerdo de aquella noche en Childers, de la tensión que se había ido acumulando en cada encuentro desde entonces. Él bajó la vista hacia su boca, se demoró allí y luego volvió a mirarla a los ojos. La distancia profesional se derrumbó por completo.

Zara no estaba segura de quién se movió primero. Quizá ambos, atraídos por esa fuerza que existía desde que se conocieron. La boca de él buscó la suya, ardiente y desesperada, mientras su mano subía para acunar la parte posterior de su cabeza. Ella respondió al instante, sintiendo una oleada de deseo mientras se apretaba contra él, con los dedos aferrados a su camisa.

El beso no se pareció en nada al de Childers; no fue juguetón ni exploratorio, sino pesado de necesidad, miedo, rabia y algo más profundo que no sabía nombrar. Él le rodeó la cintura con el brazo, atrayéndola más, como si pudiera protegerla físicamente de cualquier amenaza exterior. El cuerpo de Zara recordó el de él, y el instinto tomó el mando mientras se arqueaba contra su pecho.

Fue Garrett quien se apartó primero, aunque no la soltó; apoyó su frente contra la de ella mientras ambos recuperaban el aliento.

—Me preocupas —dijo, con voz ronca—. Esto no es un juego. Salt Creek tiene secretos que la gente protegerá a cualquier precio.

El calor del cuerpo de él contra el suyo hacía que fuera difícil concentrarse, pero Zara se obligó a dar un paso atrás, buscando espacio para pensar con claridad. —Sé cuidarme sola. No voy a dejar que me espanten con estrategias para asustarme.

—Esto no son solo estrategias para asustar. —Sus manos se retiraron a regañadientes de la cintura de ella—. Alguien ha estado en tu habitación, Zara. Alguien que sabe dónde duermes, en qué estás trabajando. Esto está escalando.

—Razón de más para seguir indagando. —Se alisó la camisa, tratando de recuperar la compostura—. No pienso irme hasta saber qué le pasó a Iris.

Su expresión flaqueó: frustración, preocupación y tal vez una pizca de admiración a su pesar. Se pasó una mano por el pelo, mirando alrededor de la habitación profanada. —Al menos, deja que hable con el gerente del motel para cambiarte las cerraduras. Quizá poner una de la que solo tú tengas la llave. Y ten cuidado de en quién confías.

La ironía de la situación no se le escapó. Allí estaba ella, confiando precisamente en el hombre que le había advertido que se alejara de esta investigación desde el principio. Confiando en él su seguridad, su boca, los instintos de su cuerpo.

Garrett recogió su cuaderno y la cámara, y se dirigió hacia la puerta. Se detuvo en el umbral, volviéndose como si fuera a decir algo más. Sus ojos se encontraron un instante antes de que él simplemente asintiera una vez y se marchara.

La puerta se cerró tras él. Zara se quedó inmóvil, escuchando cómo se alejaban sus pasos, con los labios todavía con el hormigueo de su beso. La habitación parecía a la vez más vacía y más llena con su ausencia: vacía sin su presencia física, más llena de preguntas sobre lo que acababa de pasar, lo que significaba y a dónde podría llevar.

Se dejó caer en el borde de la cama, sin importarle ya quién pudiera haberla tocado. Su ritmo cardíaco volvió lentamente a la normalidad, pero el recuerdo del cuerpo de Garrett contra el suyo, su postura protectora y la forma en que su aroma —jabón, café y algo distintivamente suyo— impregnaba la habitación, mantenía su piel encendida y sensible.

Él se había preocupado de verdad por su seguridad. Aquello no era fingido, no era una actuación. Pero ¿significaba eso que no estaba implicado en lo que le hubiera pasado a Iris? ¿O era su preocupación un asunto personal, aparte de sus lealtades y obligaciones profesionales?

Zara se presionó las sienes con los dedos, intentando aclarar sus pensamientos. El allanamiento, los mensajes amenazantes, el beso... todo se arremolinaba en una confusa maraña de peligro y deseo. Lo peor no era que alguien hubiera entrado en su habitación o que usuarios anónimos la estuvieran amenazando por internet.

Lo peor era que, cuando Garrett se había detenido en el umbral dispuesto a marcharse, ella había tenido ganas de pedirle que se quedara.

Capítulo 10

Unos golpes sacaron a Zara de unos sueños inquietos; eran persistentes pero vacilantes. Parpadeó mirando el reloj de la mesita de noche: las 6:17 de la mañana. Demasiado pronto para el servicio de habitaciones. Tras el allanamiento de ayer, el pulso se le aceleró mientras salía de la cama y se ponía una rebeca sobre el camisón antes de acercarse a la puerta con cautela. Miró por la mirilla, tensándose hasta que reconoció la pequeña figura al otro lado: May Zhang, de pie con las manos entrelazadas, con un aspecto decidido e incierto a la vez bajo la luz ya brillante de la mañana.

Zara abrió la puerta y quitó la cadena. —¿May? ¿Va todo bien?

May vestía unos pantalones negros planchados y una sencilla blusa azul; su pelo veteado de canas estaba recogido en su moño habitual, aunque iba más suelto de lo normal, como si se hubiera vestido deprisa. En las manos sujetaba un pequeño ramo de flores autóctonas, cuyos colores vibrantes contrastaban con su expresión sombría.

—Me gustaría enseñarle algo —dijo May con voz firme a pesar del ligero temblor de sus dedos—. Si tiene tiempo. Ahora.

—Por supuesto —dijo Zara, dejando que la sorpresa diera paso a la curiosidad—. Deme cinco minutos para vestirme.

May asintió y dio un paso atrás. —Esperaré.

Zara se vistió rápido, poniéndose unos pantalones cortos y una camisa ligera de algodón, y se pasó un cepillo por el pelo antes de recogérselo en una coleta. Por instinto, cogió su grabadora y su teléfono, pero luego vaciló, insegura de si se trataba de ese tipo de invitación. La grabadora se quedó sobre la mesa, pero se guardó el teléfono en el bolsillo.

Fuera, el aire estaba cargado de humedad y el sol aún luchaba por atravesar la bruma que se aferraba al horizonte. May se mantenía erguida, con la mirada fija en algún punto impreciso. Cuando Zara salió, May se limitó a asentir y echó a andar, esperando que Zara la siguiera.

Atravesaron el pueblo, que empezaba a despertar, en silencio. El dueño de la cafetería, que estaba abriendo el local, saludó a May con la cabeza; su expresión cambió a una de sorpresa al ver a Zara a su lado. Curiosidad de pueblo, pensó Zara, o algo más específico: el reconocimiento de lo que significaba ver a May Zhang caminando con la mujer del podcast.

May las guio por la calle principal, pasando por delante del hotel, y luego se desvió hacia el pequeño parque público, con sus mesas de picnic desgastadas y sus juegos infantiles. El rocío de la mañana empapó las zapatillas de Zara mientras cruzaban el césped, dirigiéndose no hacia el sendero que bajaba al arroyo donde se había encontrado el cadáver de Iris, sino hacia la vieja pasarela de madera que cruzaba el barranco.

—Aquí es donde vengo —dijo May. Eran sus primeras palabras desde que habían salido del motel—. Todas las semanas. Desde hace once años.

Señaló el puente, con su madera teñida de un gris desgastado por el sol y la lluvia; los tablones parecían sólidos pero mostraban su antigüedad en las vetas agrietadas y los nudos oscurecidos. Las acacias amarillas florecían a lo largo de las orillas del barranco, y su aroma dulce se mezclaba con el olor a tierra del arroyo. El agua corría clara sobre las piedras lisas, en aguas poco profundas que apenas llegaban a los tobillos.

May subió a la pasarela con movimientos practicados y familiares. Hacia la mitad del trayecto, se detuvo y se arrodilló, colocando las flores autóctonas que traía a través de un hueco en la barandilla, depositándolas sobre una pequeña placa metálica sujeta a la viga lateral. Zara se acercó para ver el sencillo grabado: «Iris Zhang, amada hija, 1997-2014».

—El ayuntamiento no permitió un monumento en condiciones —explicó May con voz pragmática, aunque sus dedos se demoraron en la placa metálica, recorriendo el nombre de su hija—. Dijeron que fomentaría el «turismo morboso». Richard Cannon organizó esta solución intermedia. Lo bastante pequeño como para pasar desapercibido a menos que se sepa dónde mirar».

Permaneció arrodillada, recolocando las flores y asegurándose de que no se cayeran fácilmente al arroyo. —Vengo aquí a hablar con ella —continuó May, ahora en un tono más suave—. Le hablo del restaurante, de las nuevas recetas de su padre. Le hago preguntas que no puede responder.

May miró a Zara; sus ojos oscuros tenían el brillo de unas lágrimas que no se permitía derramar. —Siéntese conmigo —dijo, y no fue una pregunta, pero tampoco llegó a ser una orden. Dio unas palmaditas en la madera desgastada a su lado.

Zara se sentó en la pasarela, sintiendo la madera rugosa contra las palmas y los muslos mientras pasaba los pies por la barandilla para dejarlos colgando junto a los de May. Desde este ángulo podía ver el arroyo con más claridad, las piedras suaves bajo el agua y la sombra de la pasarela, que creaba una zona más fresca donde se agrupaban peces pequeños. Quince centímetros de agua. No lo suficiente para ahogarse por accidente.

—Dijeron que se cayó —dijo May, siguiendo la mirada de Zara—. Que se golpeó la cabeza, perdió el conocimiento y se ahogó a pesar de las aguas poco profundas. —Su voz seguía siendo firme—. Pero Iris conocía el arroyo. Había jugado en él desde que era niña. Caminaba con paso firme, era cuidadosa.

Zara asintió; lo imposible de la versión oficial resultaba aún más evidente desde este punto de vista. —¿Tenía algún motivo para estar aquí aquella noche? —preguntó en voz baja.

Los dedos de May continuaron su movimiento inconsciente sobre la placa conmemorativa. —Ninguno que nos contara. Se suponía que iba a ir directamente del restaurante a casa. En la otra dirección. No había motivo para desviarse al arroyo a menos que... —Dejó la frase en el aire.

—A menos que alguien le pidiera que se reuniera con él aquí, o se la encontrara por el camino y la convenciera para ir con él —terminó Zara con suavidad.

May asintió, con la mirada fija aún en el agua. —Alguien en quien confiara lo suficiente como para venir aquí con él por la noche.

Se sentaron en silencio. Una brisa agitó las hojas de los eucaliptos que bordeaban el barranco, proyectando sombras moteadas que bailaban sobre el agua. Zara se movió para ajustar su posición en la madera dura y, al apoyar la palma de la mano para estabilizarse, sus ojos repararon en algo inusual entre los tablones desgastados.

Algo negro, encajado a fondo en el hueco entre dos tablas, apoyado en una de las vigas de apoyo bajo la superficie de la pasarela. No era una hoja ni restos de suciedad; la forma era demasiado regular, el material demasiado sólido. Zara se inclinó más, entornando los ojos.

—May —dijo en voz baja—, hay algo ahí abajo, entre las tablas.

May levantó la vista con gesto confuso. —¿Dónde?

Zara señaló la estrecha rendija. —Ahí. Algo negro, con lo que parece... ¿una pegatina? Sobre una superficie de metal o plástico.

May se inclinó hacia delante, entornando los ojos para ver en la sombra bajo los tablones de la pasarela. —No... un momento. —Se le cortó la respiración—. Lo veo.

—Lleva mucho tiempo encajado ahí —dijo Zara, analizando cómo se había asentado el objeto, cómo la madera se había desgastado a su alrededor, casi cerrándose sobre lo que fuera que estuviera atrapado debajo—. Años, tal vez. Parece un teléfono.

May agarró a Zara por la muñeca con fuerza. —¡Nunca encontraron el teléfono de Iris! ¿Podría ser...? —No pudo terminar la pregunta. La esperanza y el miedo luchaban en su expresión.

El instinto de investigación de Zara se activó, y su mente empezó a calcular posibilidades y conexiones. Algo perdido o escondido en la pasarela donde Iris Zhang estuvo viva por última vez, sin descubrir durante once años. Algo pequeño, negro, con lo que parecía ser una pegatina decorativa.

—Tenemos que sacarlo —dijo, evaluando ya cómo llegar entre los estrechos huecos—. ¿Puede ver si se mueve algo?

May asintió; la determinación sustituyó a la incertidumbre. Se inclinó, escudriñando la rendija; sus dedos eran demasiado grandes para caber por aquel espacio desgastado.

—Casi puedo... —empezó May, pero luego se echó atrás, frustrada—. No se mueve. Y si simplemente lo empujamos, podría caer al agua.

—Entonces tenemos que intentarlo también desde abajo —dijo Zara, poniéndose ya de pie mientras su mirada alternaba entre el objeto encajado y el arroyo poco profundo—. Bajaré al agua. Si se cae, lo cogeré.

May abrió mucho los ojos. —¿Cree que podría ser...?

Zara no respondió directamente, no quería alimentar esperanzas que no pudiera cumplir, pero las posibilidades daban vueltas en su cabeza. —Averigüémoslo —dijo en su lugar, dirigiéndose ya hacia el final de la pasarela y el sendero que la llevaría al arroyo.

El camino de bajada al arroyo era tan empinado como recordaba de su primera visita, lo que obligó a Zara a agarrarse a raíces expuestas y arbolillos para facilitar el descenso. La humedad matinal la rodeó y la camisa ya se le pegaba a la espalda antes de llegar a la orilla. Sobre ella, May había encontrado una rama caída y se estaba colocando con cuidado en la pasarela, justo encima del objeto encajado; sus movimientos eran lentos y deliberados, como si un paso en falso pudiera hacer que su descubrimiento cayera al agua.

—Ya estoy abajo —gritó Zara, quitándose las zapatillas y metiéndose en el arroyo.

El frío impacto del agua contra los tobillos la hizo jadear. A pesar del calor sofocante que empezaba a notarse en el aire, el arroyo bajaba fresco, alimentado por manantiales subterráneos que mantenían un pequeño caudal a pesar de que la presa río arriba cortaba casi todo el suministro de agua. Las piedras lisas se movían bajo sus pies mientras avanzaba hacia el centro, situándose justo debajo del hueco donde estaba encajado el objeto.

—¿Puede verlo desde ahí? —preguntó May asomándose a la barandilla con voz tensa.

Zara echó la cabeza hacia atrás, entornando los ojos contra la luz del sol que se filtraba con más fuerza entre los tablones. —No, nada de nada. Pero estoy justo debajo. Si puede soltarlo un poco, intentaré cogerlo.

May se arrodilló en la pasarela con la rama fina extendida por el hueco entre los tablones; su rostro era la viva imagen de la concentración. —Intentaré sacarlo con cuidado —dijo—. Esté lista.

La rama raspaba la madera buscando donde apoyarse. El sudor perlaba la frente de Zara mientras esperaba, con el cuello dolorido de mirar hacia arriba y los pies entumecidos por el agua a pesar del calor creciente del día.

—Creo que... —May empujó de nuevo, con más fuerza—. Creo que empieza a...

Un chasquido seco la interrumpió cuando la punta de la rama se partió, haciendo que May perdiera el equilibrio por un momento. La rama principal golpeó con fuerza el objeto, y Zara vio cómo la esquina de este aparecía por el lado de la viga de apoyo, tambaleándose en su precario equilibrio.

—¡Se está soltando! —gritó, separando más las piernas en el agua con las manos en alto y listas.

May se recuperó, ajustando el agarre de la rama rota. —Un empujón más —dijo, más para sí misma que para Zara.

La rama conectó con el borde del objeto, haciendo palanca lo justo. Por un instante suspendido, pareció quedarse colgado en el hueco, indeciso. Luego se inclinó, deslizándose de su prisión de años y cayendo por el aire.

Zara se lanzó, salpicando agua alrededor de sus pantorrillas mientras subía las manos. El objeto golpeó sus palmas, casi resbalando entre sus dedos antes de que los cerrara con firmeza a su alrededor. El impulso la hizo retroceder un paso, tambaleante, pero se mantuvo en pie con el trofeo apretado contra el pecho.

—¡Lo tengo! —gritó mientras miraba lo que ahora sostenía.

Era, sin ninguna duda, un teléfono móvil, un smartphone antiguo, con la carcasa negra agrietada por un borde y la pantalla convertida en una telaraña de fracturas. Tenía pegatinas en la parte trasera, pero lo que fuera que estuviera dibujado en ellas se había borrado hacía mucho tiempo.

Arriba, May ya se estaba moviendo, abandonando la rama mientras se apresuraba por la pasarela; su ritmo normalmente pausado había dado paso a una urgencia apenas controlada. Zara caminó de vuelta a la orilla, con cuidado de no resbalar en las piedras lisas, con el teléfono en alto, por encima del agua.

Para cuando llegó a tierra firme, May ya estaba allí; su descenso había sido de algún modo más rápido que el de Zara a pesar de su edad. Tenía los ojos fijos en el teléfono.

—Déjeme ver —dijo con la voz apenas superior a un susurro.

Zara se lo entregó con cuidado, observando cómo los dedos de May temblaban alrededor de los bordes del dispositivo mientras le daba la vuelta para examinar las pegatinas de la parte trasera.

—Es el suyo —dijo May, y la voz se le quebró al final—. Es el teléfono de Iris. Estas pegatinas las puso ella el día que le regalaron el teléfono. Decía que era su «kit de prensa» en miniatura. —Su pulgar recorrió una pegatina con un gesto suave—. Esta tiene forma de micrófono, ¿ve? Ese es el dibujo que tenía. Tenía otras iguales en el ordenador.

May levantó la vista, con los ojos brillantes por las lágrimas.
—La policía dijo que no encontraban su teléfono. Que se habría
perdido en el agua, arrastrado por la corriente. —Su voz se
endureció—. Pero estaba aquí. Todo este tiempo. Justo donde
ella... justo donde la encontraron.

Zara observó cómo la comprensión se reflejaba en el rostro de
May: las implicaciones de un teléfono encajado en el puente en
lugar de haber sido arrastrado por la corriente. Una prueba que
podría haber revelado lo que ocurrió realmente aquella noche,
con quién se había citado Iris Zhang, qué había visto o qué sabía.

—Su ordenador portátil también desapareció —continuó May,
con la rabia entretejiéndose ahora con su duelo—. El detective
Finch vino a nuestra casa al día siguiente de... de que la encontraran. Dijo que necesitaban su portátil para la investigación. Se
lo entregamos, por supuesto —sus dedos se apretaron alrededor
del teléfono—. Tres semanas después, cuando pedimos que nos
lo devolvieran, dijo que había sido «procesado y devuelto al
depósito de pruebas». Pero cuando David fue a recogerlo, nadie
pudo encontrarlo. Simplemente se esfumó. Como si nunca hubiera existido.

May se acercó un poco más, apretando el teléfono con los nudillos blancos. —No puede dárselo a ellos —dijo, de repente feroz, mientras su otra mano se cerraba alrededor de la muñeca
de Zara—. Prométamelo. La policía de aquí... ellos son parte
de lo que sea que pasó. Se llevaron su portátil, ignoraron los
hematomas de sus brazos, dictaminaron que fue un accidente
cuando cualquiera podía ver... —Se interrumpió, respirando
con dificultad.

Zara vaciló, con su ética periodística en conflicto con la empatía
humana. Ocultar pruebas de una investigación policial cruzaba
una línea que no se había planteado antes, una línea que podría comprometerla profesionalmente si se descubría. Pero la

desesperación en los ojos de May, los dedos temblorosos que se aferraban tanto al teléfono como a la muñeca de Zara, hablaban de una verdad más profunda: esto no se trataba solo de integridad periodística, sino de una justicia negada durante demasiado tiempo.

Y no había ninguna investigación policial en curso. No era un caso abierto; estaba cerrado desde hacía mucho tiempo. A menos que Zara pudiera presentar pruebas nuevas e incontrovertibles, pruebas que quizá podrían encontrar en este teléfono.

—Se lo prometo —dijo Zara finalmente—. Pero May, tenemos que intentar recuperar lo que haya dentro. Podría haber pruebas, mensajes, fotos, registros de llamadas o textos que nos digan qué pasó aquella noche.

El alivio relajó las facciones de May y su presión sobre la muñeca de Zara disminuyó, aunque no la soltó del todo. —¿Cree que eso es posible? ¿Después de tanto tiempo a la intemperie?

—Los teléfonos modernos son sorprendentemente resistentes —dijo Zara, aunque no estaba del todo segura—. La carcasa parece intacta, lo que le habrá proporcionado cierta protección. Y no estuvo sumergido en el agua, solo expuesto a los elementos —asintió hacia el dispositivo—. Hay especialistas que podrían recuperar los datos.

May asintió, devolviendo con cuidado el teléfono a Zara en un gesto deliberado y significativo; era tanto una entrega de confianza como de un objeto. —Lo último que ella tocó —dijo en voz baja, como si el pensamiento se le acabara de ocurrir por primera vez.

Zara aceptó el teléfono con delicadeza, comprendiendo lo que tenía entre manos: no solo una prueba potencial, sino una conexión directa con Iris, tal vez sus últimas comunicaciones, sus últimos momentos. Los dedos de May se demoraron sobre la funda, reacia a romper el contacto con ese vínculo inesperado con su hija.

—Tendré mucho cuidado —prometió Zara, mirando fijamente a May—. Y la mantendré informada de todo lo que encontremos, y me aseguraré de que lo recupere, pase lo que pase.

Los dedos de May finalmente se retiraron y sus hombros se enderezaron mientras se recomponía visiblemente. —Le habría caído bien —dijo de repente, pillando a Zara desprevenida—. Iris. No soportaba a los tontos ni a los farsantes. Habría valorado su determinación —un atisbo de sonrisa asomó a sus labios—. Y su tozudez.

El inesperado cumplido conmovió a Zara y sintió que se le cerraba la garganta. Asintió, incapaz de encontrar una respuesta adecuada, y se guardó el teléfono en el bolsillo con cuidado.

—Deberíamos irnos —dijo May, alzando la vista hacia el puente, donde las flores del memorial de Iris seguían apoyadas contra la placa—. Antes de que alguien nos vea.

Caminaron en silencio de vuelta por el sendero de el barranco, con Zara plenamente consciente de lo que llevaba en el bolsillo. El teléfono se sentía más pesado de lo que su masa física justificaba. Resistió el impulso de tocarlo a través de la tela de sus pantalones cortos, como si el contacto pudiera de algún modo alterar los frágiles datos que quedaran en su interior. En su lugar, se concentró en el problema práctico que tenía ante sí: ¿quién podría extraer información de un dispositivo tan dañado después de tantos años expuesto a la intemperie? Y lo más importante, ¿en quién podía confiar para manejar su contenido?

Al llegar a terreno llano, May miró a su alrededor con cautela antes de hablar en voz baja. —¿Podrá... ver lo que hay dentro?

Zara sopesó la pregunta cuidadosamente. —Personalmente, no. El daño es extenso y la recuperación de datos de un teléfono tan comprometido requiere equipo especializado. Incluso si por algún milagro encendiera todavía, cosa que dudo, los componentes internos probablemente se habrán corroído.

Los hombros de May se hundieron ligeramente y la esperanza momentánea se desvaneció de sus ojos.

—Pero —continuó Zara, observando con atención la expresión de May—, puede que conozca a alguien que podría ayudar.

La policía quedaba descartada tras la revelación de May sobre la desaparición del portátil. Los expertos tecnológicos locales hablarían en un pueblo de este tamaño. Un servicio comercial de recuperación de datos requeriría papeleo, registros y posibles filtraciones. Y aunque Garrett pudiera ser de confianza, su posición hacía imposible contar con él, independientemente de los complicados sentimientos que existieran entre ellos.

Pero había una persona que conocía con la capacidad técnica y la absoluta discreción que esto requería. Alguien cuyos límites éticos estaban claros y cuya lealtad no cuestionaba. Alguien que vería esto como un rompecabezas técnico irresistible en lugar de una posible complicación legal.

—Mi compañero de piso en Brisbane —dijo Zara, con la decisión afianzándose mientras hablaba—. Dev. Está haciendo un doctorado en ingeniería eléctrica, especializado en recuperación de datos e informática forense. Tiene un equipo que rivaliza con los laboratorios universitarios, la mayor parte fabricado por él mismo —un rastro de orgullo se filtró en su voz—. Ha recuperado datos de dispositivos que los profesionales daban por imposibles. Y es de total confianza.

May escudriñó su rostro, buscando seguridad. —¿Conduciría de vuelta a Brisbane?

Zara asintió. —Hoy mismo. Podría estar allí a última hora de la tarde si me voy pronto, entregarle el teléfono y estar de vuelta mañana —sostuvo la mirada de May con firmeza—. Él nunca involucraría a las autoridades sin nuestro consentimiento explícito y entiende lo que es la discreción. Este tipo de desafío técnico es exactamente para lo que vive.

—¿Y confía plenamente en él? —preguntó May, con la pregunta cargada de todos los años de desconfianza hacia los canales oficiales y de promesas incumplidas.

—Ahora mismo, le estoy confiando literalmente mi casa. Y le confiaría mi vida —dijo Zara con sencillez—. Dev es... es brillante pero ético hasta la médula —sonrió levemente—. Es probablemente la única persona que conozco que es más testaruda que yo cuando se trata de resolver problemas.

May pareció sopesar estas palabras, comparándolas con su desesperada necesidad de proteger esta última conexión con su hija. Finalmente, asintió, y el alivio se hizo visible al relajarse la tensión alrededor de su boca.

—¿Cuánto tiempo tardaría en... en ver si se puede recuperar algo?

—Eso depende de la magnitud de los daños —admitió Zara—. Podrían ser días, o semanas. El teléfono ha estado expuesto once años. La batería seguramente se ha degradado, posiblemente haya filtrado materiales corrosivos a otros componentes. Los chips de memoria podrían estar dañados sin remedio —no quería dar falsas esperanzas—. Dev será honesto sobre las posibilidades.

Ya habían llegado al límite del parque y el pueblo despertaba a su alrededor. Un hombre mayor que paseaba a su perro saludó a May con la cabeza, mientras su mirada se demoraba con curiosidad en Zara. Una furgoneta de reparto pasó traqueteando; el conductor redujo la velocidad para observarlas antes de acelerar.

—La gente hablará —murmuró May, notando la atención—. Siempre lo hacen.

—Que hablen —respondió Zara, con cuidado de mantener una postura casual a pesar del valioso cargamento que llevaba en el bolsillo—. Solo somos dos personas que han salido a caminar juntas.

Los labios de May se curvaron en un amago de sonrisa. —Y menuda caminata —sacudió la cabeza lentamente—. Me alegro mucho de haber escuchado a la vocecita que me dijo que te invitara a pasear conmigo esta mañana. ¿Cree que fue Iris, dándome un empujoncito en la dirección correcta?

—No lo sé —dijo Zara con franqueza—. Puede ser. He visto cosas extrañas investigando casos abiertos. Gente que toma decisiones raras que llevan a avances importantes, y después no pueden explicar por qué lo hicieron. Mantengo la mente abierta.

Mientras caminaban, la mente de Zara se adelantaba a la logística. Tendría que llamar a Dev y prepararlo para lo que le llevaba. Empaquetar su equipo para llevárselo; no quería dejarlo en la habitación del motel por la noche, no después del allanamiento.

—Si hay mensajes —dijo May de repente, interrumpiendo los pensamientos de Zara—, textos o llamadas de esa noche... —Vaciló, pero continuó—: Quiero saberlo. Aunque sean difíciles de oír. Aunque cambien la forma en que la recuerdo —su voz cobró fuerza—. He vivido con verdades a medias durante once años. Puedo soportar la verdad completa ahora, sea cual sea.

Zara asintió, comprendiendo el valor que requería tal franqueza tras años de aislamiento protector.

—Compartiré todo lo que encontremos —prometió—. Sin ocultar nada.

Giraron hacia la calle principal, con el Golden Horse visible más adelante; su cartel rojo y dorado captaba la luz del sol matinal. David estaría dentro, preparándose para la faena del día, sin saber lo que habían descubierto. Sin saber que su mujer había dado este paso enorme para desvelar la verdad sobre la muerte de su hija.

—Debería marcharse —dijo May mientras se acercaban al restaurante—. Prepare lo que necesite para Brisbane. Cuanto antes se vaya, antes volverá —hizo una pausa y añadió en voz baja—: Yo le contaré a David lo que hemos encontrado. Lo que vamos a hacer.

Zara asintió, consciente de los ojos que vigilaban desde los escaparates de las tiendas y desde los coches que pasaban. En los pueblos pequeños no había privacidad, especialmente para los forasteros. —La llamaré cuando llegue a Brisbane —dijo—. Y otra vez cuando me ponga en camino de vuelta mañana.

May alargó la mano de repente, apretando la de Zara. El contacto fue breve pero firme; la gratitud y la confianza se transmitieron a través de ese sencillo gesto. Luego se dio la vuelta y caminó hacia el restaurante, enderezando la postura con cada paso, mientras su familiar armadura de dignidad volvía a su lugar.

Zara la vio alejarse, sintiendo que la responsabilidad pesaba sobre sus hombros más que el teléfono de su bolsillo. Esto ya no se trataba solo de salvar su carrera, ni siquiera de descubrir la verdad por la verdad misma. Se trataba de una madre que había vivido con una incertidumbre insoportable durante once años, de un padre que se refugiaba en el trabajo para no enfrentarse a su dolor, de una joven con talento cuya vida había sido robada mediante una violencia disfrazada de accidente.

Se dio la vuelta y se dirigió a su motel para hacer la maleta, apretando el paso. En la esquina se detuvo y miró hacia el barranco, donde el arroyo fluía plácidamente entre sus orillas. Desde esa distancia, parecía tranquilo, ordinario, imposible de imaginar como el escenario de la violencia que había acabado con una vida y destrozado otras.

Zara pensó en Iris Zhang cruzando esa pasarela en su última noche, tal vez para encontrarse con alguien en quien confiaba, alguien que traicionó esa confianza de la peor manera posible. ¿Se le había caído el teléfono accidentalmente durante un forcejeo? ¿Lo habían ocultado deliberadamente después? Las preguntas se multiplicaban, pero por primera vez desde que llegó a Salt Creek, Zara sintió que por fin podían tener un camino hacia las respuestas.

—No te fallaré —susurró, una promesa dirigida tanto a Iris como a May, aunque ninguna pudiera oírla—. Lo que sea que te pasara esa noche, vamos a averiguarlo. Y alguien tendrá que rendir cuentas por ello».

Dicho esto, se dio la vuelta y se alejó, preparándose ya mentalmente para el viaje a Brisbane, las conversaciones con Dev y el manejo cuidadoso de la que podría ser su prueba más importante hasta la fecha. El teléfono que llevaba en el bolsillo era más que un simple dispositivo; era la llave que finalmente podría desvelar la verdad sobre la chica del arroyo.

Capítulo 11

La Bruce Highway se extendía ante Zara, con el calor ondeando sobre el asfalto mientras el sol de la tarde golpeaba contra su parabrisas. Seis horas de conducción con la única compañía de sus pensamientos y la radio. Seis horas para revivir cada momento en el arroyo con May Zhang, para sentir el teléfono de Iris contra su muslo a través de la tela del bolsillo, para calcular y recalcular la creciente red de conexiones en Salt Creek que, de alguna manera, desembocaba en el cuerpo de una chica de diecisiete años en quince centímetros de agua.

Los campos de caña dieron paso a matorrales bajos y luego volvieron a las tierras de labranza, pero su mente apenas registraba el paisaje mientras corría a toda velocidad. Once años. El teléfono había estado encajado en aquel puente durante once años mientras May y David Zhang vivían con la mentira oficial sobre la muerte de su hija. Mientras quien fuera el responsable andaba libre, construyendo una vida sobre los cimientos de esa mentira.

—Si hay mensajes —había dicho May—, quiero saberlo. Aunque sean difíciles de escuchar.

Zara ajustó el agarre al volante, con los nudillos blanqueando. El allanamiento en su habitación del motel cobraba ahora un nuevo significado. Alguien pensaba que se estaba acercando. Alguien tenía miedo de lo que pudiera encontrar. Y ahora, si alguien descubría que se había llevado pruebas del lugar de una muerte —fuera accidente o asesinato—, su credibilidad quedaría destruida junto con cualquier posibilidad de justicia para Iris.

Su teléfono emitió un suave pitido con una notificación de mensaje. Era Dev, confirmando que estaría en casa cuando ella llegara. Había llamado con antelación, pero había sido vaga sobre el motivo de su regreso; no había querido explicar por teléfono lo que traía consigo. Mejor enseñárselo en persona. Dev entendía la discreción mejor que la mayoría; su negocio paralelo ayudando a la gente a recuperar datos perdidos le había enseñado cuándo era mejor dejar las preguntas sin hacer.

A medida que los suburbios del norte de Brisbane empezaban a invadir la autopista, los hombros de Zara se relajaron ligeramente. Había dejado atrás las miradas vigilantes de Salt Creek, al menos por una noche. Sin vigilancia de pueblo, sin Garrett con esos ojos de color gris azulado que veían demasiado, sin preguntas indiscretas de los lugareños que se preguntaban por qué no dejaba las cosas como estaban. Solo su casa de tablones de madera en Aspley, con sus canalones cedidos y el compañero de piso que era, probablemente, lo más parecido que tenía a un mejor amigo.

La luz del atardecer bañaba la calle en tonos dorados cuando entró en el camino de entrada; el familiar crujido de la grava bajo los neumáticos le resultó más reconfortante de lo que esperaba. La casa se veía exactamente igual a como la había dejado: la pintura blanca desconchándose en las esquinas, la puerta mosquitera un poco torcida y las hierbas aromáticas en macetas en los escalones delanteros en diversas etapas de abandono, a pesar de las atenciones prometidas por Dev.

Antes de que pudiera buscar las llaves a tientas, la puerta se abrió de par en par para revelar a Dev, cuya figura larguirucha llenaba el umbral, con las gafas resbalando por su nariz como de costumbre.

—¡La podcaster pródiga regresa! —exclamó. Dio un paso adelante, pero luego vaciló, haciendo valer su torpeza social natural—. ¿Es este un momento de abrazo? Tu último episodio estuvo brillante, así que creo que califica.

Zara se sorprendió sonriendo a pesar de todo. —Definitivamente es un momento de abrazo —dijo, dejando caer su mochila para aceptar su breve y algo tieso abrazo.

—Tienes un aspecto terrible —observó él al separarse, con su honestidad habitual—. ¿No se duerme bien en los pueblos de Queensland?

—No he dormido mucho, la verdad. —Recogió su bolsa y lo siguió al interior, donde la recibió el olor familiar a electrónica, café y el leve toque químico del equipo de Dev—. Será agradable pasar una noche en mi propia cama. Pero no estoy aquí por eso; he traído algo con lo que necesito que me ayudes.

El espacio vital de Dev había colonizado más zonas comunes desde que ella se había marchado: placas de circuitos y equipos de soldadura se extendían por la mesa del comedor, y ahora había tres monitores en lugar de dos en el escritorio de la esquina. Pero había mantenido despejado el sillón favorito de ella, cuya desgastada tela azul la llamaba como un viejo amigo.

—¿Té primero? ¿O vamos directos al grano? —preguntó él, dirigiéndose ya hacia el hervidor eléctrico, leyendo en su postura la necesidad de cafeína.

—Al grano —dijo Zara, metiendo la mano con cuidado en su bolsillo—. Esto es... delicado, Dev. Más allá de tus trabajos habituales de recuperación.

Él arqueó las cejas por encima de las gafas, con la curiosidad despertada. —Intrigante. Ya sabes que vivo para los desafíos.

En el salón, Zara desenvolvió el teléfono de las capas de tela —una bufanda y luego una camiseta— que había utilizado para amortiguarlo durante el viaje. Lo colocó suavemente sobre la mesa de centro entre ambos, con movimientos reverentes, consciente de lo que aquel dispositivo podría haber presenciado.

—Tengo razones para creer que este es el teléfono de Iris Zhang —dijo en voz baja.

Dev abrió mucho los ojos, con la mirada saltando entre el teléfono y el rostro de Zara. —¿La chica del arroyo? ¿Su teléfono real? —Sus manos permanecieron a los costados, sin alcanzar aún el dispositivo, reconociendo la gravedad de lo que tenían delante—. ¿De dónde lo...? No, en realidad, no me digas los detalles. Supongo que esto no te lo entregó la policía oficialmente.

—No lo hicieron —confirmó Zara—. Y necesito total confidencialidad en esto. Nada de preguntas sobre la cadena de custodia, nada de hablar con nadie.

Él asintió una vez, con decisión. —Entendido. —Entonces, su curiosidad profesional tomó el mando mientras se inclinaba hacia delante, examinando el teléfono sin tocarlo—. Un Samsung Galaxy S3, lanzado en 2012, así que habría sido bastante nuevo cuando ella murió en 2014. —Sus ojos recorrieron las grietas de la pantalla, la corrosión visible en los bordes—. ¿Daños significativos, aunque quizá no tantos como esperaría tras once años a la intemperie? —Lanzó una mirada inquisitiva a Zara.

—Estaba en un lugar semicubierto —evadió ella.

Él sacó un pequeño estuche de su habitación y lo abrió para revelar herramientas: pinzas, destornilladores pequeños, una lupa con luz incorporada. —Deja que le eche un vistazo como es debido —dijo.

Zara observó cómo Dev desmontaba delicadamente el teléfono. Él documentó cada paso con la cámara de su móvil, murmurando observaciones técnicas entre dientes y dejando cada pieza en una línea ordenada a medida que las separaba. A pesar de su torpeza social de antes, con la tecnología en sus manos, Dev se movía como un cirujano.

—La batería está completamente degradada, como era de esperar —dijo, separando los componentes con cuidado—. Los circuitos internos muestran una corrosión extensa. Es probable que la CPU esté dañada más allá de toda recuperación. —Levantó la vista, encontrándose directamente con los ojos de Zara—. Pero hay buenas noticias. Tiene una tarjeta microSD.

Sostuvo un diminuto cuadrado de plástico con contactos metálicos, milagrosamente intacto. —Estas cosas son sorprendentemente resistentes. La carcasa la protegió de la exposición directa. Hay una posibilidad decente, no una garantía, pero sí una posibilidad, de que pueda recuperar datos de aquí.

—¿Cuánto tiempo llevaría eso? —preguntó Zara.

La expresión de Dev se volvió seria. —Una semana, como mínimo. Quizá más. Tendré que limpiar los contactos, crear un entorno de recuperación personalizado, posiblemente incluso reparar la propia tarjeta. —Dejó el componente con cuidado—. Y Zara, tengo que ser claro: puede que esto no funcione. Tras once años en esas condiciones, los datos podrían estar corruptos irreparablemente.

Ella asintió, sintiendo que el agotamiento le caía encima de repente. La adrenalina del descubrimiento, el largo viaje, el peso de la confianza de May... todo le golpeó a la vez. Se hundió en el sillón, y su cuerpo reconoció finalmente la tensión de las últimas semanas.

—Lo entiendo —dijo ella—. Pero tenemos que intentarlo. Es la única pista que no ha sido contaminada por once años de silencio de pueblo.

Dev levantó la vista del teléfono desmontado. —¿Quieres contarme qué has descubierto hasta ahora? El podcast me cuenta algo, pero supongo que hay más que no has compartido públicamente.

Zara le dio la versión suavizada: el ahogamiento imposible, la resistencia del pueblo a las preguntas, el allanamiento en su habitación del motel, la confianza gradual de May Zhang. Describió el hallazgo del teléfono esa mañana, la importancia de su ubicación, el portátil desaparecido de las pruebas policiales. Pero omitió cuidadosamente cualquier mención a Garrett, su noche en Childers antes de saber quién era él, la complicada tensión entre ellos desde entonces, el beso en su habitación del motel que la había dejado confundida y en conflicto.

Algunos secretos no le correspondía a ella compartirlos, y ciertas complicaciones era mejor mantenerlas separadas de la investigación en sí. Al menos eso es lo que se decía a sí misma mientras observaba a Dev catalogar cada componente de lo que podría ser su mejor esperanza para obtener justicia.

Dev levantó la vista del teléfono desmontado, con los dedos aún organizando componentes. —Zara —dijo, y su voz pasó de ser técnica a personal—, ¿estás segura allí arriba? Esos allanamientos, las amenazas anónimas... parece que has removido algo serio.

La pregunta quedó suspendida entre ambos, directa e inevitable. Zara alcanzó su botella de agua, bebiendo un sorbo para ganar un momento de reflexión. La verdad era complicada: amenazas desconocidas, un detective al que no acababa de descifrar, un pueblo con secretos enterrados por los que valía la pena matar. Pero ella había perfeccionado el arte del engaño casual durante años de trabajo de investigación.

—Por supuesto que lo estoy —respondió, con tono ligero y despreocupado—. Los pueblos pequeños son todo fanfarronería. Quieren asustarme para que me vaya, pero en realidad no son peligrosos.

Dev entornó los ojos tras sus gafas. La conocía desde hacía tiempo —un año compartiendo facturas, cenas de comida para llevar y ocasionales conversaciones nocturnas— como para reconocer la cadencia particular que tomaba su voz cuando no estaba siendo del todo sincera. Sus dedos se detuvieron sobre la tarjeta microSD, pero no insistió más. Ese era su acuerdo tácito: respetar los límites del otro, incluso cuando sospechaban que esos límites ocultaban problemas.

—Bueno, tu carrera como podcaster ciertamente no corre peligro —dijo en su lugar, cambiando de tema—. Tu número de suscriptores se ha triplicado desde el primer episodio. Los análisis que he estado siguiendo muestran tasas de interacción que harían llorar de alegría a los patrocinadores corporativos.

El alivio inundó a Zara ante el cambio de tema. —Ha sido surrealista —admitió—. Después del desastre de Little Girls Lost, pensé que estaba acabada. —Se pasó una mano por el pelo, aún sorprendida por su propio éxito—. He pagado la hipoteca de este mes y he liquidado la deuda de la tarjeta de crédito con mis ahorros. El pago grande, casi treinta mil dólares, debería llegar el mes que viene.

—¿Treinta mil? —Dev soltó un silbido suave—. ¿Solo con cuatro episodios?

—El algoritmo vuelve a quererme —dijo ella, encogiéndose de hombros, aunque el orgullo asomó en su voz a pesar de su intento de indiferencia—. Ahora la gente se preocupa por Iris. Quieren justicia para ella.

—Quieren el próximo episodio —corrigió Dev, aunque sin malicia—. Los has enganchado con un misterio que ha sido ignorado durante más de una década. Y la calidad de producción es excepcional, especialmente teniendo en cuenta que lo haces tú sola.

Zara sonrió, permitiéndose disfrutar del momento. Después de meses de caída libre profesional, volvía a tener los pies en el suelo. —He pensado que deberíamos celebrarlo con comida tailandesa de ese sitio absurdamente caro de Chermside —sugirió—. Invito yo.

—Arriesgada decisión económica —dijo Dev con tono serio, pero sus ojos se iluminaron ante la perspectiva.

Mientras Dev hacía el pedido —curry verde para ella, massaman para él, rollitos de primavera para compartir—, Zara fue a la cocina para preparar té. La rutina familiar de llenar el hervidor, elegir las tazas y medir las hojas en el infusor la tranquilizó. Desde aquí, podía observar a Dev mientras trabajaba, con la espalda encorvada en un gesto de concentración sobre el teléfono de Iris, completamente absorto.

Había tenido suerte con él como compañero de piso. Él comprendía sus horarios irregulares y su necesidad ocasional de silencio absoluto mientras trabajaba. Su amistad se había desarrollado gradualmente, cimentada en el respeto mutuo por los límites y el aprecio compartido por la competencia técnica.

—Sobre esos comentarios anónimos —dijo Dev cuando ella regresó con el té y aceptó su taza—, he estado investigando un poco.

—Claro que lo has hecho —respondió Zara, acomodándose de nuevo en el sillón. La idea de relajación de Dev a menudo implicaba rastrear migas de pan digitales solo para ver a dónde conducían—. ¿Has encontrado algo interesante?

—Interesante no es la palabra. —Dejó su taza, con expresión cada vez más seria—. Me topé con un muro de ciberseguridad que no debería existir para simples trols de internet. Quienquiera que haya dejado esos comentarios sabe lo que hace: buena encriptación, uso sofisticado de VPN, posiblemente incluso protocolos de seguridad de nivel gubernamental.

Un escalofrío recorrió la espalda de Zara a pesar de la taza caliente entre sus manos. —¿Nivel gubernamental? ¿Te refieres a sistemas policiales?

Dev se encogió de hombros, pero su gesto casual no encajaba con la preocupación de sus ojos. —Podría ser. O militares. O alguien que aprendió esas técnicas en canales oficiales. El caso es que esto no son solo lugareños enfadados escribiendo con sus móviles. Es alguien con formación.

La implicación pesaba entre ellos. Zara pensó en Garrett, en sus ojos gris azulados y sus advertencias cautelosas. En Kirsty Cannon y sus conexiones políticas. ¿Hasta dónde se extendía la red de protección en torno a la muerte de Iris?

—Hay algo más —continuó Dev, subiéndose las gafas por el puente de la nariz—. El patrón de tiempo sugiere que alguien está monitorizando tus subidas en tiempo real. Los comentarios aparecen a los pocos minutos de que el nuevo contenido esté disponible, con una consistencia que indica alertas automatizadas.

Zara apretó los dedos alrededor de su taza. —Así que alguien observa todo lo que publico. De inmediato.

—Y responde con mensajes cada vez más hostiles. —Dev la miró directamente—. Zara, te conozco lo suficiente como para saber que no vas a abandonar esta historia. Pero ten cuidado. Sea lo que sea con lo que te has topado, tiene a gente preocupada.

—Lo tendré —prometió ella; las palabras fueron automáticas, vacías.

Dev suspiró, reconociendo la vacuidad de su promesa. —¿Al menos mantén las puertas cerradas y avísame regularmente? Me preocupas.

El timbre los interrumpió: su comida había llegado. Mientras extendían los recipientes por la mesa de centro, con el teléfono desmontado cuidadosamente apartado, Zara se sintió agradecida por la comprensión de Dev. No la presionaría para que le diera detalles que no estaba lista para compartir, no le exigiría que abandonara la investigación, no le daría lecciones sobre los riesgos. En su lugar, ayudaría en lo que pudiera: recuperando datos de fuentes imposibles, rastreando huellas digitales, proporcionando un refugio seguro cuando ella necesitara reagruparse.

—Por La Chica del Arroyo —dijo Dev, levantando un rollito de primavera en un brindis simulado—. Que ella te guíe hacia la verdad y hacia un saldo bancario saludable.

Zara chocó su propio rollito contra el de él, agradeciendo su intento de aligerar el ambiente. —Por la verdad —repitió ella—. Y por los amigos que no hacen demasiadas preguntas.

Él sonrió, pero sus ojos permanecieron serios tras las gafas. Ambos sabían que ella regresaría a Salt Creek mañana, a peligros que ninguno de los dos comprendía del todo. Pero, por esta noche, podían fingir que la mayor amenaza era elegir entre más curry verde o dejar sitio para el arroz pegajoso con mango con el que se habían dado un capricho para el postre.

Los campos de caña desfilaban ante las ventanillas del coche en hileras infinitas, interrumpidas ocasionalmente por pequeños pueblos que aparecían y desaparecían como pensamientos fugaces. Zara había salido de Brisbane al amanecer, ansiosa por regresar a Salt Creek antes de que nadie notara su ausencia, aunque aparentemente esa posibilidad se había esfumado si la investigación de Dev sobre los comentarios anónimos era correcta. Alguien estaba vigilando su contenido de cerca. ¿Sabrían también que se había ido del pueblo durante la noche? ¿Sospecharían por qué?

La maleta con ropa limpia en el asiento trasero le pareció una pequeña victoria. Camisas limpias, ropa interior que no hubiera sido lavada en el lavabo del motel, sus pantalones cortos favoritos que inicialmente se había dejado pensando que esta investigación duraría días en lugar de semanas. Pequeños consuelos para lo que prometía ser una situación cada vez más incómoda.

El recuerdo del teléfono de Iris, ahora cuidadosamente desmontado en el espacio de trabajo de Dev, presionaba su mente. Le había hecho una promesa a May: mantener a la policía al margen de este descubrimiento, seguir las pruebas allí donde la llevaran sin interferencias oficiales. Pero tras las revelaciones de Dev sobre la sofisticada seguridad tras esas amenazas anónimas, no podía evitar preguntarse si había tomado la decisión correcta. Si Garrett estaba implicado en el encubrimiento, ocultar pruebas estaba justificado. Si no lo estaba, ella estaba obstaculizando potencialmente la justicia para Iris.

Había dejado a Dev encorvado sobre su mesa de trabajo, preparando ya soluciones de limpieza especializadas para la tarjeta microSD. —No esperes resultados rápidos —le había advertido él—. Este tipo de recuperación es minuciosa. Y Zara —su expresión había sido inusualmente seria—, ten cuidado con a quién le cuentas esto. Si alguien ha llegado a estos extremos para intimidarte, no se detendrá en allanamientos y amenazas online.

Apareció el familiar cartel de bienvenida a Salt Creek, con letras descoloridas sobre pintura desconchada. Zara redujo la velocidad al entrar en los límites del pueblo, pasando por The Golden Horse con su letrero rojo y dorado. Un movimiento en el interior le llamó la atención: May limpiando las mesas antes de la hora del almuerzo. Tendría que ponerse en contacto con los Zhang, ponerlos al día de la evaluación de Dev sin crear falsas esperanzas. Pero esa conversación tendría que esperar. Primero, necesitaba instalarse de nuevo en su habitación, planear su siguiente movimiento y comprobar si algo más había sido alterado en su ausencia.

El aparcamiento del Salt Creek Motel estaba casi vacío; la mayoría de los huéspedes se habían marchado esa mañana y los nuevos aún no habían llegado. Zara aparcó en su sitio habitual, recogiendo su maleta y su bolso antes de dirigirse a su habitación. La nueva cerradura que Garrett había gestionado brillaba bajo la luz del sol, una pequeña concesión a la seguridad en un lugar donde los secretos parecían filtrarse a través de las paredes.

La habitación parecía intacta, exactamente como la había dejado. Zara dejó caer la maleta sobre la cama, y los familiares muelles chirriaron bajo el peso. Apenas había abierto la cremallera cuando un golpe seco en la puerta la sobresaltó, tres toques decididos que reconoció de inmediato. Su ritmo cardíaco se aceleró de una manera que se negó a analizar con demasiado detalle.

Garrett estaba en el umbral cuando abrió, con la postura rígida y los ojos gris azulados escudriñando su rostro como si buscara heridas. Hoy llevaba el uniforme; la camisa de color azul claro hacía que sus ojos parecieran más grises que azules, y los pantalones oscuros estaban planchados según el reglamento. Todo un oficial profesional, excepto por el destello de algo decididamente poco profesional en su mirada.

¿Dónde estabas? —preguntó él en tono cortante, con una voz cargada de lo que podría ser enfado o preocupación—. No volviste al motel anoche.

Zara arqueó una ceja, apoyándose deliberadamente contra el marco de la puerta. —No sabía que tuviera que avisarte si me iba a casa por una noche.

Su máscara profesional se resbaló y la frustración afloró a la superficie. —Estaba preocupado por ti. —La confesión pareció salir a rastras de algún lugar reticente—. Con el allanamiento, las amenazas... vine anoche para ver cómo estabas y te habías ido. Tu coche no estaba. Sin nota, sin mensaje.

¿Preocupado en tu capacidad profesional como el dedicado sargento detective de Salt Creek? —le chinchó ella, ignorando el calor que se extendía por su interior ante su preocupación.

—Zara. —Solo su nombre, dicho así, deshizo algo en su interior.

No estaba segura de quién se movió primero. Tal vez ambos, atraídos por la corriente que fluía entre ellos desde Childers. Su boca encontró la de ella, ardiente y exigente, con su mano presionando la parte baja de su espalda, atrayendo su cuerpo contra el de él. Ella respondió al instante, con los dedos aferrados a la tela de su camisa de uniforme mientras el beso se profundizaba.

Entonces la realidad volvió de golpe. El teléfono. La confianza de May. La prueba que se había llevado de Salt Creek, una prueba que este hombre, este oficial de policía, tenía la obligación profesional de recoger. Una prueba que ella le estaba ocultando deliberadamente.

Zara se puso tensa y se apartó, creando distancia física. Los ojos de Garrett se oscurecieron al notar el cambio y sus manos cayeron a sus costados.

—¿Qué pasa? —preguntó él con voz ronca.

—Nada —mintió ella, y la palabra le supo amarga—. Es solo que... esto es complicado. Tú eres un oficial de policía. Yo estoy investigando un caso que tu departamento cerró hace años.

No era mentira, solo estaba incompleto. No podía hablarle del teléfono sin traicionar a May. No podía seguir besándolo sin sentir que estaba traicionando su propia ética profesional. La lucha de lealtades se retorcía en su interior.

—No es eso —dijo Garrett, entornando ligeramente los ojos mientras estudiaba su rostro—. Hay algo más. Algo que no me estás contando.

La culpa cruzó su rostro a pesar de sus mejores esfuerzos por ocultarla. Nunca se le había dado bien esconder sus emociones; era por eso por lo que prefería estar detrás del micrófono en lugar de delante de una cámara. Dio un paso atrás, internándose más en la habitación, necesitando espacio para pensar con claridad. —Hay muchas cosas que no te cuento. Al igual que estoy segura de que hay cosas que tú no me cuentas a mí.

Garrett la observó, y el detective que llevaba dentro catalogó visiblemente sus reacciones, leyendo las sutiles señales que ella no podía controlar. Su postura cambió, casi imperceptiblemente, de la del hombre que la había besado a la del oficial que le había advertido que se alejara de esta investigación.

—Has encontrado algo —dijo él; las palabras no eran una pregunta sino una afirmación—. Mientras estabas fuera.

Zara mantuvo su expresión neutral gracias a años de formación periodística. —Fui a casa a por ropa limpia y a revisar mi casa. No todo gira en torno a la investigación.

Él no dejó de mirarla, buscando la verdad que ella ocultaba. —¿Ah, no? ¿Para ti? —Hubo una pausa, cargada de preguntas no formuladas—. Ten cuidado, Zara. Sea lo que sea lo que estés haciendo, a quienquiera que estés protegiendo... aún no tienes la imagen completa.

La advertencia quedó flotando entre ellos, lo suficientemente ambigua como para que ella no pudiera distinguir si la estaba amenazando o si estaba genuinamente preocupado por su seguridad. Tal vez ambas cosas. La complejidad de su relación —adversarios profesionales, aliados reticentes, fuera lo que fuese esta atracción física— convertía cada interacción en un campo de minas.

—Debería deshacer la maleta —dijo ella finalmente, señalando su equipaje abierto.

Garrett asintió una vez, aceptando el desvío, aunque sus ojos le dijeron que esta conversación no había terminado. —Cierra la puerta con llave —dijo mientras se daba la vuelta para irse—. ¿Y Zara? La próxima vez que decidas desaparecer de la noche a la mañana, agradecería un aviso.

La puerta se cerró tras él. Zara permaneció inmóvil, escuchando cómo se desvanecían sus pasos, con los labios aún con el hormigueo de su beso y el peso de su secreto oprimiendo su conciencia. Una semana, había dicho Dev. Una semana antes de que pudieran saber qué había en el teléfono de Iris. Una semana para navegar por las aguas cada vez más peligrosas de Salt Creek sin ahogarse en sus secretos ni en las profundidades gris azuladas de los ojos de Garrett Pennell.

CAPÍTULO 12

ZARA CONSULTÓ SU RELOJ por tercera vez en otros tantos minutos y volvió a escudriñar la entrada del Salt Creek High School. Según la secretaria del centro, la directora, Eleanor Hargrove, solía terminar su trabajo administrativo hacia las cuatro, lo que le daba a Zara unos quince minutos para interceptarla. La misma Eleanor Hargrove que había dado clases de Inglés allí cuando Iris era alumna; la profesora en cuya clase había estado realmente Iris, al contrario de lo que Zara había dicho por error en su podcast. Un fallo menor, pero del que se habían mofado inmediatamente esos comentaristas anónimos. Espectadores que conocían el instituto demasiado bien como para ser simples troles de internet.

Cambió de postura apoyada contra el eucalipto, intentando encontrar algo de sombra en el aparcamiento del instituto. El timbre final había sonado hacía cuarenta y cinco minutos, a las tres, y la mayoría de los padres ya habían recogido a sus hijos. Aún salían algunos rezagados del edificio, despidiéndose a gritos de sus amigos.

Un grupo de alumnos mayores pasó por su lado, mirando a Zara con curiosidad. Una chica le susurró algo a otra y Zara captó las palabras «la mujer del pódcast» antes de que estallaran en risitas. Las noticias volaban en Salt Creek; se estaba convirtiendo en una pequeña celebridad, aunque estaba por ver si aquello ayudaría o entorpecería su investigación.

Cambió el peso de una pierna a otra; la humedad hacía que la camisa se le pegara de forma incómoda a la espalda. Otra conversación con Jane Goulding le había dejado claro que Eleanor Hargrove podría tener información valiosa sobre las últimas semanas de Iris. Jane había mencionado que la tensión entre Iris y Kirsty se hacía notar en clase. Eleanor Hargrove había sido la profesora de Inglés de ambas muchachas.

Un movimiento en el aparcamiento le llamó la atención. Un elegante todoterreno plateado entró en una plaza de aparcamiento y de él salió Kirsty Cannon, con las gafas de sol sobre su cabello rubio miel y un vestido azul hecho a medida que lograba un aspecto profesional a la par que cercano. Recorrió el recinto escolar con la mirada hasta que sus ojos se clavaron en Zara.

Incluso a esa distancia, Zara pudo ver que Kirsty tenía los ojos ribeteados de rojo. Mientras se acercaba, su forma de caminar le pareció a Zara deliberada, una cuidada actuación pública más que un encuentro fortuito. Se situó directamente en el sendero, asegurándose la máxima visibilidad tanto desde la carretera como para cualquiera que pudiera estar saliendo del instituto.

—Zara —la llamó Kirsty, con una voz proyectada lo justo para llamar la atención sin que pareciera que la buscaba—. Me alegra mucho coincidir con usted.

Zara se irguió, con sus instintos de periodista en alerta. —Concejala Cannon. Esto es inesperado.

—Por favor, llámeme Kirsty. —Se detuvo a una prudente distancia de un brazo, lo bastante cerca para indicar intimidad pero lo bastante lejos por decoro. Le temblaba un poco la voz, un temblor que parecía calibrado más que incontrolable—. Quería hablar con usted de su podcast.

—La escucho —respondió Zara con neutralidad.

—Está causando mucho dolor —dijo Kirsty, con los ojos llenos de unas lágrimas que no llegaban a caer—. A todos nosotros. El pueblo empezaba a sanar, y ahora... —Hizo un gesto de impotencia, un movimiento elegante a pesar de su aparente angustia—. Está reabriendo heridas que nunca se cerraron del todo.

Zara estudió el rostro de Kirsty: el rímel perfecto que no se había corrido pese a su llanto aparente, el temblor cuidadosamente controlado de su labio inferior. —Comprendo que debe de ser difícil —dijo—. Especialmente para alguien que era cercana a Iris.

—Éramos mejores amigas —dijo Kirsty, bajando la voz hasta un susurro dolido. Finalmente, una lágrima se desbordó y resbaló por su mejilla como a cámara lenta—. Desde la escuela primaria. La conocía mejor que nadie. —Se secó la lágrima—. Por eso esto duele tanto. Verla reducida a... contenido.

La elección de la palabra le pareció a Zara deliberadamente provocadora, diseñada para ponerla a la defensiva. Se mantuvo calmada, observando cómo los ojos de Kirsty se movían de vez en cuando para asegurarse de que su público seguía atento.

—No intento reducir a Iris a contenido —respondió Zara con serenidad—. Intento comprender qué le pasó. La explicación oficial no encaja con los hechos.

—¿Hechos? —La voz de Kirsty se quebró de forma perfecta—. ¿Qué hay del hecho de que sus padres tengan que revivir su peor pesadilla? ¿Qué hay del hecho de que nuestra comunidad esté siendo retratada como... como qué? ¿Conspiradores? ¿Asesinos? —Otra lágrima, otro secado elegante—. No se trata solo de Iris. Se trata de todos los que la queríamos.

Zara notó cómo Kirsty enfatizaba el dolor de la comunidad por encima del duelo personal, y cómo cada referencia a Iris volvía siempre a la experiencia colectiva del pueblo. —Si era tan cercana a Iris como dice, ¿no querría saber la verdad sobre lo que le ocurrió?

La expresión de Kirsty cambió, un destello tan breve que Zara podría haberlo pasado por alto si no hubiera estado vigilando de cerca. Tras las lágrimas, una frialdad cruzó sus ojos antes de que volviera la máscara de preocupación.

—¿La verdad? —dijo Kirsty—. La verdad es que los accidentes ocurren, incluso a la gente precavida. La verdad es que a veces no hay villanos, solo tragedia. —Tocó el brazo de Zara; sus dedos estaban fríos a pesar del calor—. Por favor. Por el bien de todos los que la conocieron y amaron. Deje descansar a Iris.

—No puedo hacer eso —dijo Zara con firmeza, apartándose del contacto de Kirsty—. No cuando las pruebas sugieren que Iris no se ahogó por accidente.

La angustia calculada en el rostro de Kirsty flaqueó por una fracción de segundo. —¿Pruebas? —repitió, con la voz repentinamente más afilada antes de suavizarse de nuevo—. ¿Qué pruebas podrían existir después de once años?

—Eso es lo que he venido a averiguar —respondió Zara, sosteniéndole la mirada con firmeza—. Y no pararé hasta entender qué pasó realmente aquella noche.

La compostura de Kirsty volvió a resquebrajarse y la frialdad reemplazó al dolor en sus ojos durante un latido antes de recuperar el control. La transformación fue inquietante, como ver emerger brevemente a una persona distinta antes de volver a ser ocultada.

—Está incomodando a la gente —dijo Kirsty con voz endurecida pese a las lágrimas que aún pendían de sus pestañas—. Iris odiaría esto.

La afirmación sonaba falsa frente a todo lo que Zara había aprendido sobre Iris, una talentosa cineasta que documentaba la historia del pueblo, que creaba arte destinado a ser visto y que solicitó el ingreso anticipado en la universidad para perseguir sus ambiciones creativas.

—Creo que Iris querría la verdad —rebatió Zara en voz baja—. Por todo lo que he aprendido de ella, valoraba la honestidad por encima de todo.

La sonrisa de Kirsty se tensó, sin llegar ya a sus ojos. —Usted no la conocía —dijo, con cada palabra precisa a pesar de su estado aparentemente emocional—. Yo sí. —Consultó su reloj, un gesto que rompió la intensidad del momento—. Debo irme. Tengo una reunión del consejo.

Se dio la vuelta, serena y elegante a pesar de la exhibición emocional de hacía unos instantes, y caminó de vuelta hacia su todoterreno. El sol brillaba en su pelo mientras se alejaba, con una postura perfecta y pasos rítmicos, sin un solo indicio de que acabara de estar llorando por su supuesta mejor amiga.

Zara la vio marchar, convencida ahora de que el papel de mejor amiga preocupada era exactamente eso, un papel. Bajo el exterior pulido de Kirsty se escondía algo despiadado. La pregunta era si sus manos estaban manchadas por la muerte de Iris y qué pruebas podrían vincularla con aquella noche en el arroyo.

Se volvió hacia la entrada del instituto, más decidida que nunca a hablar con Eleanor Hargrove. Si Kirsty estaba tan interesada en cerrar la investigación, Zara debía de estar acercándose a la verdad. Y Kirsty no se limitaría a lágrimas públicas y advertencias veladas. El listón acababa de subir, y Zara necesitaba moverse rápido antes de que cualquier prueba que quedara se desvaneciera por completo, igual que el ordenador portátil de Iris había desaparecido todos aquellos años atrás.

La decepción pesaba sobre Zara mientras caminaba de regreso al motel, con el sol de la tarde todavía castigando. La directora Hargrove había sido una pérdida de tiempo: cordial pero distante, afirmando recordar apenas a Iris Zhang. —Tantos alumnos a lo largo de los años —había dicho con una sonrisa que no le llegaba a los ojos—. Y pasé a ser directora poco después. Las tareas administrativas tienden a nublar los recuerdos que uno tiene del aula. —Un conveniente lapso de memoria que apestaba a la influencia de Kirsty Cannon.

Zara repasó mentalmente la actuación de Kirsty en el instituto mientras caminaba. Las lágrimas cuidadosamente calibradas, el posicionamiento estratégico a la vista del público, los momentos en que su máscara había resbalado para revelar algo frío y calculador bajo el duelo. Aquel no era el comportamiento de alguien que lloraba a una vieja amiga; era la desesperación de alguien con algo que ocultar.

Con un suspiro, buscó en su bolsillo la tarjeta-llave. Iría a por algo de cenar a the Golden Horse y se lo comería mientras revisaba unos documentos que le habían llegado al correo electrónico ese mismo día; unos cuantos más de los informes policiales originales, que habían estado llegando a cuentagotas desde hacía unos días pero no revelaban nada que no supiera ya.

Estaba casi en su puerta, con la tarjeta extendida lista para introducirla en la cerradura, cuando se dio cuenta de que algo iba mal. El coche estaba demasiado bajo, inclinado de forma extraña hacia un lado.

Su coche, aparcado justo delante de su puerta a plena vista de la calle, había sido brutalmente atacado. Los cuatro neumáticos nuevos estaban rajados; no solo pinchados, sino desgarrados con saña, con los hilos de caucho desparramados sobre la grava como órganos eviscerados. Los cortes sugerían un cuchillo afilado y una fuerza deliberada, no un acto vandálico al azar.

El corazón le golpeaba contra las costillas mientras se acercaba al vehículo, recorriendo el aparcamiento vacío con la mirada en busca de testigos, del autor, de cualquiera. La puerta de la recepción del motel estaba cerrada y el cartel de VACANTE parpadeaba bajo el sol de la tarde. El suyo era el único coche en el aparcamiento; era un día de diario y el motel estaría tranquilo, quizá con algunos viajeros de última hora registrándose más tarde.

Sin testigos. Ya sabía que no había cámaras; Garrett se había molestado mucho por ello tras el allanamiento de su habitación.

Al rodear el capó, algo blanco le llamó la atención: un trozo de papel doblado y sujeto bajo el limpiaparabrisas. Con dedos temblorosos, lo retiró; el papel estaba caliente por haber estado bajo el sol contra el cristal. La nota estaba escrita a mano con rotulador negro, con letras de imprenta y deliberadas, claramente disfrazadas:

DEJA DE ESCAVAR O ACABARÁS COMO ELLA

Cinco palabras. Dieciocho letras. Toda una vida de amenaza comprimida en una sola línea.

La bilis le subió a la garganta, ácida y caliente. Sus neumáticos nuevos, un gasto considerable, un compromiso de quedarse en Salt Creek hasta descubrir la verdad, destruidos deliberadamente para enviar un mensaje. La progresión era clara: acoso en línea, el allanamiento y ahora esta amenaza física sumada a daños materiales. Una escalada que reflejaba los avances de su investigación.

Y ese «acabarás como ella»... No había ambigüedad alguna sobre a quién se refería. Iris Zhang, hallada boca abajo en quince centímetros de agua.

A Zara le temblaba la mano mientras buscaba su teléfono. Primero debía documentar aquello, hacer fotos de los daños, conservar la nota como prueba. La periodista que llevaba dentro actuó de forma automática a pesar del miedo, captando imágenes de cada neumático rajado, de la nota en su palma, del entorno desierto que había permitido a alguien acercarse a su coche sin ser visto.

Solo entonces marcó el número de la comisaría; su pulgar dudó sobre el número directo de Garrett antes de decidirse por la línea principal. Distancia profesional. Denuncia de un delito. No una llamada personal de auxilio.

—Comisaría de Salt Creek —respondió la voz de la recepcionista.

—Habla Zara Langley, desde el Salt Creek Motel —dijo, orgullosa de lo firme que mantenía la voz a pesar del temblor de sus manos—. Llamo para denunciar un acto de vandalismo y una nota de amenaza que han dejado en mi vehículo.

—Enviaré a alguien de inmediato, señorita Langley —respondió la recepcionista con un tono de reconocimiento en la voz. Por supuesto, ahora todo el pueblo sabía quién era ella.

—Gracias —dijo Zara, terminando la llamada antes de que su compostura se quebrara.

Se apoyó contra la pared del motel; el ladrillo rugoso la arañaba a través de su fina camisa, anclándola a una sensación física mientras su mente iba a mil por hora. ¿Quién había hecho esto? El momento elegido sugería a alguien que sabía que había ido a la escuela, que quizá la había visto hablando con Kirsty. Alguien que sabía lo de sus neumáticos nuevos y lo que representaban: su compromiso de quedarse en Salt Creek. Alguien que deseaba tanto que se marchara que había llegado a amenazar su vida.

El sonido de un vehículo acercándose la devolvió al presente. Un LandCruiser de la policía entró en el aparcamiento, circulando más rápido de lo estrictamente necesario. Garrett.

Aparcó a un espacio de distancia de su coche vandalizado y salió del vehículo antes de que el polvo se asentara. Su camisa del uniforme estaba oscura por el sudor entre los omóplatos, como si hubiera estado a pleno sol. Su expresión era profesionalmente neutra, pero sus ojos la recorrieron rápidamente de pies a cabeza, como comprobando si tenía alguna herida.

—Señorita Langley —dijo él, formal a pesar de su complicada historia—. ¿Ha denunciado un acto de vandalismo?

Ella señaló su coche, observando el rostro del sargento mientras él asimilaba los neumáticos rajados, la destrucción metódica.

—¿Esto ha ocurrido mientras usted estaba fuera? —preguntó él, rodeando el vehículo y agachándose para examinar los cortes en el caucho.

—Sí. Estaba en el instituto y luego he venido directa aquí. —Ella vaciló y después le tendió la mano con la nota, todavía doblada—. Esto estaba bajo el limpiaparabrisas.

Garrett cogió el papel, desdoblándolo con cuidado por los bordes como si quisiera preservar huellas dactilares, aunque ambos sabían que el perpetrador habría sido demasiado cuidadoso para eso. Sus ojos recorrieron las cinco palabras y, en ese instante, su máscara profesional cayó.

El miedo, puro y genuino, cruzó su rostro antes de que pudiera controlarlo. No era inquietud, ni preocupación, sino miedo. Tensó la mandíbula y el músculo bajo la piel saltó mientras apretaba los dientes. Sus dedos palidecieron al apretar los bordes del papel. Por un momento que la dejó sin aliento, Garrett no era un detective examinando pruebas, sino un hombre enfrentándose a una amenaza contra alguien que le importaba.

La transformación duró solo unos segundos antes de que volviera a encajar sus facciones en líneas profesionales, pero Zara lo había visto. Fuera lo que fuese lo que estuviera pasando entre ellos, fuera cual fuese su papel en la investigación, su miedo por la seguridad de ella era real. Y esa realidad lo complicaba todo.

—¿Cuándo fue la última vez que vio su coche intacto? —preguntó él, con la voz controlada de nuevo mientras metía la nota en una bolsa de pruebas.

Zara respondió automáticamente, facilitando horas, detalles y sus sospechas sobre quién podría haberla visto en la escuela. Pero su mente no dejaba de volver a aquel destello de miedo en sus ojos, a lo que significaba, a lo que revelaba. Si Garrett Pennell, sargento detective de Salt Creek, temía de verdad por su seguridad, el peligro era real.

Garrett sacó su teléfono. Hizo dos llamadas en rápida sucesión: primero a un servicio de grúa, con tono seco mientras solicitaba asistencia inmediata; después al taller de Mick, explicando la situación. La rabia contenida hizo que su voz bajara de tono, volviéndose más ronca. —Mantén el taller abierto, Mick. No me importa qué hora sea. Ten listos cuatro neumáticos nuevos, los mismos Michelins que acabas de comprar. —Escuchó y luego añadió—: Considéralo una prioridad policial. —Terminadas las llamadas, se volvió hacia Zara con una fiera protección en la mirada que no tenía nada que ver con la obligación profesional.

—La grúa estará aquí en cinco minutos —dijo, guardándose el teléfono en el bolsillo—. Te llevaré yo mismo a lo de Mick. —No era una pregunta ni un ofrecimiento, sino una afirmación.

Zara asintió, todavía inquieta por la emoción desnuda que había vislumbrado en su rostro al leer la nota. Él mantenía la mandíbula apretada y un músculo saltaba bajo la piel bronceada mientras escudriñaba los apartamentos del motel, el aparcamiento vacío y la carretera más allá. Su cuerpo se había posicionado ligeramente por delante del de ella, como si la protegiera físicamente de posibles amenazas.

—Tengo que coger unas cosas de mi habitación —dijo ella, dirigiéndose a su puerta.

Garrett la siguió, tan cerca que ella podía sentir su presencia a su espalda. —Esperaré aquí —dijo él, apostándose fuera mientras ella entraba.

Dentro, Zara cogió una botella de agua fría y bebió un largo trago. En realidad no necesitaba nada de la habitación, pero sí necesitaba un momento para recuperar la compostura, porque la reacción de Garrett iba más allá de la preocupación profesional y no sabía muy bien cómo gestionarlo. La rapidez con la que había llegado, la intensidad de su ira, la postura protectora... nada de eso encajaba perfectamente en el papel de un agente de la ley local y distante. Sin embargo, este era el mismo hombre que le había advertido que no investigara la muerte de Iris, que representaba al sistema que le había fallado a los Zhang, que incluso podría estar implicado en lo que fuera que ocurrió hace once años.

Cuando salió, Garrett estaba hablando con el conductor de una grúa que negaba con la cabeza y chasqueaba la lengua mientras enganchaba el coche de Zara para subirlo a la plataforma de su camión. La mano de Garrett se posó en la parte baja de la espalda de ella mientras caminaban hacia su LandCruiser; un toque ligero pero deliberado, de guía y protección.

El interior del vehículo estaba impecable, a diferencia del desorden de su propio coche. Al acomodarse en el asiento del pasajero, la puerta se cerró a su lado. Garrett se deslizó en el asiento del conductor; sus hombros anchos y la consola central hicieron que el espacio se sintiera de repente más pequeño, más íntimo de lo que ella había previsto.

Arrancó el motor pero no se puso en marcha de inmediato, observando cómo el operario de la grúa terminaba de cargar su coche dañado. Tenía los nudillos blancos sobre el volante y su perfil estaba tenso en la visión periférica de ella.

—Ellos se encargarán —dijo él, malinterpretando el silencio de ella como preocupación por el vehículo.

—No es por el coche por lo que estoy preocupada —respondió Zara, girándose para mirarlo directamente—. Es por la escalada. Amenazas por internet, luego un allanamiento y ahora esto. ¿Qué será lo siguiente?

La mandíbula de Garrett se tensó aún más, si es que eso era posible. —Por eso discutiremos medidas de seguridad adicionales mientras le cambian los neumáticos.

El tono de fiera protección hizo que el calor se extendiera por el pecho de ella, un calor peligroso que amenazaba su objetividad, su propósito en Salt Creek. Miró por la ventana, ordenando sus pensamientos mientras atravesaban el pequeño pueblo, pasaban por the Golden Horse con su cartel rojo y dorado, y por la tienda de forrajes donde Ray se había cerrado en banda ante la aparición de Garrett.

—¿Por qué te importa tanto que me pase algo? —preguntó finalmente; la pregunta quedó suspendida en el espacio cerrado del coche.

Él mantuvo los ojos fijos en la carretera. —Es mi trabajo.

—¿Lo es? —insistió Zara, girándose en su asiento para estudiar su perfil—. Tu trabajo es proteger a la gente de Salt Creek. Yo no soy de aquí. Soy una extraña que investiga un caso que tu departamento cerró como accidente hace once años. —Hizo una pausa, observando su reacción—. Algunos dirían que la opción más fácil sería mirar hacia otro lado cuando alguien intenta asustarme.

Sus nudillos se pusieron aún más blancos sobre el volante, la única señal externa de que sus palabras le habían afectado. —Yo no funciono así —dijo con voz tensa.

—Parece algo personal —dijo ella en voz baja.

Las palabras flotaron entre ellos, cargadas de implicaciones: Childers, el beso en su habitación del motel, la corriente de magnetismo que corría entre ellos a pesar de todas las barreras profesionales.

Garrett no respondió. El silencio se prolongó, llenándose solo con el zumbido del motor y el chisporroteo ocasional de la radio policial. Los lugareños miraban con curiosidad el vehículo patrulla con Zara en el asiento del copiloto; sin duda, nuevos cotilleos se gestarían a su paso.

Cuando entraron en el taller de Mick, Garrett reasumió inmediatamente su postura protectora. Caminó pegado a ella, con el cuerpo ligeramente inclinado hacia el suyo y los ojos recorriendo el taller como si evaluara posibles amenazas. Mick salió de la oficina, limpiándose las manos con un trapo; su expresión pasó de un saludo profesional a una evaluación curiosa al notar su proximidad y la tensión entre ambos.

—¿Tienes listos esos Michelins, Mick? —preguntó Garrett, con voz casual pero una postura que indicaba todo lo contrario.

—Todo listo para ti —confirmó Mick. Miró a Zara—. Un asunto feo esto de rajar neumáticos. Cuesta creer que alguien en Salt Creek haga algo así.

—Alguien ha enviado un mensaje —dijo Zara con serenidad—. No ha sido muy sutil.

Mick sacudió la cabeza. —Pueblos pequeños, ¿eh? Uno no puede tirarse un pedo sin que todo el mundo sepa lo que ha desayunado. —Desapareció hacia la parte de atrás, dejándolos solos en la zona delantera del taller.

Zara se giró para mirar a Garrett de frente. —Esto no es por el protocolo policial —lo desafió, manteniendo la voz lo suficientemente baja para que Mick no pudiera oírla desde el almacén—. Por cómo te estás comportando, no es solo preocupación profesional.

Los ojos de Garrett se encontraron con los de ella, gris azulados e intensos. Por un momento, ella pensó que él podría esquivar la cuestión de nuevo, que se refugiaría tras su placa y su cargo. En lugar de eso, su expresión cambió.

—Alguien te está amenazando —dijo él, midiendo cada palabra con cuidado y determinación—. Eso no es algo que pueda tomarme a la ligera.

La confesión quedó suspendida en el aire, y lo que no se dijo resultó tan significativo como lo que sí. *Tú no eres alguien que pueda tomarme a la ligera.*

—La línea entre lo personal y lo profesional a veces se desdibuja —continuó él, bajando aún más la voz—. Especialmente en un pueblo de este tamaño.

Zara era plenamente consciente de lo cerca que estaban, apenas a un brazo de distancia. Los fluorescentes del taller proyectaban sombras en el rostro de él, resaltando la tensión de su mandíbula y la intensidad de sus ojos. Sus cuerpos se orientaban el uno hacia el otro como imanes buscando su alineación; la atracción entre ellos era física e innegable.

—¿Y en qué lado de esa línea estamos ahora mismo? —preguntó ella; la cuestión contenía tanto un desafío como una invitación.

Antes de que pudiera responder, el estruendo de la grúa entrando en el hangar del taller interrumpió el momento. Garrett dio un paso atrás y su máscara profesional volvió a su sitio mientras se giraba para saludar al conductor, aunque sus ojos le dijeron a Zara que esta conversación no había terminado.

Ella lo observó hablar con el conductor, indicándole dónde colocar su coche. Lo que fuera que estuviera ocurriendo entre ellos complicaba una investigación que ya de por sí era compleja. Garrett Pennell, el detective que le había advertido que no indagara en la muerte de Iris, se mostraba ahora fieramente protector con su seguridad. La contradicción no tenía sentido a menos que hubiera capas en este caso, y en el propio Garrett, que ella aún no había sacado a la luz.

Mick salió de la parte de atrás con el primer neumático, rodándolo hacia el coche. —Esto llevará una hora —dijo—. Tienen una zona de espera allí si quieren café. O pueden volver dentro de un rato.

La mano de Garrett se posó brevemente en el hueco de la espalda de ella mientras caminaban hacia la pequeña sala para clientes; el contacto era cálido a través de su camisa. —Tendremos que hablar sobre lo que viene ahora —dijo él en voz baja—. Quienquiera que haya hecho esto no se detendrá aquí.

La seguridad en su voz le produjo un escalofrío a pesar de la calidez de su cercanía. Lo que no estaba diciendo era que la amenaza era real, que quienquiera que hubiera rajado sus neumáticos y dejado esa nota era perfectamente capaz de cumplir su promesa de que ella acabara como Iris Zhang. La pregunta era si la determinación de Garrett por protegerla significaba que sabía quién estaba detrás de las amenazas... o si estaba tan a oscuras como ella.

En cualquier caso, la línea entre ellos se había movido de nuevo; lo personal y lo profesional se desdibujaban en algo que ninguno de los dos podía definir o negar fácilmente. Y mientras se acomodaban en la pequeña sala de espera, con las rodillas casi rozándose en el espacio angosto, Zara se preguntó si esa conexión la conduciría finalmente a la verdad sobre Iris, o si se convertiría en otra complicación más en una investigación ya plagada de motivos ocultos y secretos enterrados.

Capítulo 13

EL TALLER DE MICK se fue alejando en el espejo retrovisor mientras Garrett llevaba a Zara de vuelta al motel; ninguno de los dos hablaba. Los neumáticos nuevos se habían montado rápido, pero la nota, *DEJA DE INVESTIGAR O ACABARÁS COMO ELLA*, yacía entre ambos como una tercera presencia dentro de la bolsa de pruebas de plástico transparente. Fuera, la tormenta que había amenazado toda la tarde estaba finalmente entrando, con un aire tan cargado de humedad que parecía que se respiraba a través de algodón mojado. Zara miraba por la ventana, observando los relámpagos parpadear en el horizonte, con su reflejo fantasmal recortado contra el cielo que oscurecía.

Cuando entraron en el aparcamiento del motel, Garrett apagó el motor pero no hizo amago de salir. Sus dedos tamborileaban contra el volante, con un ritmo nervioso que contrastaba con su autocontrol habitual.

—Deberías hacer las maletas —dijo finalmente, con una voz que sonaba áspera—. Puedo buscarte alojamiento en otro sitio. En un lugar más seguro.

Zara se giró para mirarlo.

—No voy a salir corriendo.

Sus miradas se cruzaron en la tenue luz del coche y la expresión de él cambió; la distancia profesional se resquebrajó. Fue él quien apartó la vista primero, asintiendo una vez con brusquedad, como si no hubiera esperado otra respuesta, y echó mano a la manilla de la puerta, con la clara intención de acompañarla para que entrara a salvo.

Fuera de la habitación del motel, a Zara le tembló un poco la mano al insertar la tarjeta. La farola proyectaba largas sombras sobre el cemento y el aire resultaba opresivo por la lluvia inminente. Empujó la puerta y vaciló en el umbral, consciente de repente de las implicaciones de lo que estaba a punto de hacer.

—Pasa —dijo, y las palabras tenían más peso de lo que sugería su sencillez.

Garrett la siguió al interior; sus anchos hombros llenaron el marco de la puerta brevemente antes de pasar por su lado. Se quedó de pie, algo incómodo, en el centro de la pequeña habitación, demasiado grande para aquel espacio. Aunque el aire acondicionado había estado encendido toda la tarde, el cuarto seguía resultando caluroso.

Zara dejó su bolso sobre el escritorio y se giró hacia él, dejando que su lenguaje corporal expresara lo que aún no estaba lista para decir en voz alta. La tensión entre ellos había ido en aumento desde Childers, una corriente que ninguno podía negar a pesar de los límites profesionales y las sospechas mutuas. Y, de repente, estaba cansada de luchar contra ello. Quizá fuera la tormenta que se avecinaba, que le recordaba a aquella noche en Childers, a la pasión feroz que había estallado entre los dos.

Quería eso otra vez. Ahora.

Pero en lugar de acercarse a ella, Garrett empezó a caminar de un lado a otro, dando tres pasos en una dirección antes de dar media vuelta. Se pasó las manos por el pelo, alborotándolo aún más, en un gesto tan inusitadamente agitado que Zara sintió un atisbo de alarma.

—¿Garrett?

Él dejó de caminar, de espaldas a ella, con los hombros rígidos bajo la camisa azul claro del uniforme. Cuando habló, su voz sonaba forzada, como si las palabras estuvieran siendo arrastradas desde algún lugar profundo y reacio.

—Tengo que decirte algo.

Zara se sentó en el borde de la cama, intuyendo que lo que fuera que iba a decir requería espacio, requería que ella estuviera quieta frente al movimiento de él.

—Yo estuve allí —dijo él, girándose para mirarla con ojos atormentados—. En 2014. Fui el agente en prácticas que acudió primero al aviso sobre Iris Zhang.

La confesión cayó entre ellos, el primer hilo deshilachándose. Ella se mantuvo en silencio, dejando que continuara, pero sus ojos se agrandaron. No había visto su nombre por ninguna parte en los archivos que había recibido hasta el momento. Sabiendo que el Queensland Police Service prefería trasladar a los agentes con regularidad, y que no le gustaba especialmente que pasaran demasiado tiempo en destinos rurales donde podrían estrechar demasiados lazos con la comunidad para ser eficazmente neutrales, había asumido que era imposible que Garrett hubiera estado aquí por aquel entonces.

—Fui yo quien la encontró en el arroyo —su voz se quebró al decir «encontró», y su compostura profesional terminó de fracturarse—. Estaba boca abajo en un agua que apenas cubría mis botas. Quince centímetros como máximo. Y había hematomas, hematomas recientes, en la parte posterior de los brazos. Marcas de dedos. De esas que solo aparecen cuando alguien te está inmovilizando.

Empezó a caminar de nuevo, y las palabras salían ahora más rápido, como si se hubiera roto un dique—. Lo documenté todo. Los hematomas, la profundidad del agua, el teléfono desaparecido, el hecho de que ella no debería haber estado allí en absoluto si iba de camino a casa desde el restaurante. Nada tenía sentido. Nada encajaba con un ahogamiento accidental.

Zara lo observaba, viendo no al sargento detective controlado que le había advertido que se alejara de esta investigación, sino a un hombre que cargaba con una década de culpa sobre sus hombros.

—Se lo llevé a Finch. Al sargento primero detective Malcolm Finch —Garrett torció el gesto al pronunciar el nombre—. Él era el oficial superior aquí en ese momento, el investigador principal, por supuesto. Le enseñé mis notas, las fotografías, le expliqué por qué no podía haber sido un accidente. Y él... simplemente me miró, con una mirada que nunca olvidaré, como si yo fuera un niño que se hubiera metido en una conversación de adultos.

Los hombros de Garrett se hundieron mientras hablaba y bajó el tono de voz—. Me dijo que era nuevo, que no tenía experiencia y que veía cosas donde no las había. Dijo que la chica claramente había resbalado, se había golpeado la cabeza y se había ahogado en un accidente fortuito. Cuando insistí en lo de los hematomas, dijo que probablemente se habría caído por el barranco antes de llegar al arroyo y que se habría golpeado en la caída.

—Pero tú no le creíste —dijo Zara suavemente.

—No —la palabra fue tajante, definitiva—. Pero tenía veinticinco años y solo llevaba unos pocos en el cuerpo. Y Finch era...

bueno, era Finch. Respetado. Con contactos. El tipo de oficial al que a los policías más jóvenes se les enseña a obedecer.

Un relámpago cruzó el exterior, iluminando momentáneamente su rostro con nitidez y resaltando el surco entre sus cejas y la línea tensa de su boca.

—Dos meses después, me trasladaron a Cairns. Oficialmente, por una «oportunidad de promoción profesional». Extraoficialmente, me estaban quitando de en medio de una situación en la que había hecho demasiadas preguntas —dejó de caminar y se plantó ante ella—. Intenté dejarlo pasar. Intenté convencerme de que quizá Finch tenía razón, de que yo había sido demasiado entusiasta y había visto patrones donde no los había.

—Pero no pudiste —dijo Zara, reconociendo en él la misma búsqueda obstinada de la verdad que la impulsaba a ella.

—No. Se quedó conmigo. En cada caso de ahogamiento en el que trabajaba, en cada informe sobre una víctima joven, volvía a Iris Zhang. A lo que vi. A lo que sabía —inspiró de forma entrecortada—. He pasado los últimos ocho años forjándome una reputación sólida, primero en Cairns y luego en Brisbane, ascendiendo en el escalafón. Y todo ese tiempo, también estuve reuniendo información sobre Finch, sobre lo que pasó aquí.

Las piezas encajaron para Zara; la misteriosa motivación del detective por fin estaba clara—. Por eso volviste a Salt Creek hace tres años.

Garrett asintió, con un movimiento breve y sombrío—. Solicité el traslado específicamente. El puesto de sargento detective era un ascenso y se suponía que Salt Creek era un destino tranquilo donde asentarme en el nuevo rango. La tapadera perfecta para lo que realmente estaba haciendo: preparar un caso para la Comisión contra el Crimen y la Corrupción contra Finch y quienquiera que estuviera implicado en el encubrimiento de lo que le pasó a Iris.

La lluvia rompió finalmente fuera; gotas gruesas golpeaban contra la ventana y el repentino aguacero igualaba la intensidad de su confesión. Garrett se acercó, bajando la voz como si temiera ser escuchado a pesar de que la habitación estaba vacía.

—He estado reuniendo pruebas, poco a poco. Los antiguos archivos del caso estaban... convenientemente incompletos. Mis informes originales simplemente habían desaparecido, y eso no era todo. Faltaban fotografías. Se habían alterado declaraciones de testigos. Me ha llevado tres años reconstruir lo que ocurrió de verdad, y todavía me faltan elementos cruciales —su voz se volvió más ronca—. Y entonces apareciste tú.

El pulso de Zara se aceleró al recordar su noche en Childers, las manos de él sobre su piel, su boca sobre la de ella, sin que ninguno supiera quién era el otro ni qué vendría después.

—Childers fue... —hizo una pausa buscando las palabras—. Durante unas horas, me olvidé de Iris Zhang. Del caso que ha consumido un tercio de mi vida. Solo era un hombre conociendo a una mujer en un pub, y nos sentimos... —se interrumpió, incapaz de terminar la frase.

—Lo sé —dijo Zara con sencillez.

Él se acercó más, lo suficiente para que ella pudiera ver la incipiente barba de su mandíbula y oler el café, el sudor y algo distintivamente suyo—. Cuando te vi en la comisaría aquel primer día, presentándote como una periodista que investigaba la muerte de Iris, pensé que era algún tipo de broma de mal gusto. Que quienquiera que estuviera detrás de esto se estaba burlando de mí.

Él levantó la mano, casi llegando a tocarle la cara antes de retirar-la—. Y ahora alguien te está amenazando. La misma gente que ha logrado enterrar este caso durante once años. Estoy aterror-izado, Zara —su voz se quebró al pronunciar el nombre de ella, y la admisión resultó cruda y expuesta—. Aterrorizado de que te hagan daño o te maten antes de que pueda protegerte, antes de que podamos llegar a la verdad. Antes de que podamos darles por fin a Iris y a sus padres la justicia que merecen.

A Zara no se le escapó el uso del «podamos». En su confesión, él no solo había revelado la verdad sobre su implicación, sino su reconocimiento de que, a pesar de todo, estaban en el mismo bando.

La lluvia golpeaba las ventanas y la pequeña habitación se sentía de repente como el ojo de un huracán, una calma frágil rodea-da de una furia creciente. Y en esa calma, un detective y una periodista se enfrentaban; secretos revelados, el camino a seguir aparecía de repente con total claridad.

Zara se quedó inmóvil en el borde de la cama, con la botella de agua temblándole ligeramente entre las manos. El plástico crujió al apretar los dedos y el sonido resultó agudo frente al tamborileo constante de la lluvia. La confesión de Garrett había cambiado algo fundamental entre ellos, reorganizando las piezas de esta investigación como un puzle que por fin cobraba forma. El ventilador de techo chirriaba arriba; su ritmo era irregular y apenas movía el aire denso por la lluvia.

—Has estado investigando este caso durante once años —dijo ella finalmente, con palabras pausadas, calculadas—. Solo.

Garrett asintió sin apartar la vista de ella. La revelación le había quitado un peso de encima, dejándolo con un aspecto que era a la vez de agotamiento y de alivio. Se apoyó contra la pared, como si necesitara su soporte ahora que su secreto ya no era solo suyo.

Zara inspiró con calma, sopesando sus opciones. Ella no confiaba fácilmente, especialmente en la policía, y menos después del desastre de Little Girls Lost. Pero Garrett le acababa de entregar su carrera, su propósito, la misión de toda una década. La balanza se había inclinado.

—Yo también tengo algo que decirte —dijo, dejando la botella de agua con cuidado en la mesita de noche—. Algo que no pensaba compartir con ningún agente de policía.

El interés agudizó su mirada; el detective resurgió tras la vulnerabilidad de hacía unos instantes.

—La mañana antes de irme a Brisbane —empezó ella, observando de cerca su reacción—, May Zhang me pidió que la acompañara al arroyo. A la pasarela donde encontraron a Iris.

Fuera, un relámpago iluminó la habitación con un blanco crudo durante una fracción de segundo antes de que volviera la oscuridad. El trueno le siguió casi de inmediato, lo bastante cerca como para hacer vibrar las ventanas.

—Encontramos algo —continuó Zara, con voz firme a pesar de la interrupción de la tormenta—. Algo encajado entre los tablones del puente, enganchado en una viga de soporte por debajo. Algo que llevaba allí once años.

La comprensión asomó a los ojos de Garrett antes de que ella pronunciara las palabras, pero las dijo de todos modos.

—Encontramos el teléfono de Iris.

Garrett se despegó de la pared, con una postura repentinamente alerta; sus instintos profesionales luchaban con el hombre que acababa de desnudar su alma.

—May me hizo prometer que no se lo daría a la policía —prosiguió Zara rápidamente, antes de que él pudiera hablar—. Me habló del ordenador portátil de Iris, de cómo Finch lo cogió como prueba y desapareció convenientemente. Temía que ocurriera lo mismo con el teléfono.

Garrett apretó la mandíbula al oír el nombre de Finch, pero permaneció en silencio, permitiéndole continuar.

—El teléfono estaba dañado, con la pantalla agrietada, daños por agua y once años de meteorología de Queensland. Pero tengo un compañero de piso en Brisbane, Dev. Está haciendo el doctorado en ingeniería eléctrica, especializado en recuperación de datos e informática forense —un toque de orgullo se filtró en su voz—. Es brillante. Si alguien puede recuperar datos de ese teléfono, es él.

—Por eso fuiste a Brisbane —dijo Garrett—. No por la ropa.

—No solo por la ropa —corrigió Zara—. Sí que traje camisas limpias.

El débil intento de humor no cuajó en la atmósfera cargada, pero la expresión de él se suavizó ligeramente.

—Dev cree que podría ser capaz de recuperar datos de la tarjeta microSD —continuó ella—. Está trabajando en ello ahora. Dijo que tardaría al menos una semana, quizá más.

Garrett se pasó una mano por la cara, con sus emociones visiblemente en conflicto: el oficial de policía que debía exigir que se entregaran las pruebas de inmediato y el hombre que se había pasado una década luchando contra el mismo sistema que representaba.

—Si hay algo en ese teléfono —dijo finalmente—, cualquier cosa que demuestre con quién estaba Iris esa noche...

—Lo sé —interrumpió Zara—. Podría destapar todo el caso. May también lo sabe, por eso confió en mí para que me lo llevara —le miró directamente a los ojos—. Y ahora yo confío en ti.

Se estudiaron mutuamente a través de la pequeña habitación: el detective y la periodista, adversarios por profesión pero unidos por un propósito.

—Hemos estado trabajando el uno contra el otro —dijo Garrett, con voz baja—. Luchando la misma batalla desde bandos opuestos.

—Y sin llegar a ninguna parte —reconoció Zara.

El cartel de neón de VACANTE del exterior parpadeaba, proyectando luz roja y sombría de forma alterna sobre su rostro, resaltando la determinación de sus ojos y la forma obstinada de su mandíbula, que igualaba a la de ella.

—Pero juntos —dijo él, y la palabra contenía toda la promesa de una alianza formal—, juntos puede que realmente tengamos una oportunidad.

Ningún apretón de manos selló su acuerdo, ningún contrato firmado. Solo una mirada, cargada y segura, que transformó su relación de adversarios reacios en compañeros.

—Alguien sabe que te estás acercando —dijo Garrett, señalando hacia la ventana, hacia su coche—. Las amenazas empeorarán antes de que esto acabe.

—Lo sé —respondió Zara simplemente.

El trueno retumbó fuera, esta vez durante más tiempo, un gruñido sostenido que parecía hacerse eco de la propia resolución de ella. La lluvia se había intensificado; láminas de agua caían por la ventana, desdibujando el mundo exterior.

—Tenemos que llevar cuidado —dijo Garrett—. Quienquiera que matase a Iris ha tenido once años para borrar sus huellas, para construir una vida sobre esa mentira. No se rendirán fácilmente.

—Kirsty Cannon —dijo Zara, y el nombre se le escapó antes de que pudiera reconsiderarlo—. Me ha abordado hoy en el colegio. Estaba... actuando. Dolor, preocupación, indignación justificada. Pero debajo de todo eso, frialdad. Cálculo.

Garrett asintió, sin sorprenderse—. La concejala Cannon está sin duda en mi lista de personas que esconden algo. Junto con su padre, Richard, aunque murió hace unos años. Y, por supuesto, Finch, aunque ahora se ha jubilado en la Gold Coast.

—May dijo que fue Finch quien se llevó el portátil de Iris —le recordó Zara—. Eso no es una coincidencia.

—No —asintió Garrett—. No lo es.

Se movió hacia la ventana, escudriñando el aparcamiento castigado por la tormenta. Su reflejo se superponía a la oscuridad exterior; su expresión denotaba una determinación sombría que se ajustaba a la de ella.

—¿Y ahora qué ocurre? —preguntó Zara, aunque ya conocía la respuesta.

—Ahora —dijo Garrett, volviéndose para mirarla—, hacemos lo que deberíamos haber hecho desde el principio. Combinamos lo que sabemos. Y buscamos justicia para Iris Zhang.

Un relámpago volvió a brillar, seguido al instante por un estallido de trueno que hizo temblar el edificio. En ese momento de iluminación, se miraron frente a frente, sin estar ya separados en su búsqueda de la verdad, sino alineados, decididos, unidos contra cualquier fuerza que hubiera mantenido oculta la verdad de la muerte de Iris durante once años.

La tormenta seguía arreciando fuera, pero dentro de aquella pequeña habitación de motel se había formado una alianza, forjada con un propósito compartido y una confianza recién hallada; lo bastante fuerte, tal vez, para descubrir finalmente qué le había ocurrido a la chica del arroyo.

Capítulo 14

La lluvia golpeaba el techo del LandCruiser mientras Garrett recorría las calles desiertas. Los relámpagos cruzaban el cielo, iluminando Salt Creek con breves fogonazos. Muchas cosas habían cambiado en una hora: la confesión de Garrett sobre el hallazgo del cuerpo de Iris, la propia revelación de ella sobre el teléfono. Ya no eran adversarios, sino aliados.

—Lo tengo todo en la comisaría —dijo Garrett, con una voz apenas audible por encima de la tormenta—. Once años de investigación. Cosas que nunca figuraron en el expediente oficial.

Zara intentó reconciliar esta nueva versión de él con el hombre que al principio le había advertido que se mantuviera al margen. —¿Has estado trabajando en esto solo todo este tiempo?

—No me quedaba otra —respondió él. Sus manos apretaron el volante al cruzar un charco—. Nunca supe en quién podía confiar.

Ella comprendía perfectamente ese aislamiento. La soledad de buscar la verdad cuando otros preferían mentiras reconfortantes.

Entraron en el pequeño aparcamiento detrás de la comisaría de policía. El edificio estaba a oscuras, a excepción de una única luz en la recepción. Garrett apagó el motor.

—¿Estás lista? —preguntó, y hubo algo en su tono que la hizo pensar que le estaba preguntando por algo más que por la simple revisión de pruebas.

Un sargento de guardia asintió a Garrett cuando entraron, apenas mirando a Zara. La naturalidad con la que los recibió sugería que aquello no era algo inusual.

Él la guio por un pasillo estrecho hasta un despacho al fondo. En la placa de la puerta se leía: sargento detective G. Pennell. Abrió la cerradura, la invitó a entrar y luego cerró la puerta por dentro.

Era espartano pero funcional: un escritorio, un ordenador, dos sillas y un ventilador girando en el techo. Un gran tablón de corcho cubría una pared, casi vacío a excepción de avisos oficiales y unos pocos mapas.

Garrett se acercó a un archivador en la esquina. Sacó una llave. El mueble parecía corriente, de metal gris y con las esquinas desconchadas. Pero cuando abrió y extrajo el cajón inferior, Zara se dio cuenta de que aquello era distinto.

El cajón estaba repleto de carpetas, cuadernos y bolsas de pruebas. Cada objeto estaba meticulosamente etiquetado. Garrett empezó a sacarlos, apilándolos sobre su escritorio.

—Mis notas de campo originales de 2014 —dijo, dejando un cuaderno encuadernado en cuero—. Y declaraciones de testigos que nunca se archivaron oficialmente. Personas que vieron cosas que contradecían la versión del ahogamiento.

Siguió descargando material. Fotografías de la escena del crimen, recortes de periódicos, mapas con zonas marcadas en tintas de distintos colores, hojas con cronologías llenas de anotaciones.

—Lo has estado documentando todo —dijo ella.

—Tenía que hacerlo. Si quería llegar a construir un caso lo suficientemente sólido para la Comisión contra el Crimen y la Corrupción.

Extendieron los materiales por el escritorio y una pequeña mesa de juntas. Garrett los organizó cronológicamente, creando una línea de tiempo del último día de Iris y la investigación posterior.

—Esto es todo lo que el público nunca vio —dijo en voz baja—. Todo lo que se excluyó de los informes oficiales.

La mirada de Zara se detuvo en las fotografías de la escena del crimen. Mostraban a Iris boca abajo en el arroyo poco profundo. Al pasar a la siguiente foto, a Zara se le cortó la respiración.

Era Iris en la morgue, colocada de costado. Unos hematomas oscuros marcaban la parte posterior de sus brazos. Marcas claras con forma de dedos. Pruebas de violencia totalmente ausentes en las fotografías y en el informe de la autopsia que ella había obtenido.

—Estos hematomas no se mencionan en ninguna parte de la autopsia oficial.

—Conveniente, ¿verdad? —La voz de Garrett era tensa—. Las notas preliminares del doctor Robinson los documentaban al detalle. Luego Finch habló con él, y el informe final omite cualquier hematoma que no sea coherente con un ahogamiento accidental. Esta foto nunca llegó a la autopsia oficial.

Ambos alargaron la mano hacia la fotografía al mismo tiempo. Sus dedos se rozaron. Ninguno se apartó de inmediato; los dedos permanecieron unidos un instante antes de retirarse lentamente.

Garrett se aclaró la garganta. —Hay más. Declaraciones de testigos de un mochilero que trabajaba en Salties en aquel entonces. Había salido a fumar un cigarrillo y caminó hasta la entrada del parque. Dijo que vio a Iris discutiendo con alguien cerca de la pasarela sobre las diez y cuarto de la noche, lo cual encaja con el hecho de que ella saliera del Golden Horse a las diez. Se tomó su declaración, pero nunca se registró. Le pregunté a Finch al respecto, pero insistió en que el mochilero ni siquiera conocía a Iris y que era imposible que estuviera seguro de que era ella —hizo una mueca—. ¿Cuántas chicas chinas crees que había en Salt Creek en aquel momento? Puede que no supiera el nombre de Iris, pero estoy bastante seguro de que la conocería de vista.

—¿Has podido localizar al mochilero para hacerle más preguntas?

—Lamentablemente, no. Era alemán, pero no dio ninguna dirección allí... y se llamaba Hans Braun. El equivalente alemán de Pepe Pérez.

—Quizá podría hacer un llamamiento en el podcast —reflexionó Zara—. Tengo muchos suscriptores de Alemania. Puedo decir que sé que es difícil, pero... ¿sabemos qué edad tenía entonces?

Garrett barajó unos papeles. —Sí... veintidós.

—Eso significa que hoy tendría treinta y tres o treinta y cuatro años. Así que podría publicar un aviso diciendo que si alguien conoce a un tal Hans Braun de esa edad, le pregunte si estuvo de mochilero en Australia en 2014.

—Vale la pena intentarlo —asintió Garrett, y le dedicó una pequeña sonrisa de soslayo—. Supongo que tener una audiencia global puede resultar útil después de todo.

—Ya lo creo —dijo ella, antes de volver a centrar su atención en las pilas de papel sobre la mesa.

Zara revisó los materiales metódicamente, examinando cada pieza. La amplitud de las pruebas era abrumadora, y empezaban a emerger patrones al verlo todo en conjunto.

—Has estado esperando esto —dijo, levantando la vista hacia él—. A alguien con quien compartirlo. Alguien que te creyera.

Sus ojos se encontraron con los de ella, de un azul grisáceo bajo la tenue luz. —No a cualquiera. A alguien que pudiera ayudar a darle sentido a todo esto. A alguien que no se echara atrás.

Zara volvió a las pruebas. A la fotografía de la piel amoratada de Iris, a la declaración del testigo silenciada. Lo que fuera que estuviera surgiendo entre ella y Garrett era ahora secundario frente a esto: la verdad que estaban reconstruyendo pieza a pieza.

Pero no podía evitar ser consciente de su presencia a su lado. De cómo sus cuerpos se movían en una sincronía inconsciente. De la forma en que la mano de él permanecía cerca de la suya.

Las horas se esfumaron. La medianoche llegó y pasó, marcada por el reloj de Garrett. Las tazas de café vacías se acumulaban mientras trabajaban con las pruebas. A Zara le ardían los ojos, pero su mente seguía despejada.

—Mira esto —dijo ella, señalando con el dedo otro par de declaraciones de testigos—. El dueño de la tienda de pescado y patatas fritas dijo inicialmente que vio a Kirsty Cannon pasando por delante de su tienda hacia el arroyo cerca de las diez. Pero después de que Richard Cannon lo entrevistara, cambió su versión y dijo que se había equivocado; que no era Kirsty en absoluto.

Garrett se inclinó, rozándole el hombro. —Conveniente. —Alcanzó otro archivo—. Richard Cannon presidía el comité de seguridad ciudadana que supervisaba la financiación de la policía. Poder e influencia.

—Y ahora su hija ocupa el mismo cargo, ¿verdad? —Había sido cautelosa con sus indagaciones sobre Kirsty Cannon, pero aquello no había sido difícil de descubrir.

Garrett hojeó más documentos. —Incluso si demostramos la manipulación de testigos, es una cuestión de procedimiento, no una prueba directa de asesinato. Necesitaríamos un móvil, una oportunidad y pruebas físicas que vinculen a alguien con la muerte de Iris. El listón legal para reabrir un caso tan antiguo es muy alto.

Ella apreció su franqueza. Muchos agentes con los que se había topado se mostraban a la defensiva cuando se trataba de procesos defectuosos. La sinceridad de Garrett hacía que confiara en él por completo.

Siguieron trabajando mientras la noche se cerraba a su alrededor. En un momento dado, la mano de Garrett cubrió la de ella sobre un documento que ambos iban a coger. Esta vez, ninguno de los dos se apartó.

—Zara —dijo él, y la forma en que pronunció su nombre hizo que ella levantara la vista.

Sus ojos se clavaron en los de ella, inquisitivos. —Esto es complicado.

—Lo sé.

—Estás investigando un caso del que formo parte. Soy una fuente, técnicamente. Esto cruza una docena de líneas profesionales.

—También lo sé. —Ella giró su mano, palma contra palma con la de él—. Pero no estoy segura de que me importe ahora mismo.

—A mí tampoco. —Él se levantó, tirando de ella para que hiciera lo mismo—. Ven a casa conmigo. Podemos seguir con esto mañana, pero esta noche...

—Esta noche —asintió ella.

Recogieron los documentos más delicados y los guardaron bajo llave en el archivador. El sargento de guardia apenas levantó la vista cuando salieron. Garrett puso la mano en la parte baja de la espalda de Zara, un gesto que resultaba a la vez protector y posesivo.

El trayecto hasta la casa de Garrett fue corto, pero cada segundo se sentía cargado de tensión. La lluvia continuaba su asalto constante, pero dentro del LandCruiser, el calor crecía entre ellos.

Su casa era una modesta vivienda de tablas de madera en una calle tranquila. El tipo de lugar que delataba a alguien que valoraba la función por encima de la forma. Por dentro, estaba ordenada sin llegar a ser estéril. Se notaba habitada, pero cuidada.

—¿Cerveza? ¿Vino? —preguntó él, dirigiéndose a la cocina.

—Agua, mejor. —Tenía la garganta seca.

Él sirvió dos vasos y le entregó uno. Se quedaron de pie en el salón. La incomodidad del momento les golpeó a ambos de repente. En el despacho, rodeados de pruebas e investigación, la conexión entre ellos parecía natural. Aquí, en este espacio doméstico, la realidad de lo que estaban a punto de hacer se sentía diferente.

—Zara. —Él dejó su vaso, cogió el de ella y lo puso al lado—. No suelo ser el detective que se salta todas las normas del manual. —Una sombra de sonrisa asomó a sus labios—. Pero aquí estamos.

—Aquí estamos.

Cuando sus labios se encontraron, no fue con una pasión urgente, sino con algo más pausado. Sus manos enmarcaron el rostro de ella, sujetándola como si fuera algo que pudiera desaparecer si se movía demasiado rápido. Los dedos de Zara buscaron los botones de su camisa de uniforme, desabrochándolos uno a uno. Tomándose su tiempo de una manera que no había hecho en Childers.

Se desvistieron mutuamente con lentitud. Cada prenda que caía era una revelación más que un obstáculo. Los dedos de él temblaron ligeramente contra el cierre del sujetador de ella, y esa pequeña vulnerabilidad hizo que a Zara se le encogiera algo en el pecho.

Cuando finalmente estuvieron el uno frente al otro, Garrett buscó de nuevo su mano. Se la llevó a los labios, depositando un beso en la palma, en la muñeca, en la parte blanda interna del codo.

Las sábanas estaban frescas contra su espalda mientras Garrett la recostaba en la cama. Él la siguió, presionándola contra el colchón de una manera que se sentía más como un anclaje que como una sujeción. Sus cuerpos se alinearon, familiares y, sin embargo, completamente nuevos.

Sus labios trazaron un camino desde la boca de ella hasta su garganta, su clavícula. Ella se arqueó ante su contacto, con las manos recorriendo la ancha extensión de su espalda. Sintió la ligera aspereza de la barba incipiente contra su palma mientras le acariciaba la mandíbula. Los movimientos entre ellos se fueron intensificando lentamente.

Cuando finalmente se movió sobre ella y sus cuerpos se unieron, Zara se descubrió buscando sus ojos. En Childers, habían cerrado los ojos, perdidos en la sensación. Ahora se miraban. Se sostuvieron la mirada mientras se movían juntos, estableciendo un ritmo que hablaba de un entendimiento mutuo.

Había una vulnerabilidad en ello que ella no esperaba. Esa capacidad de ser vista, de ser vista de verdad, en un momento de tanta apertura. La expresión de Garrett reflejaba asombro, ternura y algo más profundo que ella no estaba lista para nombrar. Sus manos trazaron el contorno de su cara, memorizando las líneas en las comisuras de sus ojos, el gesto obstinado de su mandíbula ahora suavizado.

Se movieron al unísono. La conexión nunca se sacrificó en favor del desenlace. Cuando finalmente llegó el éxtasis para ambos, fue en forma de oleadas en lugar de crestas afiladas.

Después, él la estrechó contra su pecho. Un brazo rodeaba su cintura, con las piernas entrelazadas bajo las sábanas revueltas. Sus dedos trazaban dibujos perezosos a lo largo de su columna mientras su respiración se acompasaba. Los corazones recuperaban poco a poco sus ritmos normales. Fuera, la lluvia golpeaba suavemente contra las ventanas.

—Quédate —susurró Garrett contra su pelo.

Zara asintió. Ya sentía que el sueño tiraba de ella. —No me voy a ninguna parte.

Él apretó el brazo alrededor de su cintura, atrayéndola más hacia sí. Ella sintió sus labios presionarse contra su sien. Mientras el sueño se apoderaba de ella, el último pensamiento consciente de Zara fue lo diferente que se sentía aquello de cualquier otra intimidad que hubiera conocido. No era una vía de escape ni una distracción, sino un punto de conexión en medio del caos.

Zara parpadeó al despertar lentamente. Se sintió momentáneamente desorientada antes de que los recuerdos regresaran de golpe.

El dormitorio de Garrett. La cama de Garrett. Las sábanas a su lado estaban revueltas pero vacías, conservando aún un rastro de calor. Recorrió con la mano el espacio vacío mientras le llegaba el intenso aroma del café recién hecho.

El dormitorio se veía diferente a la luz del día. Un certificado enmarcado de la academia de policía colgaba discretamente en una pared. La estantería albergaba una mezcla ecléctica de novelas policíacas, revistas de pesca y varios tomos sobre la historia local de Queensland. Había esmero en la disposición, pero nada rebuscado ni artificial.

Su ropa yacía cuidadosamente doblada sobre una silla en el rincón. Obra de Garrett, se dio cuenta. En lugar de cogerla, divisó la camisa azul claro del uniforme de él en el suelo, donde debía de haberse escurrido de la silla. Zara la recogió y se la acercó brevemente a la nariz. Olía a él. Sudor limpio, una colonia sutil, el tenue toque metálico de su placa. Se la puso. La tela le llegaba a la mitad del muslo y las mangas colgaban mucho más allá de las puntas de sus dedos. Les dio dos vueltas y luego salió descalza del dormitorio.

El pasillo desembocaba en una modesta zona de estar. Muebles sencillos, un televisor que parecía usarse poco, una caña de pesca apoyada en un rincón. A través de un arco, pudo ver la cocina y a Garrett de pie ante la encimera, de espaldas a ella. Solo llevaba un pantalón corto. La luz de la mañana doraba los músculos de sus hombros y su espalda. Estaba preparando café. La domesticidad de la escena le resultó a la vez reconfortante y ligeramente surrealista.

Debió de oírla, porque se dio la vuelta. La expresión que cruzó su rostro al verla con su camisa hizo que a ella se le dieran un vuelco las entrañas.

—Buenos días —dijo ella.

—Buenos días. —Su voz sonaba más áspera de lo habitual, ronca por el sueño. Sus ojos la recorrieron, deteniéndose en la forma en que su camisa le quedaba grande. —¿Café?

—Por favor.

Él sirvió dos tazas y las llevó a la mesita. Ella se sentó, envolviendo la cerámica caliente con las manos. Él ocupó el asiento frente a ella. Durante un momento, se limitaron a mirarse. Este algo nuevo entre ellos era aún demasiado frágil para ponerle nombre.

—Probablemente deberíamos hablar de esto —dijo Garrett finalmente.

—Probablemente. —Zara dio un sorbo al café—. Es complicado.

—Eso es quedarse corto. —Se pasó una mano por el pelo—. Estás investigando un caso en el que yo estoy involucrado. Técnicamente, soy una fuente. Si esto saliera a la luz...

—Comprometería la credibilidad de ambos —terminó ella—. Lo sé.

—Y aun así. —Él alargó la mano sobre la mesa, buscando sus dedos con los suyos—. No me arrepiento. Ni de lo de anoche. Ni de esta mañana. De nada.

—Yo tampoco. —Ella le apretó la mano—. Pero tenemos que tener cuidado. Por el bien de los dos.

—De acuerdo. —Él estudió su rostro—. ¿Entonces qué hacemos?

—Seguimos trabajando en el caso. Somos profesionales. No dejamos que esto nos distraiga de lo que importa. —Hizo una pausa—. Pero cuando estemos a solas...

—Cuando estemos a solas —repitió él, con comprensión en los ojos.

Terminaron el café en un silencio cómplice. Finalmente, Zara se levantó, reacia pero sabiendo que ambos tenían trabajo que hacer.

—Debería volver al motel. Ducharmé, cambiarme. Dev se preguntará dónde estoy.

Garrett se levantó también. —Tómate el día libre. Del caso, quiero decir. Date un respiro.

—¿Un respiro? —El concepto le resultaba extraño.

—Sí. ¿Te has tomado un solo día libre desde que llegaste? —Como ella no respondió, continuó—: Ven conmigo en la lancha. Solo unas horas. Pescaremos algo, probablemente fracasaremos estrepitosamente, y te dará un poco el sol y el aire puro. Nada de hablar del caso. Solo... un día.

Zara se sorprendió sonriendo. —En realidad suena perfecto.

—Bien. —Él la atrajo hacia sí y le besó la frente—. Te recogeré a las nueve. Ponte algo que no te importe que se moje y se llene de agua salada.

El trayecto de quince minutos hasta Salt Creek Heads los llevó por una carretera recién asfaltada que serpenteaba a través de matorrales antes de iniciar un suave ascenso. A medida que ganaban altura, aparecían destellos del océano azul entre los árboles, creciendo hasta que la panorámica se abría por completo tras una curva. Zara se quedó sin aliento ante la vista. Aguas color turquesa que se extendían hasta el horizonte, cabos que se adentraban en el mar y la silueta lejana de islas que brillaban bajo el calor de la mañana.

—¿Es la primera vez que ves las cabeceras? —preguntó Garrett, notando su reacción.

—Sí. —Ella se quedó mirando—. No había tenido motivos para venir hasta aquí. Ahora desearía haberlo hecho antes.

—Es lo mejor de vivir aquí —dijo él, maniobrando el Land-Cruiser en otra curva—. En los días malos, subo aquí solo para sentarme y mirar el agua un rato.

Zara podía entender por qué. Había algo expansivo en aquella vista. Un recordatorio de espacio y posibilidades más allá de los confines de un pueblo pequeño con sus secretos enterrados.

Mientras descendían hacia el pequeño asentamiento de Salt Creek Heads, Zara notó una intensa actividad de construcción en las laderas. Varias casas grandes en diversas etapas de finalización se erguían en parcelas privilegiadas con vistas al océano.

Declaraciones arquitectónicas de cristal y madera que parecían desentonar con las modestas viviendas de tablas de madera que formaban el asentamiento original.

—Cannon Developments —dijo Garrett, siguiendo su mirada. Su tono se mantuvo neutral, pero Zara notó la ligera tensión en su mandíbula—. Richard Cannon fundó una empresa de construcción hace unos quince años. Kirsty la heredó cuando él murió.

—Parecen caras.

—Lo son. Ningún lugareño vivirá aquí. Son todas casas de vacaciones de lujo o AirBnBs, fuera del alcance de cualquiera de Salt Creek. —Tomó un desvío, dirigiéndose hacia un pequeño aparcamiento cerca de una rampa de cemento para barcos—. Kirsty ha estado presionando mucho para que se construyan más urbanizaciones desde que se hizo cargo del comité de planificación del ayuntamiento. Más turistas, más dinero entrando.

—Y más poder para ella —murmuró Zara, observando cómo las casas más nuevas parecían reclamar las mejores posiciones a lo largo del cabo. Las vistas más espectaculares. Política local, beneficio personal y quizás algo más oscuro. Todo se interconectaba de formas que ella aún estaba desentrañando.

Entraron en el aparcamiento junto a la rampa. Algunos otros vehículos con remolques vacíos indicaban que no eran los únicos que aprovechaban el tiempo perfecto, aunque la rampa estaba despejada en ese momento. Garrett bajó el remolque con destreza por la rampa hasta que la popa de la lancha se deslizó en el agua.

—¿Quieres ayudar a botarla? —preguntó él, apagando el motor.

El proceso era más complejo de lo que Zara esperaba. Desenganchar correas, controlar el cable del cabrestante, asegurar que todo estuviera bien sujeto dentro de la lancha antes de que tocara el agua. Garrett la guio en cada paso. Sus manos cubrían ocasionalmente las de ella para mostrarle la técnica correcta. Estos roces casuales se sentían diferentes ahora. Cargados de consciencia tras su noche juntos, pero cómodos de una forma que ella no había previsto.

Una vez que la lancha estuvo flotando, Garrett la llevó hasta el pequeño pantalán contiguo a la rampa y llamó a Zara para que sujetara la cuerda mientras él llevaba el LandCruiser y el remolque al aparcamiento. El sol le calentaba los hombros a través de la camiseta. El aire estaba impregnado del aroma del agua salada y los manglares. A su alrededor, los pelícanos se posaban sobre pilones desgastados. Algún pez rompía de vez en cuando la superficie con pequeños chapoteos. Un águila marina planeaba perezosamente por encima.

Garrett regresó y saltó a la lancha. Atlético y ágil. Luego extendió su mano para ayudar a Zara a subir. La embarcación se balanceó ligeramente bajo sus pies mientras encontraba el equilibrio. La mano firme de él estaba en su cintura.

—Bienvenida a bordo —dijo él, guiándola hacia un asiento antes de enrollar la cuerda y dirigirse a la pequeña consola. El motor arrancó con un ronroneo reconfortante—. ¿Lista?

Zara asintió. La emoción burbujeaba mientras se alejaban del pantalán. El agua estaba en calma, solo rota por suaves ondulaciones que la Quintrex manejaba con facilidad. Garrett navegaba con una confianza tranquila. Una mano en el volante, sus ojos escaneando las boyas del canal mientras se adentraban en aguas más profundas.

—Es precioso aquí fuera —dijo Zara, pasando los dedos por la estela junto a la lancha. El agua era de una claridad tentadora, revelando un fondo arenoso y peces que cruzaban veloces de vez en cuando.

—No se te ocurra pensar en nadar tan cerca de la costa —advirtió Garrett, leyéndole la expresión—. A los cocodrilos les encantan estas aguas. La semana pasada avistaron un cocodrilo de agua salada de cuatro metros.

Zara retiró la mano rápidamente, lo que le valió una carcajada a Garrett. —Chica de ciudad —se burló, pero las palabras no contenían malicia, solo una cálida diversión.

Rodearon un pequeño cabo con un faro que se erguía orgulloso. Una casa impresionante apareció a la vista, situada de forma dramática en la ladera del acantilado. Moderna y angulosa, sus paredes de cristal reflejaban el sol de la mañana como un faro. Múltiples balcones se extendían sobre el agua. Un pantalán privado llegaba hasta una pequeña cala protegida más abajo. Incluso desde la distancia, desprendía riqueza y privilegios.

—La casa de Kirsty —dijo Garrett.

Zara la estudió. Analizando la escala, la posición idílica, la ostentación. —Eso debe valer millones. Tiene mucho más que perder de lo que yo me había imaginado.

Garrett asintió. Su expresión se volvió momentáneamente solemne. —Todo se basa en el negocio de su padre, en sus conexiones políticas. Toda su identidad gira en torno a ser la niña bonita de Salt Creek. La heredera de su imperio. —Miró la casa un momento más y luego se sacudió visiblemente—. Pero habíamos quedado en algo, ¿verdad? Nada de hablar del caso hoy.

—Cierto —aceptó Zara, aunque su mente de periodista ya estaba archivando aquellas observaciones, conectándolas con el panorama general que estaban trazando.

Garrett alejó la lancha de la orilla, dirigiéndose hacia mar abierto. El zumbido constante del motor y el suave golpeteo de las olas contra el casco creaban un ritmo relajante. Cuanto más se alejaban de tierra firme, más sentía Zara que el peso de la investigación se levantaba temporalmente de sus hombros.

—A ver —preguntó Garrett, y su expresión seria dio paso a una sonrisa que le arrugó las comisuras de los ojos—, ¿qué experiencia tienes en la pesca?

Zara se rió. El sonido se propagó por el agua. —Nula. Me crié en los suburbios del oeste de Brisbane. Lo más cerca que estuve de la pesca fue ver a mi primo pescar cangrejos de río en el arroyo que había detrás de la casa de mi tía.

—Los cangrejos cuentan —respondió él con toda seriedad, aunque sus ojos bailaban divertidos—. Solo son peces muy pequeños con muchas patas.

—Estoy segura de que eso no es científicamente exacto.

—¿Estás cuestionando mi pericia pesquera, Srta. Langley?

—Jamás, sargento detective. Estoy completamente a tu merced en todo lo relacionado con lo náutico.

Sus risas se mezclaron, arrastradas por la brisa mientras Garrett los dirigía hacia un punto lejano donde prometió que los peces picarían. Observando su perfil mientras escaneaba el horizonte, relajado y concentrado de una forma que nunca lo había visto en el propio Salt Creek, Zara sintió que algo inesperado se instalaba en su pecho. No era solo atracción o el resplandor de la intimidad física, sino el reconocimiento de algo más inusual. La posibilidad de conectar con alguien que comprendía su determinación. Su dedicación. Su negativa a apartar la mirada de las verdades incómodas.

Mañana volverían a la investigación. A los datos del teléfono que esperaban que Dev recuperara. A los peligrosos secretos de Salt Creek. Pero hoy, hoy era para ellos. Horas robadas sobre aguas azules bajo un cielo infinito. Un breve respiro ante la tormenta que, sin duda, se avecinaba.

Capítulo 15

Las sombras de la tarde se alargaban sobre el hormigón mientras el LandCruiser entraba en el aparcamiento del motel. La piel de Zara todavía hormigueaba agradablemente tras pasar horas al sol, con los cristales de sal secándose en los pliegues de sus manos. El día en el agua con Garrett había sido un respiro inesperado, un reducto robado de normalidad en medio de una investigación cada vez más peligrosa. Sentía músculos que había olvidado que existían, con un dolor sordo y placentero por haber recogido sedal, aunque habían devuelto al agua todo lo que pescaron, riendo y acordando comprar pescado con patatas para cenar esta noche. Cuando Garrett apagó el motor, el hechizo de su día fuera empezó a disolverse, y la realidad se filtró de nuevo con el leve olor a los gases de escape.

—Dejaré la barca en casa y nos vemos en mi chalet —dijo Garrett, con la mirada suavizándose mientras la observaba. Las arrugas de expresión se habían relajado durante su día en el agua; su rostro estaba más distendido de lo que ella lo había visto nunca.

—Me daré una ducha y recogeré todo, compraré el pescado con patatas y me iré para allá —respondió Zara, desabrochándose el cinturón de seguridad. La decisión de quedarse con Garrett había surgido de forma natural tras lo de anoche, tras las amenazas, tras todo. Por una vez, la lógica y el deseo se habían alineado—. Solo tengo que meterlo todo en el coche y dejar la habitación. Tardaré una hora más o menos, probablemente.

Él asintió, tamborileando una vez con los dedos sobre el volante. —Echa la llave al entrar.

—Siempre lo hago. —Ella le dedicó una sonrisa tranquilizadora—. Aunque no creo que vayan a entrar conmigo dentro.

—Espero que no.

Su despedida fue breve, un roce de dedos, una mirada compartida. Ninguno de los dos admitió lo doméstico que resultaba aquel plan informal de verse en su casa, de compartir espacio. Zara bajó del vehículo y se quedó mirando cómo Garrett se alejaba con el remolque de la barca balanceándose ligeramente detrás del LandCruiser.

Se acercó a la puerta del motel con la tarjeta en la mano, catalogando ya mentalmente por dónde empezar a hacer la maleta en cuanto se quitara la sal de la piel. Para empezar, no había traído mucho; vivir con una maleta se había convertido en su segunda naturaleza tras años de trabajo de campo de investigación.

La tarjeta hizo clic en la ranura, la cerradura se desbloqueó y Zara abrió la puerta.

Inmediatamente sintió que algo iba mal.

El aire del interior se percibía distinto. Perturbado, sutilmente alterado. Sus instintos de periodista, curtidos tras años en entornos hostiles y reportajes peligrosos, se pusieron en alerta antes de que su mente consciente procesara el porqué.

Se detuvo en el umbral, con una mano todavía en el pomo de la puerta. Las cortinas estaban echadas, sumiendo la habitación en un crepúsculo artificial a pesar del sol de la tarde que brillaba fuera. Nada parecía fuera de su sitio a primera vista. El maletín de su equipo estaba sobre el escritorio donde lo había dejado esa mañana, con la tapa todavía cerrada. La puerta del baño estaba entornada exactamente con el mismo ángulo.

Pero el olor era diferente. Algo químico bajo los habituales aromas de motel a limpiador industrial y ambientador artificial. Un efluvio a rotulador, acre y penetrante.

Y la cama. Las sábanas estaban revueltas con un patrón que ella no había dejado.

A Zara se le cortó la respiración mientras sus ojos se adaptaban a la penumbra. Extendidas sobre la cama deshecha había fotografías. Docenas de ellas.

Ella.

Caminando por la calle principal de Salt Creek.

De pie frente a The Golden Horse.

Hablando con Jane Goulding en un banco del parque.

Sentada en su coche frente a la casa de una de las antiguas compañeras de clase de Iris Zhang.

Cada imagen captada desde la distancia pero con una claridad inquietante, algunas tomadas claramente con un teleobjetivo. La vigilancia era profesional, metódica, y llevaba semanas produciéndose, a juzgar por los cambios de ropa que lucía en las imágenes.

Pero lo que le revolvió el estómago fue el ensañamiento. Varias fotos mostraban su rostro tachado con un grueso rotulador negro, trazos violentos que habían llegado a desgarrar el papel en algunos puntos. Y en el centro de la exposición, clavando una toma especialmente cercana de su cara al colchón, había un cuchillo de cocina. No una navaja automática ni un corta-plumas, sino un cuchillo de chef de verdad, de los de hacer cortes serios.

La bilis le subió a la garganta. El mensaje no habría podido ser más claro aunque lo hubieran escrito con su propia sangre.

Le temblaban las manos, pero las controló por pura fuerza de voluntad. Se obligó a respirar, contando tres al inhalar y tres al exhalar, tal como había aprendido durante su primer curso de formación en entornos hostiles años atrás.

El maletín del equipo. Se dirigió rápidamente hacia él. La tapa estaba cerrada, pero los cierres... no, seguían echados. Se había gastado mucho dinero en ese maletín, queriendo asegurarse de que su equipo estuviera a salvo cuando no lo llevaba encima, y siempre dejaba una etiqueta de seguimiento por GPS dentro también. Dinero bien invertido, pensó, mientras el maletín se abría con un clic satisfactorio, revelando sus caros micrófonos, el grabador y las unidades de respaldo, todo intacto.

Una pequeña concesión, al menos. Su trabajo seguía a salvo, aunque su seguridad no.

Zara cerró y volvió a bloquear el maletín, luego se irguió y sacó el teléfono del bolsillo. La habitación de repente le pareció más pequeña, como si las paredes se le echaran encima, pero se negó a huir sin sus pertenencias. Salir corriendo solo demostraría debilidad, y quienquiera que estuviese vigilando claramente se alimentaba de eso.

Marcó el número de Garrett, manteniendo la respiración acom-pasada mientras se establecía la llamada. Los nudillos se le pusieron blancos alrededor del teléfono, la única señal visible de tensión que se permitió.

—¿Ya me echas de menos? —Su voz conservaba la calidez residual de su día juntos.

—Alguien ha vuelto a entrar aquí. —Zara mantuvo el tono deliberadamente nivelado, profesional. La firmeza de su voz la sorprendió incluso a ella.

El silencio que siguió duró apenas un segundo, pero pareció mucho más largo. Cuando Garrett volvió a hablar, toda la calidez se había esfumado, reemplazada por el tono afilado del detective. —¡Mierda, tendría que haber entrado contigo! ¿Estás a salvo? ¿Siguen ahí?

—No hay rastro de nadie. Pero hay fotos. —Tragó saliva—. Mías. Con un cuchillo. No yo con un cuchillo, el cuchillo se ha clavado atravesando la foto... —No estaba siendo muy coherente, reconoció vagamente. ¿Estado de shock? Afortunadamente, Garrett la estaba tomando en serio.

—No toques nada. Ahora mismo doy media vuelta —se oyó claramente cómo aceleraba el motor—. No cuelgues. Mantén la puerta cerrada bajo llave.

—Estoy bien —insistió ella, aunque ambos sabían que era mentira—. Solo... date prisa.

Zara fue hacia la puerta, echó el cerrojo y deslizó la cadena de seguridad, sabiendo que era una protección puramente simbólica. Se colocó donde pudiera ver tanto la puerta como la cama profanada, negándose a perder de vista ninguna de las dos.

La habitación se sentía cargada ahora, como si el propio aire transportara malicia. Catalogó posibles armas. La lámpara del escritorio, lo suficientemente pesada como para aturdir. El bolígrafo de su bolsillo que podría clavarse en tejido blando si fuera necesario. Incluso el cuchillo, aunque no quería tocarlo por si había huellas dactilares; si llegaba el momento de la verdad, no dudaría en arrancarlo del colchón y defenderse con él. La periodista que llevaba dentro observaba estos pensamientos con interés desapegado, notando lo rápido que su mente había pasado a los cálculos de supervivencia.

A través del teléfono, podía oír la respiración controlada de Garrett y algún que otro juramento mientras sorteaba el tráfico. Su presencia, aunque solo fuera de forma auditiva, la tranquilizaba.

—Tres minutos —dijo él.

Zara asintió, aunque él no pudiera verla. —Aquí estoy.

Esperando, vigilando cualquier movimiento en las sombras, pensó en los cardenales oscuros en los brazos de Iris Zhang, en las marcas con forma de dedos por haber sido mantenida bajo el agua. En alguien que había protegido su secreto durante once años y que claramente haría cualquier cosa para mantenerlo enterrado para siempre.

El sonido de unos neumáticos chirriando en el aparcamiento anunció la llegada de Garrett antes de que pudiera decir nada más.

Unos pasos pesados retumbaron sobre el hormigón exterior, seguidos de tres golpes secos. Ella se acercó a la puerta, comprobó por la mirilla antes de quitar el cerrojo y soltar la cadena. Garrett entró de golpe. Sus ojos buscaron los de ella primero, con una mirada rápida y evaluadora que se suavizó momentáneamente con alivio, antes de endurecerse de nuevo mientras recorría la estancia. El remolque de la barca seguía enganchado a su LandCruiser; ella echó un vistazo por la puerta abierta y lo vio aparcado apresuradamente ocupando varias plazas en el recinto del motel.

—¿Estás herida? —preguntó él, cerrando la puerta tras de sí.

Zara negó con la cabeza. —No. Solo... —Señaló hacia la cama.

Garrett se acercó a la cama con cautela, con las manos juntas a la espalda para evitar contaminar pruebas, inclinándose para examinar las fotografías sin tocarlas. Sus ojos catalogaron cada imagen metódicamente, siguiendo el rastro del acosador que había perseguido a Zara durante semanas.

—Estas se tomaron con una cámara de verdad —dijo, con voz clínicamente desapegada—. Objetivo de largo alcance. Calidad profesional. —Se movió alrededor de la cama, estudiando la disposición desde diferentes ángulos—. El cuchillo es de un juego de cocina estándar. Barato; los he visto a la venta en el KMart. Probablemente lo compraron por correo. O alguien condujo hasta Bundaberg y lo compró allí, imprimiendo las fotos al mismo tiempo.

Zara lo miraba trabajar, agradecida por su enfoque profesional. Eso creaba una barrera entre ella y el espacio violado, la amenaza plasmada en copias brillantes de diez por quince.

—Esta —continuó Garrett, señalando una foto de Zara entrando en el restaurante de los Zhang— fue tomada ayer mismo por la mañana, antes de que nos fuéramos a pescar. Y esta —su dedo se posó sobre otra que la mostraba bajando de su coche en las primeras horas de esa mañana, frente a su casa— es de anoche.

La implicación se asentó entre ellos. Quienquiera que los vigilara sabía lo suyo, sabía de su creciente conexión personal. Sabía que ella había pasado la noche en su casa.

—Así que no condujeron hasta Bundaberg para imprimir las fotos —murmuró—. Interesante. No mucha gente en el pueblo tendría una impresora capaz de producir esta calidad.

La mirada de Garrett se posó finalmente en la imagen central. El rostro de Zara en primer plano, con el cuchillo hincado atravesándolo hasta el colchón. Por un breve instante, su máscara profesional cayó, revelando algo crudo y furioso debajo. Apretó la mandíbula con tanta fuerza que un músculo saltó visiblemente bajo la piel.

—Te han estado siguiendo constantemente —dijo, bajando la voz—. Documentando tus movimientos. Elaborando un expediente. Esto no es una intimidación aleatoria. Esto es... —Hizo una pausa, luchando por controlarse—. Esto es vigilancia preoperativa.

El término flotó en el aire, clínico y aterrador. *Preoperativa*. La etapa previa a la acción. Previa a la violencia.

Garrett se irguió, volviéndose para mirarla de frente. El desapego profesional que había mantenido se quebró de repente, por completo, como el hielo bajo un peso inesperado. En tres zancadas rápidas llegó hasta ella y la estrechó en un abrazo, con una mano acunando la parte posterior de su cabeza y el otro brazo rodeándole la cintura.

—Me estaba volviendo loco intentando protegerte manteniendo las distancias —confesó, con la voz quebrada contra su pelo—. Intentando mantener algún tipo de límite profesional cuando lo único que quiero es que estés a salvo.

Las palabras vibraron a través de su pecho contra la mejilla de ella. Zara sintió que algo cedía en su interior, un muro que no se había dado cuenta de que todavía mantenía. Tembló contra él, por el miedo finalmente reconocido, por el alivio de no enfrentarse sola a esto, por la intensidad de sentirse abrazada por él de nuevo tras su día de cuidadosa y amistosa distancia en el agua.

Envolvió la cintura de él con sus brazos, cerrando los puños en la parte trasera de su camisa. Podía sentir el corazón de él martilleando bajo su mejilla, oler los restos de agua salada en su piel mezclados con el aroma más punzante del sudor teñido de miedo. Su cuerpo era sólido y cálido, un ancla en el terreno inestable de esta investigación.

—No dejo de pensar en Iris —susurró ella contra su pecho—. En los cardenales de sus brazos. En alguien manteniéndola bajo el agua. —Se apartó lo justo para mirarle, manteniendo la voz firme a base de voluntad—. Están intensificando la presión, ¿verdad?

Garrett asintió, sin intentar escudarla de la verdad. Sus ojos, normalmente fríos y controlados, ardían con algo que le encogió el pecho. Una mano subió para enmarcar el rostro de ella; su pulgar recorrió su pómulo con una ternura sorprendente dada la tensión en el resto de su cuerpo.

—Sí —dijo simplemente—. Lo están haciendo.

En aquel momento, mirándolo, Zara reconoció que cualquier pretexto de profesionalismo o propiedad se había esfumado. Lo que quedaba era algo despojado de lo accesorio: un hombre y una mujer unidos ante el peligro, vinculados por un propósito compartido y un sentimiento creciente que ninguno estaba preparado para nombrar.

La mano de él tembló ligeramente contra su cara. —No debería haberte dejado sola —dijo, con el autorreproche patente en su voz—. Ni siquiera veinte minutos. No después de todo lo que ha pasado.

—No podrías haberlo sabido —replicó Zara, cubriendo la mano de él con la suya—. Y estoy bien. Sobresaltada, pero bien.

La mirada de Garrett volvió a la cama, al cuchillo que tenía como fin aterrorizar, intimidar. Su expresión se endureció de nuevo, pero de forma distinta a la de antes, no con distancia profesional sino con una determinación personal.

—No te quedas aquí ni un minuto más —dijo; sus palabras no eran una pregunta, no dejaban margen para el debate—. Nada de lo que hay aquí vale la pena como para arriesgar tu seguridad.

—Por mi parte nada que objetar. —Zara intentó una sonrisa que no llegó a sus ojos—. Ya tengo todo el material que necesito sobre el encanto de los moteles de pueblo.

Él no le devolvió el gesto, y su mirada regresó al rostro de ella con una intensidad que le cortó la respiración. —Tengo que documentar esto —dijo—. Hacer fotos, embolsar las pruebas. Pero no voy a volver a dejarte sola.

El investigador profesional resurgió brevemente, pero transformado ahora; su dedicación al procedimiento ya no estaba reñida con sus sentimientos personales, sino alimentada por ellos, afilada como un arma peligrosa.

—Te ayudaré —dijo Zara, apartándose a regañadientes de su abrazo pero manteniendo una mano en su brazo, ambos aparentemente reacios a romper el contacto por completo—. Dime qué tengo que hacer.

Sus dedos se entrelazaron con los de ella brevemente, un apretón de reconocimiento que se sintió como una promesa. —Primero, documentamos. Luego te sacamos de aquí. —Sus ojos sostuvieron los de ella, firmes y seguros—. Y después encontraremos a quien haya hecho esto.

Garrett fotografió metódicamente las fotos expuestas, el cuchillo y la disposición sobre la cama. Sus movimientos eran cuidadosos, profesionales, aunque Zara podía ver la tensión en sus hombros, la furia contenida en la cautela con la que se movía. Ella se quedó junto al escritorio, con el portátil ya guardado, observándolo documentar la escena con la misma minuciosidad que había aplicado a once años de investigación sobre la muerte de Iris Zhang. Cuando finalmente levantó la vista y volvió a guardar el teléfono en el bolsillo, la mirada compartida entre ellos comunicó todo lo necesario. Era hora de irse.

—Me ocuparé de las pruebas más tarde —dijo, sacando una bolsa de pruebas grande del kit de emergencia de su vehículo. Con las manos enguantadas, deslizó con cuidado el cuchillo y las fotos dentro de la bolsa y la selló—. ¿Qué necesitas llevarte de aquí?

Se movieron por la pequeña habitación con una coordinación sorprendente, como si hubieran hecho las maletas juntos una docena de veces antes. Zara sacó su maleta del armario mientras Garrett revisaba el baño para recoger su neceser. Había una eficiencia en sus movimientos que desmentía lo reciente de su vínculo.

—¿Cargadores? —preguntó Garrett, escaneando ya los enchufes.

—Los tengo. —Zara estaba doblando ropa en su mochila, priorizando la practicidad sobre el orden. Le temblaban un poco los dedos mientras recogía, pues empezaba a sentir el bajón de la adrenalina, pero lo superó con la misma determinación que la había guiado a través de zonas de guerra y de catástrofes.

Garrett se acercó para ayudarla a doblar una camisa, y sus manos rozaron las de ella en el proceso. El contacto se prolongó un instante más de lo necesario, con los dedos de él cálidos contra la piel de ella, aún besada por el sol. Sus ojos se encontraron sobre la tela a medio doblar, y una corriente pasó entre ellos. No se trataba solo de la amenaza, o el caso, sino de ellos, de aquella alineación imprevista e inesperada de propósito y deseo.

—Tu equipo de grabación —le recordó él en voz baja, rompiendo el momento pero no el vínculo.

Zara asintió y fue a recoger el Pelican case del escritorio. Garrett lo cogió de sus manos, calculando su peso. —Pesa —comentó—. ¿Es buen equipo?

—El mejor que pude pagar —respondió ella, mirando cómo él lo colocaba con cuidado junto a la puerta al lado de su mochila. Hubo algo en el gesto, en el cuidado que ponía con sus herramientas profesionales, que la conmovió inesperadamente. Un reconocimiento de lo que le importaba, de lo que la definía más allá de este caso.

Siguieron por la habitación en aquella danza de eficiencia e intimidad. Garrett recuperaba sus notas del escritorio mientras Zara recogía los pocos objetos personales de la mesita de noche: un libro de bolsillo desgastado, el brazalete de plata de su madre, una cajita de caramelos de menta. La mano de él en la parte baja de su espalda mientras comprobaban bajo la cama por si algo se había caído.

Durante todo el proceso, Zara fue muy consciente de la bolsa de pruebas sellada sobre el escritorio, de lo que representaba. Alguien había estado vigilando cada uno de sus movimientos, documentando su rutina, esperando el momento adecuado. Y ahora habían decidido pasar de la vigilancia a la amenaza directa.

—¿Algo más? —preguntó Garrett, examinando la habitación ahora vacía. Había sido minucioso, profesional, pero la tensión no abandonaba su cuerpo. Mantenía la mandíbula apretada y sus ojos se movían constantemente entre Zara y la puerta, como un depredador en alerta.

Ella negó con la cabeza y cerró la cremallera de la maleta con una rotundidad que pareció significativa más allá del simple acto. —Eso es todo.

Garrett hizo un último barrido a la habitación, revisando el armario de nuevo, mirando bajo la cama. Cuando se irguió, su expresión se había endurecido y sus ojos estaban fríos, con una rabia apenas contenida, mientras miraba la cama revuelta donde había estado el cuchillo. En ese momento, ella pudo ver al formidable investigador que había pasado once años buscando justicia para una chica a la que apenas conocía.

—Vámonos —dijo, con voz baja y tensa. Cogió el Pelican case y la bolsa de pruebas con una mano, y el maletín de su portátil con la otra.

Zara agarró su maleta y la hizo rodar hacia la puerta. Mientras Garrett la mantenía abierta para ella, se detuvo en el umbral, mirando hacia atrás a la habitación que había sido su base durante semanas. El espacio se sentía más pequeño ahora, contaminado por la invasión, por la amenaza. Cualquier seguridad que hubiera proporcionado alguna vez se había desvanecido.

—¿Zara? —La voz de Garrett la devolvió al presente.

—Ya voy. —Se dio la vuelta y salió al sol del atardecer. La normalidad del exterior del motel, el cartel descolorido, la piscina vacía, los coches dispersos, se sentía irreal tras la violación ocurrida en el interior.

Garrett cargó sus pertenencias en su LandCruiser, con el remolque de la barca todavía enganchado, un recordatorio de su día en el agua que ahora parecía increíblemente lejano. Sus movimientos eran enérgicos, pero sus ojos barrían constantemente el aparcamiento, la recepción del motel, la carretera más allá. Buscando amenazas, buscando, a cualquiera que prestara demasiada atención.

Al observarlo, Zara sintió que el agotamiento la invadía. La combinación de sol, pesca y adrenalina alimentada por el miedo la dejó exhausta. Se apoyó contra la puerta cerrada de su habitación del motel, ahora vacía, cerrando los ojos brevemente.

—¿Estás bien? —preguntó Garrett en voz baja.

Ella abrió los ojos y lo encontró observándola, con la preocupación grabada en las arrugas de sus ojos. —Solo lo estoy asimilando —respondió con sinceridad—. Ha sido un día de extremos.

La mano de él encontró la suya, entrelazando los dedos. —Lo sé. Lo de esta mañana parece habernos pasado a personas distintas.

La simple verdad de aquello flotó entre ellos. Habían sido personas distintas, en aquella barca. Más ligeras, sin la carga del caso, del peligro. Ahora la realidad se había reafirmado con una claridad brutal.

—Sé que ibas a llevar tu coche a mi casa. Pero no creo que debas conducirlo.

Ella pestañeó, intentando comprender. —No estoy tan agotada. Tu chalet no está lejos.

—No me refería a eso. —Con suavidad, le soltó la mano solo para ponérsela bajo el codo y guiarla hacia el lado del pasajero del LandCruiser—. Me refería a que quiero que Mick lo revise a fondo antes de que vuelvas a conducirlo.

—Ah. —Miró su coche, aparcado inocentemente en la plaza frente a la habitación del motel donde lo había dejado—. ¿Me estás diciendo que...?

—Podría haber sabotajes menos obvios que unos neumáticos rajados.

Zara nunca había tenido mucho interés por los coches. Sí, sabía cómo cambiar una rueda y comprobar el aceite, pero a la menor sospecha de un problema, llevaba el coche directo al mecánico más cercano. No tenía la más remota idea de qué, exactamente, podría haberle hecho alguien a su coche para inutilizarlo sin que se notara, pero se creía perfectamente que era posible. La asaltaron pensamientos sobre latiguillos de freno cortados, abrió la puerta del pasajero del LandCruiser y subió.

—Llamemos a Mick a primera mañana.

—Hecho —Garrett le apretó la mano una vez antes de soltarla e ir hacia el asiento del conductor—. Mientras se alejaban del motel, Zara vio cómo este retrocedía en el retrovisor lateral. El peso de lo sucedido hoy, tanto la alegría de su tiempo juntos como la amenaza que lo siguió, se asentó entre ellos como algo físico.

—Sabes que esto lo cambia todo —dijo finalmente, todavía observando cómo el motel se hacía pequeño en la distancia—. Ya no se pueden mantener los límites profesionales.

Garrett mantuvo la vista en la carretera, pero su expresión se suavizó ligeramente. —Creo que esos desaparecieron en algún punto entre la comisaría y mi dormitorio —respondió con un toque de humor seco que rompió la tensión—. Pero sí. Esto es... distinto.

—Alguien lo sabe —continuó Zara, expresando lo que ambos habían reconocido—. Lo nuestro. Estaban vigilando anoche, vigilándome en tu casa.

Él apretó las manos en el volante. —Lo sé.

—Están intentando asustarme para que deje el caso. Asustarnos a los dos.

—Sí.

—No va a funcionar. —Ella se giró para mirar su perfil, la determinación escrita en cada línea de su rostro.

Garrett la miró brevemente, y algo cruzó su expresión que le encogió el pecho a ella. —No —asintió él—. No funcionará.

Puso el intermitente y salió de la autopista, internándose en lo que pasaba por zona residencial en Salt Creek, dirigiéndose hacia su casa, con sus espacios limpios y su orden minucioso, con su promesa de seguridad. Detrás de ellos, en algún lugar de aquel pueblo, un asesino observaba y esperaba, llevaba observando y esperando once años.

La única diferencia era que ahora, ni Zara ni Garrett se enfrentaban solos a esa amenaza.

Capítulo 16

Cenaron pescado con patatas fritas en la terraza trasera de Garrett, con el papel grasiento extendido entre ambos y las cervezas frías sudando al aire del atardecer. Ninguno de los dos habló mucho. El día había oscilado tanto entre extremos que cualquier conversación resultaba insuficiente. Zara picoteaba un filete de pescado rebozado y observaba a los zorros voladores cruzar el cielo oscurecido; tenía el cuerpo pesado por el sol y dolorido, y su mente seguía dándole vueltas a las fotografías, al cuchillo y a la violación de su intimidad.

Garrett comía de forma constante, mecánica, del modo en que ella había notado que hacía cuando sus pensamientos estaban en otra parte. Cuando terminó, hizo una bola con el papel, dio un largo trago a su cerveza y dijo: —Tenemos que dejar de andar con rodeos.

Zara lo miró.

—Tenemos que confrontar a alguien directamente. Alguien que sepa la verdad y que pueda venirse abajo.

Ella había estado pensando lo mismo toda la tarde, incluso cuando estaban en el agua; la cuestión daba vueltas bajo la calma superficial de su jornada de pesca. Los relatos de segunda mano y las indagaciones prudentes no iban a resolver esto. Alguien había pasado hoy de la vigilancia a la amenaza directa. La investigación tenía que estar a la altura de esa escalada.

—Finch —dijo ella.

Garrett asintió. Se reclinó en su silla y se quedó mirando el jardín, donde el remolque del barco descansaba desenganchado sobre la hierba, un vestigio de sus pocas horas fingiendo que la vida era normal. —Kirsty nunca va a hablar por voluntad propia, y no estoy muy seguro de que nadie más sepa nada realmente, salvo Finch; él sí sabe algo. No creo que estuviera directamente implicado en el asesinato de Iris Zhang; nunca lo he pensado. Pero sí creo que fue cómplice en el encubrimiento. Eso lo convierte en el eslabón débil.

—Se negó a hablar conmigo cuando me puse en contacto con él —le recordó Zara—. Alegó que no recordaba los detalles de un ahogamiento ocurrido hace once años.

—Eso fue cuando solo eras una periodista a la que podía despachar. —La boca de Garrett se crispó, sombría—. Pero yo soy un detective sargento que solicita una cortesía profesional a un colega jubilado. La dinámica es distinta.

¿Crees que aceptará verte?

—A nosotros —corrigió Garrett, buscando su móvil—. Aceptará vernos. Finch es un cobarde, pero es un cobarde práctico. Aceptará la reunión aunque solo sea para averiguar cuánto sabemos.

Ella lo observó desplazarse por sus contactos hasta encontrar el número que había guardado todos estos años. Su pulgar vaciló sobre la pantalla un momento; luego pulsó llamar y puso el manos libres sobre la mesa entre ambos.

Tres tonos antes de que respondiera una voz ronca. —¿Garrett Pennell? Es un poco tarde para una llamada social, ¿no cree?

—Buenas noches, Finch. —La voz de Garrett cambió, adquiriendo esa autoridad informal que ella le había oído usar con otros agentes—. Llevaba tiempo queriendo hablar con usted. He pensado que mañana podría ir en coche hasta la Gold Coast, ¿le apetece charlar?

Una pausa, cargada de tensión. —¿Alguna razón en particular para este repentino interés por ver a un antiguo colega? —El tono de Finch era pausado, pero Zara captó la tensión subyacente.

—He pensado que podríamos hablar de los viejos tiempos. Particularmente de una investigación de Salt Creek, en 2014. Iris Zhang. ¿Le suena?

El silencio se prolongó tanto que Zara se preguntó si Finch habría colgado. Luego se oyó un suave suspiro, más cercano a la resignación que a la sorpresa.

—Siempre ha sido un bastardo obstinado —dijo Finch—. Sigue con ese resquemor después de todos estos años.

—No es resquemor. Han salido a la luz nuevas pruebas. Cosas que creo que preferiría discutir en privado antes de que salgan por otros canales.

Otra pausa. Zara casi podía ver a Finch sopesando sus opciones, con la mente del viejo policía haciendo cálculos.

—Está bien —dijo Finch—. Mañana por la tarde. En mi casa de Broadbeach. A las tres. —Recitó una dirección, que Garrett anotó en un bloc—. ¿Viene solo, o viene también esa periodista? La que ha estado removiendo las cosas.

Los ojos de Garrett se encontraron con los de Zara al otro lado de la mesa. —La señorita Langley me acompañará.

—Me lo imaginaba. —Finch suspiró—. Forman un buen equipo, por lo que he oído. Nos vemos mañana. —La línea se cortó.

Zara arqueó una ceja. —«Por lo que he oído» —dijo—. Nos ha estado vigilando.

—Alguien en Salt Creek sigue pasándole información. —Garrett dejó el teléfono—. Sea como sea, estamos dentro.

Recogieron los envoltorios del pescado con patatas, y la mesa del comedor se convirtió en su centro de operaciones: las pruebas extendidas en montones ordenados, las fotografías de Iris, Malcolm Finch y Kirsty Cannon pinchadas en un tablero de corcho que Garrett sacó de la habitación de invitados. Zara se quedó ante él, estudiando los rostros; sus dedos rozaron una vez la foto del cuchillo que había sido clavado atravesando su propia imagen apenas unas horas antes.

Trabajaron con las pruebas durante las siguientes horas, seleccionando qué llevar y qué ángulos presionar. Garrett organizó sus notas de campo originales, las fotografías de los hematomas que nunca llegaron a los informes oficiales y las declaraciones de testigos que habían sido alteradas entre las entrevistas iniciales y la documentación final.

—Necesitamos que se sienta acorralado pero no amenazado —dijo Garrett—. Finch responde a la presión calculada, no a la agresión.

Zara añadió sus propias notas al archivo: la recuperación del teléfono, las discrepancias en el cronograma y las crecientes amenazas contra ella. —¿Y los datos del teléfono? —preguntó—. Dev aún no ha terminado la recuperación; le he enviado un mensaje antes y me ha dicho que todavía no estaba seguro de si podría sacar algo en absoluto.

Garrett levantó la vista. La luz de la lámpara iluminó las canas de sus sienes. —Finch no lo sabe.

Ella lo miró a los ojos, comprendiendo. —Iremos de farol.

—Le diremos que recuperamos el teléfono. Le diremos que tenemos datos de la tarjeta microSD que actualmente se está sometiendo a un análisis forense. Dejaremos que su imaginación rellene los huecos. —Golpeó la mesa con un dedo—. Un hombre culpable siempre asumirá que sabes más de lo que sabes en realidad.

—¿Y si descubre el farol?

—No lo hará. No si somos lo suficientemente específicos con lo que sabemos y lo suficientemente vagos con lo que no. —La expresión de Garrett era dura, segura—. Finch lleva once años esperando a que alguien llame a su puerta. Oirá lo que ha tenido miedo de oír.

Zara asintió lentamente. Era una apuesta, pero razonable. —Tendremos que ensayarlo. Que los detalles sean coherentes.

—De acuerdo.

Dedicaron otra hora a ello, dándole forma al farol como si fuera un guion: qué presentar como hechos probados, dónde dejar que el silencio hiciera su trabajo, cuándo soltar lo de los datos del teléfono. Sus manos se rozaban ocasionalmente mientras se pasaban documentos, y cada contacto suponía un pequeño foco de calidez en medio de aquel trabajo tan serio.

—¿Y si no se quiebra? —preguntó ella.

La expresión de Garrett se suavizó un momento. —Lo hará. Finch lleva once años cargando con esto, y es un hombre que valora su comodidad. La idea de perder su pensión, su reputación, su membresía en el club de golf... —Sacudió la cabeza—. Hablará.

Se metieron en la cama poco después de medianoche. Zara escuchó cómo la respiración de Garrett se volvía lenta, con su propia mente aún dando vueltas a las posibilidades, a lo que el mañana podría traer.

La mañana llegó pronto. Garrett se levantó antes que ella y ya estaba al teléfono en la cocina. Ella captó el final de su conversación mientras salía descalza: «... un par de días de asuntos propios; bajo hoy a la Gold Coast y vuelvo mañana. Drinan tiene el cuadrante cubierto. Sí. Gracias». Colgó y la miró. —Comisaría arreglada. El café está listo.

Se vistieron casi en silencio, ambos poniéndose lo que equivalía a una armadura: Zara con una falda de tubo negra hasta la rodilla, una camisa impecable y botines con un tacón sensato; Garrett con unos chinos impecables y un polo azul. Vio su reflejo en el espejo del pasillo mientras recogían los archivos de pruebas y la imagen la impactó. Parecían compañeros. En todos los sentidos.

Garrett pasó por el taller de Mick al salir del pueblo. El mecánico ya estaba metido hasta los codos en el motor de una Hilux cuando llegaron, limpiándose las manos en un trapo que no hacía más que ensuciarlas todavía más.

—El coche de Zara sigue en el motel —dijo Garrett, entregándole las llaves—. Alguien ha estado en su habitación. Quiero que revises el coche a fondo antes de que lo vuelva a conducir. Frenos, dirección, conductos de combustible, todo.

Mick arqueó las cejas pero no hizo preguntas, simplemente se guardó las llaves. —Lo remolcaré hasta aquí esta mañana. Le echaré un vistazo esta tarde si puedo, a más tardar mañana.

—Te lo agradezco. Estaremos de vuelta mañana. Guárdalo aquí hasta que lo recojamos.

Mick asintió, dirigiendo la mirada brevemente hacia Zara con algo que podría ser preocupación. —Tengan cuidado, ¿eh?

—Siempre —dijo Garrett con una sonrisa forzada que no llegó a sus ojos.

El viaje a la Gold Coast les llevó casi todo el día, cerca de siete horas seguidas por la M1. Hablaron poco, ambos absortos en sus pensamientos. Pararon en una estación de servicio cerca del aeropuerto para comer, sentados uno al lado del otro comiendo comida rápida que ninguno de los dos llegó a saborear realmente antes de seguir adelante.

—Ha tenido una buena racha —dijo Garrett mientras entraban en territorio de la Gold Coast, con los rascacielos brillando ante ellos—. Todos los beneficios, pensión completa. Una casa estupenda en una urbanización cerrada con vistas al agua. Golf tres veces por semana. Todo mientras los padres de Iris siguen despertándose cada mañana sabiendo que el asesino de su hija nunca fue capturado.

—¿Cómo conoces su rutina?

—Lo he tenido vigilado —admitió Garrett—. Necesitaba entender qué es lo que valora. Qué es lo que puede perder.

Entraron en la comunidad de jubilados; la entrada estaba flanqueada por palmeras cuidadas e hibiscos en flor. El césped verde se extendía entre villas de estilo mediterráneo y había carritos de golf aparcados junto a coches de lujo. Comodidad ganada, o en el caso de Finch, comprada con una verdad enterrada.

La villa de Finch estaba cerca del agua, con tejado de terracota y paredes blancas que resplandecían bajo el sol de la tarde. Un pequeño barco se balanceaba en un muelle privado en la parte trasera. Garrett aparcó en la entrada pero no hizo ademán de bajar.

—¿Lista? —Su mano buscó la de ella sobre la consola.

Zara le apretó los dedos una vez antes de soltarlos para coger su bolso. —Vamos a hacer que recuerde.

Ambos hicieron una pausa de unos momentos para estirarse, con los músculos entumecidos tras estar sentados en el coche todo el día. Y luego caminaron juntos por el sendero del jardín, con los hombros casi rozándose. Finch respondió al segundo golpe, llenando el umbral de la puerta. Parecía más pequeño que en sus fotografías; la jubilación había ablandado lo que una vez fue una complexión intimidante. Pero sus ojos eran agudos, pasando de Garrett a Zara con la evaluación propia de un policía de carrera.

—Bueno —dijo Finch, echándose atrás para dejarlos entrar—. Supongo que mejor acabamos con esto de una vez.

El salón de Finch estaba lleno de muebles de cuero orientados para resaltar las vistas al agua, una vitrina con medallas del servicio policial y fotografías de nietos sonrientes. El ventilador de techo removía el frescor del aire acondicionado. Zara se sentó junto a Garrett en un sofá de cuero crema, observando a Finch ejercer de anfitrión. Ofreció bebidas: — ¿Cerveza? ¿Vino? Es

un poco temprano, pero yo no diré nada si ustedes no lo hacen.
—Su tono jovial sugería que aquello no era más que una visita
social. Garrett declinó la oferta. Zara pidió agua.

Estudió al hombre que había sepultado el asesinato de una
adolescente. Puede que la jubilación hubiera sustituido su forma física policial por el ensanchamiento cómodo del golf y los
almuerzos largos, pero aquellos ojos seguían siendo agudos y
calculadores bajo la calidez de abuelo.

Finch regresó con una bandeja de vasos de agua en los que
tintineaba el hielo. —Así que —dijo, acomodándose en un sillón reclinable situado para dominar tanto la habitación como
las vistas—, han conducido siete horas para hablar de un
ahogamiento de hace once años. Debe de ser un podcast muy
importante, señorita Langley.

—No se trata solo del podcast —replicó Zara.

—¿No? —Arqueó las cejas—. ¿De qué, entonces? ¿De justicia?
—Dijo la palabra con la leve burla de un hombre que se había
pasado décadas decidiendo qué versión aplicar.

Garrett abrió la cremallera del bolso, sin prisas. —Nunca es
demasiado tarde para la verdad, Malcolm.

Algo cruzó el rostro de Finch al oír su nombre de pila, el sutil
cambio de antiguo superior a posible sospechoso. Lo disimuló
con un gesto despectivo. —La verdad es que la chica se ahogó.
Un trágico accidente. Nada más.

Sin responder, Garrett colocó una carpeta de manila sobre la
mesa de centro. —Mis notas de campo originales del 15 de
octubre de 2014. Las que desaparecieron misteriosamente del
expediente del caso.

Abrió la carpeta para revelar páginas fotocopiadas con una caligrafía pulcra. Zara las reconoció de su noche en la comisaría. Eran las notas originales de Garrett de la escena del crimen, detallando todo lo que había observado. La profundidad del agua. La posición del cuerpo. La temperatura. Y los hematomas con forma de dedos en los brazos de Iris.

Finch apenas echó un vistazo a las notas. —Observaciones de novato. Estaba usted muy verde, demasiado ansioso.

—¿También estaba verde el médico forense? —Garrett colocó una segunda carpeta al lado de la primera—. El informe preliminar del doctor Robinson señalaba que los hematomas eran consistentes con alguien sujetando a Iris bajo el agua desde atrás. Esos hallazgos nunca llegaron a la autopsia final. Robinson murió hace unos años, por desgracia. Parada cardiorrespiratoria. Así que no podemos preguntarle.

—Por eso le preguntamos a usted —dijo Zara. Estaba observando a Finch con atención. Un músculo saltó en su mandíbula, apenas perceptible, pero ella llevaba años interpretando rostros en entrevistas. Estaba nervioso, a pesar de su actuación.

—Ha cargado con ese resentimiento durante mucho tiempo —dijo Finch, alargando la mano hacia su vaso de agua—. Debería considerar dejarlo pasar antes de que arruine su carrera.

—¿Es una amenaza? —La voz de Garrett no flaqueó.

—Un consejo. De alguien que ha estado en su lugar —Finch bebió, y los cubitos de hielo tintinearon—. A veces los casos no se resuelven como queremos. Parte de ser un buen policía es saber cuándo pasar página.

Garrett continuó como si no hubiera hablado, sacando una tercera carpeta. Fotografías de la escena del crimen de las aguas poco profundas donde encontraron a Iris. La declaración rectificada del dueño de la tienda de pescado y patatas fritas, después de que Richard Cannon hablara con él. Las discrepancias entre los relatos iniciales y el informe final. Con cada nueva prueba, Zara vio a Finch desmoronarse: una contracción alrededor de sus ojos, un ligero brillo de sudor en las sienes a pesar del ventilador, la forma en que su mirada seguía desviándose hacia el agua en lugar de hacia las pruebas.

—Está montando una buena teoría de la conspiración —dijo Finch por fin—. Pero sigue siendo solo eso. Una teoría. Nada concreto.

—En realidad —dijo Garrett, recostándose y sonriendo con tensión—, sí tenemos algo concreto. El teléfono de Iris Zhang fue recuperado la semana pasada de debajo de la pasarela donde murió.

Finch se quedó muy quieto, con el vaso a medio camino de los labios. —¿Qué teléfono?

—Su teléfono —dijo Zara, notando cómo el color desaparecía bajo su bronceado—. El que nunca se encontró, a pesar de que sus padres confirmaron que siempre lo llevaba encima. Fue May Zhang quien lo encontró, de hecho, cuando estuvimos juntas en la pasarela. Encajado sobre un pilar de soporte, bajo el nivel de la estructura.

—Había estado parcialmente protegido de la intemperie —dijo Garrett, con voz firme, ensayada pero sin que lo pareciera—, y estaba en un estado sorprendentemente bueno. Los forenses ya han podido recuperar datos parciales de la tarjeta microSD. Ahora están trabajando en una recuperación completa; deberíamos tenerlo todo en los próximos días.

El farol surtió efecto. Zara vio el impacto, vio cómo la sangre abandonaba el rostro de Finch por completo. Dejó el vaso con fuerza sobre la mesa de centro, con las manos visiblemente temblorosas.

El silencio se mantuvo, llenado solo por el ventilador de techo y el grito lejano de las gaviotas desde el agua.

—No comprenden la posición en la que me encontraba —dijo finalmente, con una voz apenas audible.

Zara metió la mano despacio en su bolsillo y activó la aplicación de grabación de su teléfono. Años de entrevistas le habían enseñado a reconocer el momento en que las defensas cedían, cuando la confesión se volvía inevitable. Era este.

—¿Por qué no nos lo explica? —dijo ella, con suavidad.

La mirada de Finch volvió al agua, buscando algo en el horizonte. Cuando volvió a hablar, su voz había cambiado. Ya no era el sargento detective retirado y seguro de sí mismo, sino un anciano abrumado por secretos demasiado pesados para cargarlos solo.

—Richard me llamó esa noche —empezó—. Ni a la central, ni a la comisaría. A mi móvil personal. Dijo que había habido un accidente en el arroyo que involucraba a su hija —Inspiró temblorosamente—. Supe que algo iba mal en cuanto dijo «accidente». Tras treinta años en el cuerpo, uno desarrolla un sexto sentido para estas cosas.

—¿Qué encontró cuando llegó? —El tono de Garrett era neutral, pero Zara podía ver la tensión en sus manos, con los nudillos blancos contra su rodilla.

—La chica ya estaba muerta —Finch habló mirando al suelo—. Boca abajo en un agua que apenas cubría mis botas. Richard estaba allí, empapado, y Kirsty estaba sentada en la orilla, sim plemente... mirando. Claramente en estado de shock. No hacía falta ser detective para darse cuenta de que no había sido ningún accidente.

—¿Qué hizo? —preguntó Zara, manteniendo la voz baja, alentadora.

Finch la miró directamente por primera vez, con una expresión atormentada. —Lo que Richard Cannon me dijo que hiciera. —Sus manos se entrelazaron en su regazo, con los nudillos blanqueándose—. Y que Dios me perdone, lo hice.

—Sabía lo que estaba viendo —continuó Finch cuando ninguno de los dos habló, ahora con más firmeza, como si la ruptura de la presa hubiera aliviado algo de presión—. Una chica de diecisiete años, boca abajo en quince centímetros de agua, con hematomas en los brazos. No era nada complicado —Se inclinó hacia delante, con los codos en las rodillas, hablándole a la alfombra—. Richard afirmó que Kirsty e Iris habían discutido por un chico, que la cosa se volvió física, que Iris se cayó, se golpeó la cabeza y se ahogó —Exhaló—. Pero los hematomas contaban una historia diferente. Alguien mantuvo a esa chica sumergida hasta que dejó de respirar.

Zara se quedó quieta. Su teléfono grababa en silencio en su bolsillo. A su lado, Garrett estaba rígido, con una respiración acompasada, y solo la presión de su mano sobre la rodilla delataba su estado.

—¿Preguntó quién la mató? —La voz de Garrett era peligrosamente baja.

Finch negó con la cabeza. —No hizo falta. Richard estaba empapado, pero era Kirsty quien no podía mirar el cadáver. Estaba allí sentada en la orilla, abrazada a sus rodillas, balanceándose —Sus ojos se dirigieron a las fotografías familiares en la repisa de la chimenea—. Tenía la misma edad que mi nieta más pequeña ahora.

—Así que asumió que Kirsty lo hizo —dijo Zara—. ¿Por qué? ¿Por el chico?

—Sí —Finch asintió—. Richard dijo que había habido problemas entre las chicas por ese tal Thorne. Kirsty sentía algo por él, pero él estaba con Iris —Sus labios se torcieron—. Un drama adolescente que se volvió mortal. Richard estaba desesperado por hacerlo desaparecer. Dijo que todo el futuro de su hija estaba en juego.

—Así que le ayudó a escenificar un ahogamiento accidental —dijo Garrett. Seco. Sin interrogación.

—Hice una llamada —dijo Finch, como si la distinción importara—. Una chica muerta frente a una familia entera arruinada, además de los daños colaterales en medio pueblo. Richard empleaba a docenas de personas, estaba en todas las juntas comunitarias, donaba al fondo de la policía. Su influencia era...

—Ahórrese las justificaciones —interrumpió Garrett—. ¿Qué pasó con el ordenador portátil de Iris?

Finch cerró los ojos brevemente. —Richard dijo que podía haber pruebas de algunas cosas feas que Kirsty le había enviado a Iris... ciberacoso, supongo. No quería que saliera a la luz. Se lo quité a los Zhang, les dije que era el procedimiento estándar, que lo necesitábamos para verificar sus movimientos ese día —Su voz bajó—. Se lo entregué a Richard esa misma noche. Nunca pregunté qué hizo con él.

—¿Y mis informes? —presionó Garrett—. ¿Las fotografías de los hematomas? ¿Las declaraciones de testigos?

—Enterrados. O alterados. Richard tenía amigos en el ayuntamiento, en la oficina del forense. Gente que le debía favores o que necesitaba su apoyo —Señaló vagamente las pruebas sobre la mesa—. Yo no me encargué de todo personalmente. Algunas cosas simplemente desaparecieron a través de los canales adecuados.

—¿Y cuando no dejé de hacer preguntas? —El músculo de la mandíbula de Garrett saltó.

—Organicé su traslado a Cairns —Finch le sostuvo la mirada—. Por su propio bien, lo crean o no. Estaba haciendo ruido sobre manipulación de pruebas, sobre declaraciones inconsistentes. Una semana más y se habría encontrado en graves problemas. O algo peor.

—¿Peor? —dijo Zara. Un escalofrío la recorrió.

Finch la miró. —Richard Cannon no era un hombre que dejara cabos sueltos. El traslado fue un acto de bondad.

El silencio llenó la habitación. Fuera, el agua centelleaba y los barcos flotaban a la deriva. La distancia entre la vista idílica y la verdad que se revelaba en el salón de Finch hizo que Zara se sintiera mareada.

—¿Qué se suponía que debía hacer? —La voz de Finch se quebró. La pregunta iba dirigida más allá de ellos, a algún juez invisible—. Richard era el dueño de medio pueblo. Tenía trapos sucios de todo el mundo, incluido yo. Yo tenía deudas de juego; él las cubrió, nunca pidió que se las devolviera. Una palabra suya y mi pensión, mi reputación... —Miró a su alrededor, a la villa—. Una chica muerta frente a arruinar docenas de vidas. Hice el cálculo.

Lo descarnado de la situación. La facilidad con la que redujo la vida de Iris Zhang a un problema matemático, un sacrificio en el altar de su propia comodidad. Zara se sintió físicamente enferma.

Garrett permaneció completamente inmóvil. Cuando habló, su voz era de hielo. —Acaba de confesar manipulación de pruebas, obstrucción a la justicia y ser cómplice encubridor de un asesinato. ¿Es consciente de ello?

Finch asintió lentamente. —Imaginé que por ahí irían los tiros cuando apareció con la periodista —Miró a Zara—. Supongo que está registrando nuestra conversación.

Ella no lo negó. Se limitó a sostenerle la mirada.

—La grabación irá a la Comisión contra el Crimen y la Corrupción —dijo Garrett—. Recibirá una visita de ellos pronto, sin duda.

Zara esperaba una protesta, tal vez una rectificación. En cambio, los hombros de Finch cayeron con algo parecido al alivio. —Llevo esperando este día once años —dijo en voz baja—. Creo que siempre supe que llegaría.

La falta de resistencia resultaba vacía. Zara comprendió que cargar con la muerte de Iris había sido el propio castigo de Finch. No era suficiente, nunca lo sería, pero era un peso que ahora parecía dispuesto a soltar.

—Hemos terminado aquí —dijo Garrett, recogiendo las carpetas y devolviéndolas a la mochila. Se puso de pie. Zara se levantó con él.

Finch se quedó en su sillón reclinable, aparentando cada uno de sus sesenta y seis años. —Kirsty no caerá fácilmente —advirtió—. Ha construido toda su vida sobre la protección de su padre. Sin ella... —Negó con la cabeza—. Tened cuidado. No es una persona estable.

—Lo sabemos —dijo Zara.

Lo dejaron allí, mirando las vistas al agua que había comprado con once años de silencio. Ninguno de los dos habló mientras bajaban por el sendero del jardín. Solo cuando llegaron al Land-Cruiser Zara buscó la mano de Garrett, entrelazando sus dedos con los de él.

—Uno menos —dijo ella en voz baja.

Él le apretó la mano y luego la soltó para abrir el vehículo. —Pero el más difícil está por venir.

Al alejarse, Zara miró por el espejo retrovisor. Finch estaba de pie en su porche, una figura pequeña que se encogía con cada giro de las ruedas. Detuvo la grabación y comprobó que se había guardado correctamente, subiendo copias de seguridad a su cuenta en la nube.

—Once años —dijo Garrett, girando hacia la carretera principal—. Sabiendo exactamente lo que pasó, y eligiendo su comodidad por encima de la justicia cada uno de esos días.

—La gente racionaliza lo imperdonable —respondió Zara—. Encuentran formas de vivir consigo mismos.

—Kirsty ha tenido once años para perfeccionar la suya. Para convencerse a sí misma de que estaba justificado, o de que ella era la verdadera víctima.

Se incorporaron a la autopista en dirección norte. Su siguiente enfrentamiento no tendría la relativa facilidad de doblegar a un hombre que ya estaba hundido por la culpa. Kirsty Cannon había construido su identidad sobre los cimientos de su secreto: concejala, líder comunitaria, filántropa. La vida impecable construida para ocultar a la chica que había mantenido a su amiga bajo el agua hasta que las burbujas cesaron.

—Nos ha estado observando —dijo Zara, pensando en las fotografías sobre la cama de su motel—. Sabe que estamos tras ella.

—Mejor —respondió Garrett—. Que se prepare. Que se preocupe. Los animales acorralados cometen errores.

Zara apoyó la cabeza en el asiento y vio pasar la costa. Tenían la confesión de Finch, pruebas del encubrimiento y pronto, si Dev cumplía, datos reales del teléfono de Iris para sustituir al farol. Las piezas estaban encajando.

Pero la advertencia de Finch permanecía en su mente. Kirsty había matado una vez para proteger su futuro. ¿Qué haría ahora, con todo lo que había construido bajo amenaza?

La respuesta les esperaba más adelante, en Salt Creek.

Capítulo 17

El pub de Nambour olía a patatas fritas y a moqueta vieja: el típico sitio que servía a los obreros de camino a casa y a los camioneros que hacían un alto en los trayectos largos. Zara removió un trozo de filete por el plato; el apetito se le había cortado por el viaje y por la confesión de Finch, que aún le pesaba en el pecho. Frente a ella, Garrett daba cuenta de un filete de pollo empanado a ritmo constante, con los ojos desviándose de vez en cuando hacia el partido de críquet en el televisor que había sobre la barra. A ninguno de los dos le importaba el marcador.

Habían parado porque ninguno tenía fuerzas para conducir las cuatro horas que faltaban hasta Salt Creek. El motel de al lado era barato y estaba bastante limpio; una cama y una ducha, que era todo lo que necesitaban. Mañana terminarían el viaje, buscarían la forma de abordar a Kirsty con la confesión de Finch en la mano y decidirían cuándo dar parte a la Comisión contra el Crimen y la Corrupción.

—Deberías comer —dijo Garrett, señalando el plato con la cabeza.

—No tengo hambre —dijo Zara, y dio un sorbo a su refresco de limón—. Demasiado dulce. No dejo de pensar en lo que dijo Finch. Que llevaba once años esperando a que alguien viniera.

—La culpa corroe a la gente. Incluso a los que creen que han hecho las paces con ella.

—Destruyó pruebas. Enterró declaraciones de testigos. Te echó a ti cuando te acercaste demasiado. —Dejó el vaso en la mesa—. Todo para proteger a la hija de Richard Cannon y a su propia pensión.

—Y ahora la perderá. —La expresión de Garrett era sombría—. La CCC no se anda con chiquitas con los casos de corrupción.

Un grupo de hombres en la barra prorrumpió en vítores cuando alguien tomó un wicket. El ruido hizo que Zara se sobresaltara, y odió que fuera así. La mano de Garrett se movió por la mesa para cubrir la suya brevemente.

—Tenemos lo que necesitábamos —dijo él—. Su confesión nos da ventaja con Kirsty. Incluso sin los datos del teléfono, podem os...

El teléfono de Zara vibró contra la mesa. El nombre de Dev aparecía en la pantalla. Lo cogió al momento. ¿Dev?

—¡Zara! Oye, he estado intentando descifrar esto durante días y por fin lo he conseguido! —Su entusiasmo chisporroteaba a través de la línea, con las palabras atropellándose unas a otras—. La tarjeta microSD. He entrado. De verdad que he entrado.

Ella miró a Garrett. Él se había quedado inmóvil, con el tenedor a medio camino de la boca. Lo dejó en el plato.

—¿Qué has recuperado? —preguntó ella.

—Notas de voz. Montones. Y fotos, copias de seguridad de mensajes de texto, incluso algunos archivos de vídeo. —El teclado de Dev chasqueaba de fondo—. Estoy subiéndolo todo a tu cuenta segura en la nube ahora mismo. Estará listo en unos veinte minutos.

—¿Notas de voz? ¿De Iris?

—Sí, parece que usaba el móvil como diario. Algunas están etiquetadas con fechas, otras solo tienen la hora. —Más tecleo—. No las he escuchado, me he imaginado que querrías ser la primera. Pero definitivamente hay audio, y la calidad es bastante buena teniendo en cuenta las circunstancias.

Los ojos de Garrett estaban clavados en los de ella al otro lado de la mesa. Zara sintió que se le erizaba el vello de los brazos. Habían ido de farol con Finch prometiéndole exactamente eso: la recuperación de los datos de la tarjeta microSD. Y ahora era real.

—Gracias —dijo ella—. Dev, esto es... no tienes ni idea de lo que significa.

—Me lo imagino. —Su tono se volvió serio—. Solo prométeme que tendréis cuidado. Sea lo que sea lo que hay en ese teléfono, causó una muerte.

—Te lo prometo. —La mentira le salió con facilidad. La seguridad había dejado de ser una prioridad en el momento en que alguien clavó un cuchillo en su fotografía.

Terminó la llamada. Durante un momento ninguno habló. El pub seguía su curso a su alrededor, ajeno a todo.

—Tenemos que irnos —dijo Garrett—. Ahora.

Habían pagado al pedir. Zara cogió su bolso y lo siguió fuera, a la noche húmeda. El motel estaba justo al lado, un edificio de dos plantas con escaleras exteriores y puertas pintadas de un color verde azulado desvaído. Su habitación estaba en la planta baja, la número siete; Garrett aún guardaba la llave en el bolsillo de cuando se habían registrado una hora antes.

Dentro, Zara fue directa al escritorio y abrió su ordenador portátil, con los dedos moviéndose por el inicio de sesión mientras Garrett echaba la llave a la puerta y acercaba una silla a su lado.

La subida aún estaba en curso. Observaron la barra de progreso en silencio. La mano de Garrett descansaba sobre el hombro de ella, cálida y firme. Cuando la carpeta apareció por fin en su directorio, etiquetada como «recuperación teléfono Iris Zhang», el cursor de Zara se posó sobre ella.

—Sea lo que sea lo que hay ahí dentro —dijo Garrett en voz baja—, estamos listos.

Ella no estaba tan segura de que fuera cierto. Hizo doble clic.

La carpeta se abrió. Archivos de audio marcados con fechas de septiembre y octubre de 2014. Fotografías de Iris con amigos, con sus padres, sola en su habitación haciendo muecas a la cámara. Registros de mensajes de texto. Y tres archivos de vídeo, el más grande etiquetado como «UQ_Final.mp4».

Su mano se desplazó hacia el último archivo de vídeo, con fecha del 15 de octubre de 2014. El día que Iris murió. El cursor se detuvo sobre el botón de reproducción.

Garrett acercó más su silla. Se sentaron hombro con hombro, con la pantalla del portátil como el punto más brillante del cuarto. Fuera, un tráiler pasó por la carretera con estruendo.

Zara pulsó el play.

Estática, luego una respiración. Después, un rostro joven apareció en pantalla: Iris Zhang, con sus gafas rectangulares, mirando directamente a cámara. Estaba tranquila. Su voz era clara.

—Me llamo Iris Zhang. Es quince de octubre de 2014, y necesito documentar lo que he descubierto porque si ocurre algo, la gente tiene que saber la verdad.

A Zara se le cerró la garganta. Era ella. Era la chica del arroyo, viva y seria y con diecisiete años, hablando directamente a quienquiera que pudiera encontrar esa grabación algún día. A su lado, Garrett había dejado de respirar.

—He sido amiga de Kirsty Cannon desde que íbamos juntas al parvulario. Confiaba plenamente en ella. Así que cuando noté que se había accedido a algunos de mis archivos de proyectos cuando yo no estaba en casa, o cuando mi unidad USB estaba en una posición distinta a como la había dejado, me dije que eran paranoias mías. —Una pausa, un suspiro tembloroso—. Pero no era paranoia. Comprobé los registros de acceso de mi ordenador, los que mi padre me enseñó a leer. Kirsty copió todo mi portafolio creativo. Todo en lo que he estado trabajando para mi solicitud para la QCA.

Zara buscó la mano de Garrett sobre la mesa. Él se la apretó. La voz de Iris era joven pero prudente, con cada palabra medida. Esto no era pánico. Era una chica que sabía que necesitaba un testimonio.

—Al principio pensé que quizá quería estudiar mi enfoque, ver cómo estaba estructurando las cosas. Siempre nos habíamos ayudado con los proyectos. —Otra pausa—. Pero hace tres días estaba en su casa, estábamos estudiando en la mesa del comedor y ella fue al baño. Su portátil estaba abierto. No debería haber mirado, lo sé, pero algo me impulsó a comprobarlo.

Incluso al descubrir una traición, Iris cuestionaba sus propios actos.

—Tenía una carpeta llamada «Portafolio UQ - Final». Dentro estaban mis archivos. Mi proyecto de vídeo sobre identidad cultural y pertenencia. Mi serie fotográfica sobre experiencias de inmigrantes en las zonas rurales de Queensland. Mi ensayo sobre narrativa visual. —La voz de Iris se endureció—. Pero había cambiado los nombres, cambiado algunos detalles. Había puesto su propia voz en el vídeo. No era investigación ni inspiración. Robó mi trabajo y lo presentó como suyo. —Miró hacia abajo y luego volvió a la cámara. La tristeza cruzó su rostro—. Cuando me enfrenté a Kirsty, se puso a llorar. Dijo que estaba desesperada, que su padre la mataría si no entraba en una buena universidad, que había estado teniendo ataques de pánico por la solicitud. Me suplicó que no se lo dijera a nadie. Dijo que solo era un borrador, que acabaría creando su propio trabajo.

Una risa amarga.

—Pero el plazo de solicitud ya había pasado. Ya había entregado mi trabajo como si fuera el suyo. Cuando le dije que no podía dejarlo pasar, que iba a denunciarla, ella... me miró como si yo la estuviera traicionando. Como si fuera yo la que estaba haciendo algo malo.

Iris siguió hablando, exponiendo los detalles. Había investigado y descubierto que Kirsty optaba al programa de derecho de la UQ, mientras que ella optaba al programa de artes creativas de la QCA. Facultades distintas, comités de revisión distintos. El plagio podría no haber sido detectado nunca si la propia Iris no lo hubiera descubierto.

Garrett habló primero. Tenía la voz ronca. —No era por Vince Thorne.

Zara pulsó el botón de pausa y se quedó mirando el fotograma congelado del rostro de Iris en la pantalla. Semanas de investigación; años en el caso de Garrett. Todas las teorías que habían construido, todas las suposiciones sobre celos adolescentes y un triángulo amoroso. Todo estaba equivocado. —Pensábamos que... todo el mundo pensaba...

—Richard le dijo a Finch que era por un chico. Eso es lo que nos dijo Finch ayer. Y lo creímos porque encajaba. —Garrett liberó su mano y apoyó ambas palmas sobre el escritorio—. Dios mío. Lo hemos estado enfocando mal todo este tiempo.

Se quedaron pensativos un momento. El peso de su suposición errónea y la constatación de que Richard Cannon le había vendido esa historia a Finch porque tenía sentido. Un trágico accidente causado por una pelea de adolescentes por un interés amoroso era turbio pero comprensible, el tipo de tragedia ante la que la gente puede negar con la cabeza. La verdad —que Kirsty había asesinado a su mejor amiga a sangre fría para proteger una solicitud universitaria robada— era algo mucho más feo y difícil de explicar.

—No lo reanudes todavía —dijo Garrett—. Miremos los mensajes de texto. Quiero ver las pruebas de lo que Iris describía.

Zara navegó hasta los registros de texto. El hilo de la conversación entre Iris y Kirsty no fue difícil de encontrar, pero sí de leer. Una amistad degenerando en súplicas desesperadas y después en algo más oscuro.

30 de septiembre, 22:43

Kirsty: *Por favor. Te lo suplico. No me hagas esto.*

Iris: *Yo no te estoy haciendo nada. Te lo has hecho tú sola.*

Kirsty: *Me estás arruinando la vida por un vídeo estúpido.*

Iris: *Para mí no es estúpido. Es mi trabajo. Mis ideas. Mi voz.*

Kirsty: *Nadie lo sabrá nunca. Las solicitudes van a facultades distintas.*

Iris: *Yo lo sabré. Y tú lo sabrás. Eso importa.*

2 de octubre, 02:15

Kirsty: *No puedo dormir. No puedo comer. Me estás destruyendo.*

Iris: *Puedes arreglarlo. Retira tu solicitud. Crea tu propio trabajo. Yo te ayudaré.*

Kirsty: *¡No puedo! ¡El plazo ya ha pasado!*

Iris: *Pues deberías haber pensado en eso antes de robarme.*

Kirsty: *NO TE HE ROBADO. HE TOMADO PRESTADAS TUS IDEAS.*

Iris: *Te llevaste mi metraje de vídeo. Eso es robo, aunque le hayas puesto tus propias palabras encima.*

4 de octubre, 18:47

Kirsty: *Mi padre sabe que algo va mal. No para de hacerme preguntas.*

Iris: *Cuéntale la verdad.*

Kirsty: *No puedo. Se decepcionará muchísimo. Pensará que soy un fracaso.*

Iris: *Eres un fracaso si construyes tu futuro sobre mentiras.*

Kirsty: *Que te den, Iris. En serio. Que te den.*

Los mensajes continuaban, con un tono de Kirsty que pasaba de la súplica a la furia y a la amenaza. Iris se mantenía comedida, fiel a sus principios, impasible. Al leerlos, Zara comprendió exactamente por qué Iris había sentido la necesidad de grabar aquel vídeo. Sabía que esto se dirigía hacia un mal lugar.

—Abre el vídeo del portafolio —dijo Garrett. Su voz sonaba tensa.

Zara hizo clic en «QCA_Final.mp4» y el reproductor de vídeo llenó la pantalla. Las imágenes le resultaron familiares de inmediato; las había visto en el disco duro que le había dado Jane Goulding.

Pero la voz era la equivocada.

En lugar de la voz de Iris explorando temas de identidad y conexión cultural, era Kirsty la que hablaba sobre las imágenes. Su entonación era distinta, su interpretación se centraba en la asimilación y la pertenencia de una forma que se sentía hueca, desconectada de las propias imágenes.

—Eso es lo que presentó Kirsty —dijo Zara—. Usó el metraje de Iris pero grabó su propia voz encima.

—Dios. —Garrett se frotó la cara—. No solo robó ideas. Cogió el trabajo creativo real y borró las huellas.

Vieron los seis minutos completos. Una cinematografía hermosa socavada por una narración que no entendía la esencia en ningún momento. Kirsty hablaba de integración donde Iris había explorado la dualidad, de encajar donde el trabajo celebraba la diferencia. El abismo entre las imágenes y las palabras resultaba chirriante.

Cuando terminó, Zara volvió al vídeo de Iris.

—He tomado una decisión. Voy a denunciar el plagio de Kirsty a las dos universidades. Lo he intentado todo: me he ofrecido a ayudarla a crear un trabajo original y le he dado múltiples oportunidades para que retire ella misma la solicitud, pero se ha negado. —Iris se recolocó las gafas—. Sé que esto acabará con nuestra amistad. Sé que causará problemas. El padre de Kirsty está en el ayuntamiento y nuestro restaurante depende del apoyo local, pero no puedo dejarlo pasar. No se trata solo de mi trabajo, se trata de lo que es correcto.

Parecía joven y asustada, y absolutamente convencida.

—Voy a quedar con Kirsty esta noche en la pasarela después de terminar el trabajo. Me ha pedido una oportunidad más para convencerme de que no lo haga. Se la voy a dar. Una última oportunidad para que haga ella misma lo correcto. —Hizo una pausa—. Pero si no lo hace, el lunes presentaré las denuncias. Y si algo me pasa, si se está viendo este vídeo porque no estoy para denunciarlo yo misma, entonces tenéis que saberlo: no fue un accidente. Hay copias de todos estos archivos en mi portátil. Todo está documentado. Kirsty Cannon robó mi trabajo y, cuando no dejé que se saliera con la suya, ella...

Iris se interrumpió. Sacudió la cabeza.

—No. Estoy siendo una paranoica. Kirsty no me haría daño de verdad. Somos amigas desde pequeñas. Solo está asustada y desesperada. Hablaremos y lo comprenderá. Verá que hacer lo correcto es más importante que...

El vídeo terminó a mitad de la frase.

La marca de tiempo indicaba el 15 de octubre de 2014 a las 17:17. Apenas unas horas antes de que se encontrara su cuerpo en el arroyo.

Ninguno de los dos se movió. En la pantalla, el rostro de Iris estaba congelado a media palabra, joven y esperanzado y totalmente equivocado respecto a lo que se avecinaba.

Zara hizo clic en el último intercambio de mensajes.

15 de octubre, 16:32

Kirsty: *¿Podemos vernos esta noche?*

Iris: *No creo que hablar más vaya a cambiar nada. Además, trabajo esta noche. Hay una reserva para una fiesta de cumpleaños, mi madre necesita que atienda las mesas.*

Kirsty: *Por favor. Necesito que me entiendas. Cara a cara. ¿Nos vemos en la pasarela cuando termines de trabajar?*

Iris: *Está bien. A las diez.*

Kirsty: *Gracias. Te prometo que no te arrepentirás.*

El hilo terminaba ahí. Iris había grabado su vídeo final apenas unos minutos después, y a las once de esa noche, Iris Zhang estaba boca abajo en Salt Creek, sumergida bajo el agua hasta que dejó de respirar, asesinada por la amiga en la que había confiado lo suficiente como para encontrarse con ella a solas en la oscuridad.

Zara cerró el portátil. La pantalla se apagó y la habitación se encogió a su alrededor; solo quedaba el brillo de la lámpara de noche, el zumbido del aire acondicionado y ellos dos sentados ante el escritorio, en silencio.

Se percató de la respiración de Garrett. Entrecortada. Irregular. Se giró y le vio la cara y volvió a apartar la vista rápidamente, porque Garrett Pennell estaba llorando y sentía que era algo que no debía presenciar. No eran las lágrimas silenciosas y estoicas de un hombre que escenifica su duelo, sino ese llanto feo e involuntario, con la mandíbula tensa, los ojos rojos y una mano apretada con fuerza sobre la boca.

Nunca lo había visto así. Sospechaba que nadie lo había hecho.

Entonces le brotaron a ella sus propias lágrimas. Sin elegancia alguna. Nunca la tenían. Calientes y nublándole la vista, con la nariz goteando: esa clase de llanto que la hacía sentirse como si tuviera doce años. Lloró por Iris, que se había esforzado tanto por hacer lo correcto y la mataron por ello. Por May y David Zhang, que habían pasado once años sin saber. Por la chica del vídeo, que estaba tan segura de que su amiga no le haría daño de verdad, grabando pruebas por si acaso mientras seguía creyendo en lo mejor de alguien que no se lo merecía.

Garrett emitió un sonido ronco a su lado. Ella lo buscó y él la buscó en el mismo instante, y después ella estaba apoyada en su pecho y los brazos de él la rodeaban con fuerza. Ninguno dijo nada durante un buen rato. No había nada que decir. Acababan de ver a una chica de diecisiete años convencerse a sí misma de no tener miedo, y sabían cómo terminaba la historia.

Cuando Zara se apartó por fin, tenía la cara hinchada y la camisa de Garrett estaba mojada por donde ella se había apoyado. Él parecía destrozado. Ella probablemente estaba peor.

—No era por Vince Thorne —dijo de forma estúpida, porque su cerebro volvía a lo único que podía procesar—. Nunca fue por el chico.

—No. —La voz de Garrett estaba rota. Se aclaró la garganta—. Fue por una solicitud universitaria. Por un maldito portafolio. Kirsty la mató por un *plagio*.

La banalidad de todo aquello. La insignificancia. No fue pasión, ni una rabia nacida del desamor, sino el cálculo desesperado de una chica que había hecho trampas, la habían pillado y no podía afrontar las consecuencias. Zara pensó que casi habría preferido el triángulo amoroso. Al menos eso tenía la dignidad de un sentimiento fuerte. Esto solo era cobardía.

—Iris le dijo que la ayudaría a crear un trabajo original —dijo Zara—. Le dio todas las oportunidades.

Garrett se levantó y caminó hacia la ventana. Se quedó allí de espaldas a ella, con una mano apoyada en el marco, mirando el aparcamiento. Ella respetó su silencio. Al cabo de un minuto, él dijo sin darse la vuelta: —Yo encontré su cuerpo. Tenía veinticinco años, la saqué de quince centímetros de agua y supe que alguien la había mantenido sumergida. Y durante once años he cargado con eso, y ahora sé que fue por una puta solicitud universitaria.

Se giró. Ahora tenía el rostro endurecido, el dolor seguía ahí pero comprimido en algo más útil. —Lo tenemos todo. Las notas de voz. Los mensajes. El vídeo. La confesión de Finch. Es suficiente.

—Más que suficiente. —Zara se limpió la cara con el dorso de la mano—. Iris lo documentó todo. Ella misma preparó el caso. Todo lo que hemos tenido que hacer ha sido encontrarlo.

—El portátil también habría tenido todo esto. Richard lo destruyó, supongo, después de que Finch se lo entregara. Pensaron que la habían borrado. —Algo cambió en la expresión de Garrett, un destello de feroz satisfacción—. Pero nunca encontraron su móvil.

Zara pensó en el teléfono encajado bajo la pasarela durante once años, esperando. En May Zhang cruzando ese puente cada semana para poner flores, sin saber nunca que las pruebas estaban justo bajo sus pies.

—¿Qué hacemos mañana? —preguntó ella, aunque ya lo sabía.

—Conducir de vuelta. Enviar esto a la CCC. Todo: la confesión de Finch, los datos del móvil, mis informes originales. Que preparen el caso como es debido. —Hizo una pausa—. Y después hablaremos con Kirsty.

—¿Antes o después de la CCC?

—Después. Quiero que esto esté registrado oficialmente antes de que tenga oportunidad de huir o de destruir algo. —Se sentó en el borde de la cama, pareciendo agotado de repente—. Pero tiene que saberlo. Tiene que oír la voz de Iris y saber que esto se ha acabado.

Zara se sentó a su lado. Sus hombros se rozaban. A través de las finas paredes del motel se oía un televisor en la habitación de al lado, alguien riéndose de algo. La vida normal seguía al otro lado del tabique mientras ellos cargaban con el peso de las últimas palabras de una chica muerta.

—Deberíamos intentar dormir —dijo ella, sabiendo que ninguno dormiría bien.

Garrett asintió. Le cogió la mano y se la estrechó, y así se quedaron un rato más, sin hablar, solo respirando, dejando que la enormidad de lo que habían descubierto se asentara hasta convertirse en algo que pudieran sobrellevar.

Mañana conducirían hacia el norte con la voz de Iris en un portátil entre ellos, y la verdad que había estado enterrada durante once años vería, por fin, la luz del día.

Capítulo 18

El LandCruiser entró en el taller de Mick poco después del mediodía. Zara se bajó y se vio envuelta en el olor familiar a aceite de motor y metal, con el cuerpo entumecido por otro largo viaje. Habían salido de Nambour temprano, habían parado para tomar un café espantoso en una gasolinera de Bundaberg y habían recorrido el resto del camino casi en silencio.

Mick salió del taller. Sus ojos se movieron entre los dos, captando lo que Zara sospechaba que eran signos evidentes de una noche difícil: ojos hinchados, rostros demacrados, ese agotamiento particular que sobreviene tras desahogarse llorando.

—El coche está limpio —dijo él, señalando con la cabeza hacia donde el sedán de Zara estaba aparcado en el solar—. Lo he revisado todo dos veces. Frenos, dirección, conductos de combustible, sistema eléctrico. No han manipulado nada.

El alivio relajó algo en el pecho de Zara. —Gracias. De verdad.

Mick le entregó las llaves, pero su expresión seguía siendo seria. —En lo que sea que estén metidos, ha puesto a alguien lo bastante nervioso como para entrar en habitaciones de moteles y rajar neumáticos. Eso no es algo casual. —Su mirada se posó en Garrett—. ¿Estás cuidando de ella?

—Lo mejor que puedo —respondió Garrett.

—Pues cuídala mejor. —El tono de Mick no era hostil, simplemente directo—. Salt Creek es un pueblo pequeño. Las noticias vuelan. La gente se está dando cuenta de que pasan tiempo juntos. Y parece que no todo el mundo está contento con ello.

Zara pensó en las fotografías esparcidas por la cama de aquel motel, en el cuchillo clavado en su rostro. —Estamos teniendo cuidado.

Mick asintió, poco convencido. —Ya. Bueno, el coche está listo. No le cobro nada. Solo no haga que me arrepienta.

Condujeron en vehículos separados hasta la casa de Garrett. El pueblo parecía normal bajo el sol del mediodía: gente dedicada a sus asuntos, la ferretería concurrida, niños en bicicleta frente a la tienda de pescado y patatas fritas. En la rotonda cercana a la escuela, una furgoneta blanca de Cannon Developments estaba al ralentí, con un hombre corpulento con chaleco de alta visibilidad al volante. Los vio pasar. Zara tomó nota de ello y siguió conduciendo.

Dentro de la casa de Garrett, el aire estaba viciado por haber estado cerrada. Garrett se movió abriendo las ventanas mientras Zara despejaba la mesa del comedor y depositaba su portátil y su maletín.

Pasaron la tarde elaborando el informe para la CCC. Primero la cronología: de septiembre a octubre de 2014, cada fecha vinculada a una prueba específica. Luego el encubrimiento: las acciones de Finch, los informes alterados, las declaraciones de testigos suprimidas, el traslado de Garrett. Finalmente, los datos recuperados del teléfono, con la documentación de Dev sobre el proceso de recuperación. Cada pieza anotada, con referencias cruzadas y etiquetada.

Era un trabajo metódico y poco glamuroso, y apenas hablaron durante la mayor parte del tiempo. De vez en cuando, uno de ellos leía algo en voz alta o mostraba un documento para que el otro lo comprobara. Zara transcribía la confesión de Finch mientras Garrett organizaba las pruebas físicas en carpetas. Las tazas de café frío se acumulaban sobre la mesa.

Al final de la tarde, tenían un paquete coherente. Lo suficientemente sólido como para que la CCC no tuviera más remedio que investigar.

Garrett se quedó mirando lo que había esparcido sobre la mesa con la mandíbula tensa. —Debería haber hecho esto hace once años.

—Lo intentaste. Finch te bloqueó y te trasladó. Y no tenías el teléfono.

—Debería haberme esforzado más.

Zara no discutió eso. No era un debate que tuviera una respuesta útil, y Garrett no buscaba consuelo. Dejó que se quedara a solas con sus pensamientos.

Después de un momento, él exhaló y cogió su teléfono. —Llamaré al contacto de la CCC. Les diré que estamos listos para entregar el informe.

Mientras él hacía la llamada en la cocina, Zara llevó su cámara y el trípode a la terraza trasera. Había buena luz allí. Lo preparó todo rápidamente, comprobó los niveles del micrófono, se sentó en una de las sillas de plástico y pulsó el botón de grabar.

Fue breve. Un avance importante. Pruebas entregadas a la QPS y a la CCC. Una investigación activa de la que no podía hablar públicamente. Pidió paciencia, reconoció que aquel no era el tipo de actualización que su audiencia esperaba y les dijo que cuando la noticia saltara a los medios, entenderían por qué se había mantenido en silencio.

Casi se detuvo ahí. Luego añadió: —Cometí errores graves en mi última investigación. Algunos de vosotros sabéis lo que pasó. No voy a volver a cometer esos errores, incluso si eso significa perder suscriptores. La familia de Iris Zhang y el proceso legal son lo primero. El contenido es lo segundo. No puedo poner en peligro la justicia por el espectáculo.

Detuvo la grabación, la reprodujo una vez y la subió sin editar. Sin títulos clickbait, ni enfoques dramáticos. Solo una declaración de hechos nacionales.

Garrett la observaba desde el umbral cuando ella se dio la vuelta.
—Eso ha estado bien —dijo él.

—Era necesario. —Quitó la cámara del trípode—. La mitad de mi audiencia va a pensar que me he vendido.

—La otra mitad esperará.

—Eso espero. ¿Cómo ha ido lo de la CCC?

—El portal de informes está abierto. Lo subiré todo esta noche. Asignarán un investigador en un plazo de cuarenta y ocho horas. —Se apoyó contra el marco de la puerta, con los brazos cruzados—. Lo que significa que tenemos un margen estrecho antes de que esto se convierta en oficial y todo tenga que pasar por ellos.

—Kirsty.

—Kirsty —asintió él—. Mañana por la mañana. Antes de que la CCC tome las riendas.

Zara asintió. Luego dijo lo que llevaba rumiando toda la tarde:
—Tengo que decírselo a los Zhang.

La expresión de Garrett cambió. No fue sorpresa; probablemente ya se imaginaba que esto pasaría. —Zara. No.

—Se lo prometí a May. Le prometí que le diría lo que había en ese teléfono.

—Y lo harás. Pero son pruebas de lo que está a punto de convertirse en una investigación por asesinato. No puedes enseñarles el contenido antes que a la CCC.

—No me refiero a enseñárselo todo. Me refiero a decirles que se han recuperado los datos y que su hija va a recibir justicia.

—¿Y si May pide ver el vídeo? ¿O los mensajes? ¿Vas a decirle que no?

Zara vaciló, porque él tenía razón: May lo pediría. May insistiría. Y Zara no estaba segura de poder mirar a los ojos a la madre de Iris y negárselo.

—La cadena de custodia ya es frágil —continuó Garrett, con voz cautelosa, esa que ponía cuando intentaba no parecer un poli—. Encontraste el teléfono y se lo diste a Dev en lugar de a la policía. Entiendo por qué. La documentación de Dev servirá. Pero cualquier abogado defensor va a machacar con eso. Si añadimos «enseñó las pruebas a la familia de la víctima antes de la entrega formal», le estamos dando munición al abogado de Kirsty.

—No voy a enseñarles las pruebas.

—Puede que no seas capaz de evitarlo. No una vez que estés sentada frente a May Zhang y ella te pregunte qué dijo su hija.

—He pasado doce años haciendo entrevistas a familias en duelo. Sé cómo poner límites.

—Esto no es una entrevista. Esa gente te importa. Eso es diferente.

Le dolió porque era verdad. Había comido en su mesa, bebido su té, aceptado su confianza. Había encontrado lo que llevaban once años esperando oír.

—Precisamente por eso no puedo dejarlos a oscuras —dijo ella—. Les ha mentido la policía, el forense, su propia comunidad. Si me guardo esto hasta que el proceso burocrático se ponga al día, no seré mejor que Finch.

—Eso no es justo.

—No, pero es como lo verá May.

El silencio entre ellos era denso. Fuera, un cucaburra empezó a piar en uno de los eucaliptos, su risa maníaca llenó el jardín antes de cortarse en seco.

—¿En qué se diferencia el hecho de que yo oculte información que los Zhang tienen derecho a saber de que Finch ocultara información hace once años? —Mantuvo la voz firme—. Quieres que espere, que confíe en el sistema. Pero el sistema le falló a Iris. El sistema permitió que Richard Cannon enterrara esto.

Algo afilado cruzó el rostro de Garrett. Fue a la cocina, llenó un vaso del grifo y bebió la mitad antes de hablar. —Tienes razón. El sistema les falló. —Su voz era queda—. Y yo fui parte de ese sistema.

Zara sintió que la rabia se le drenaba. —No quería decir eso.

—Pero es verdad. —Dejó el vaso—. Yo encontré su cuerpo. Yo documenté los hematomas. Expresé mis preocupaciones, me cerraron el paso y luego permití que me trasladaran. Así que quizá no me corresponde a mí pedirte que confíes en el sistema.

Ella se acercó a él. —Has intentado arreglarlo. Eso no es lo mismo y lo sabes.

Él la miró a los ojos. —¿Y si les dices que se ha recuperado el teléfono y que se han encontrado datos, pero les explicas que *no puedes* compartir el contenido real hasta después de presentar el informe? Échame la culpa a mí, a los procedimientos policiales. May lo entendería, creo.

—¿Una revelación general sin detalles, quieres decir?

—Sabrían que su hija fue asesinada. Sabrían que la justicia está de camino. Pero no nos arriesgaríamos a que hicieran nada que comprometa el caso.

Era el punto medio hacia el que ella había estado trabajando sin saberlo. —Puedo hacer eso. Nada sobre el plagio, nada sobre Kirsty específicamente, nada sobre Finch.

—Solo que se ha recuperado el teléfono. Que contenía pruebas. Que vamos a presentarlo ante la CCC y que el caso va a reabrirse. —Hizo una pausa—. ¿Y si May insiste para saber más?

—Le diré que compartir más podría poner en peligro el procesamiento. Que necesito que confíe en mí una vez más. —Zara se escuchó a sí misma negociando, encontrando un término medio como llevaban haciendo desde Childers—. May lleva esperando once años. Esperará un poco más si eso significa conseguir justicia.

Garrett asintió lentamente. Su mano subió para posarse en el hombro de ella, cálida y firme. —Siento haber dado a entender que no comprendes lo que está en juego.

—Y yo siento haberte comparado con Finch.

Se quedaron así un momento, mientras la tensión se disipaba de la estancia. Las pruebas seguían cubriendo la mesa del comedor tras ellos, esperando a ser entregadas.

—Debería ir esta noche —dijo Zara—. The Golden Horse seguirá abierto. Iré sola; será más fácil para May si solo estoy yo.

—Y yo tengo que ir a la comisaría. Drinan me ha estado cubriendo los turnos; debería pasarme por allí, dejarme ver. —Cogió las llaves de la encimera—. Te dejo y tiro para la comisaría. Puedes coger tu coche de aquí cuando acabes.

—Conduciré yo. Mick ha dicho que el coche está bien.

Algo cruzó su rostro, quizá reticencia a perderla de vista, pero asintió. —Envíame un mensaje cuando vuelvas.

—Lo haré. Traeré algo de comida china para cenar.

La besó en el pasillo, un beso rápido y firme, con la mano en la nuca de ella. Luego salió por la puerta, con la placa enganchada al cinturón, volviendo a su papel de detective Pennell con la facilidad que da la larga práctica. Ella escuchó cómo se alejaba el LandCruiser y se quedó un momento en el silencio de la casa, mirando la mesa cubierta de pruebas, once años de verdades enterradas organizadas en pulcras carpetas listas para quienes finalmente pudieran actuar.

Luego cogió sus llaves y fue a decirle a May Zhang que se había encontrado la voz de su hija.

El trayecto hasta The Golden Horse duró ocho minutos. Zara los pasó ensayando palabras que no terminaban de sonar bien, con las manos apretadas al volante y el sol de la tarde entrando sesgado por el parabrisas, obligándola a entornar los ojos. En el pasado había contado verdades difíciles a familias en duelo, se había sentado frente a padres cuyos hijos habían sido asesinados, había dado información que lo cambiaba todo mientras las cámaras grababan. Pero esto se sentía diferente. May y David Zhang habían confiado en ella el recuerdo de su hija, la habían dejado entrar en su dolor cuando todo el pueblo había pasado página. Lo que estaba a punto de decirles rompería once años de incertidumbre, y necesitaba hacerlo con absoluta precisión.

El aparcamiento del restaurante estaba medio lleno, el servicio de cenas acababa de empezar. A través de los ventanales delanteros podía ver la decoración familiar en rojo y dorado, las pulcras mesas con sus manteles blancos, a un joven mochilero moviéndose entre ellas con las cartas.

Zara empujó la puerta principal. May estaba detrás del mostrador, tomando un pedido por teléfono, pero levantó la cabeza de inmediato. Sus ojos se encontraron y algo pasó entre ellas, reconocimiento quizá, o la forma en que May había aprendido a leer las malas noticias en la postura de los hombros de alguien. Terminó la llamada y colgó.

—Zara. —No fue una pregunta, solo una constatación. Las manos de May estaban muy quietas sobre el mostrador.

—¿Hay algún lugar donde podamos hablar? Tú y David.

May asintió una vez y fue hacia la puerta de la cocina. —David. ¿Podrías salir un momento?

Él apareció en el umbral, secándose las manos en el delantal con expresión ya prevenida. Miró a Zara, luego a su mujer, y tensó la mandíbula.

—Al despacho —dijo May en voz baja.

El despacho era una habitación pequeña al fondo del restaurante, apenas lo suficientemente grande para el escritorio, el archivador y tres sillas apretadas contra las paredes. Olía a salsa de soja y a papel, y la luz fluorescente resultaba hiriente tras la calidez más suave del comedor. May cerró la puerta tras ellos. Los sonidos del restaurante —conversaciones, cubiertos, el siseo del wok— quedaron amortiguados.

Zara esperó a que ambos se sentaran antes de hacerlo ella. David tenía las manos entrelazadas entre las rodillas, con el cuerpo ligeramente inclinado hacia May. Ella estaba sentada muy recta, con el rostro sereno pero los ojos ya empañados.

—Mi amigo ha conseguido recuperar los datos del teléfono de Iris —dijo Zara. Sin preámbulos. Habían esperado demasiado como para que ella perdiera el tiempo con rodeos. —Había mucha información en él. Mensajes de texto. Grabaciones de voz. Vídeo. Pruebas de lo que ocurrió la noche en que murió.

A May se le entrecortó la respiración. David se quedó muy quieto.

—Pruebas —repitió David. Su voz era plana, pero sus manos habían empezado a temblar—. Quieres decir pruebas. De que alguien la mató.

—De que alguien tenía un motivo muy sólido para hacerlo. Sí.

La palabra se instaló en la pequeña habitación como algo sólido. May emitió un sonido, mitad sollozo, mitad jadeo, y se cubrió la boca con ambas manos. David la buscó automáticamente, rodeando sus hombros con el brazo, pero sin apartar los ojos del rostro de Zara.

—Quién —dijo él. No era una pregunta. Era una exigencia.

—Aún no puedo decirles quién. Las pruebas se entregarán esta noche a la Comisión contra el Crimen y la Corrupción. Va a haber una investigación oficial. Una vez que esté en marcha...

—¿Quién mató a *mi hija*? —La voz de David se quebró—. ¿Está sentada en mi despacho diciéndome que sabe quién asesinó a Iris y no va a decir el nombre?

Zara le sostuvo la mirada, dejando que viera que comprendía su rabia, que estaba dispuesta a recibirla. —Se lo digo porque prometí que lo haría. Pero si doy un nombre ahora, antes de que el proceso legal comience, podría comprometer todo el caso. Necesito que confíen en mí. Solo un poco más.

—¿Cuánto más? —La voz de May sonó amortiguada entre sus manos.

—Días, como mucho. Es una investigación de asesinato, y la CCC se mueve rápido una vez que tienen pruebas como estas.

David se levantó, arrastrando la silla contra el suelo. Fue hasta el archivador y apoyó ambas palmas sobre él, de espaldas a ellas.

—David —dijo May con suavidad.

—No puedo. —No se dio la vuelta—. No puedo oír esto. Aún no. No así.

May miró a Zara, con los ojos húmedos pero la expresión firme. —Necesita tiempo. Para prepararse.

—Lo entiendo.

—Pero yo no necesito tiempo. —May apartó las manos de su cara y las dejó en su regazo—. Sea lo que sea lo que hay en ese teléfono, quiero saberlo. Quiero verlo.

Zara sabía que esto iba a pasar. Lo había previsto, había ensayado el límite con Garrett. Pero al mirar el rostro de May, al ver once años de duelo pidiendo lo único que podría darles sentido, las palabras se le atascaron en la garganta.

—Lo harás —dijo finalmente—. Te prometo que lo harás. Pero todavía no. Las pruebas tienen que ser procesadas correctamente. La cadena de custodia, la verificación forense, todas esas cosas de procedimiento que harán que se sostengan ante un tribunal. Si se lo enseño ahora...

—Podrías poner en peligro el caso. —May terminó la frase con voz cansada—. Lo sé. Entiendo los procesos legales, Zara. He tenido once años para aprender.

—Lo siento.

—No lo sienta. —May se secó los ojos con el dorso de la mano—. Ha hecho lo que nadie más quiso hacer. Nos creyó cuando todos los demás nos decían que lo olvidáramos. —Se inclinó sobre el escritorio y tomó la mano de Zara entre las suyas. Sus palmas estaban calientes, con durezas de años de trabajo en la cocina—. Gracias. Por cumplir tu promesa.

David no se había movido del archivador. Zara podía ver su reflejo en la ventanita, con el rostro vuelto hacia el cristal.

—Tengo que ocuparme de un asunto mañana —dijo Zara con cautela, todavía sujetando las manos de May—. Después de eso, volveré. Les contaré todo lo que pueda. Y cuando la CCC dé su visto bueno, oirán la voz de Iris y verán su cara. Dejó grabaciones, de audio y de vídeo. Documentó lo que le estaba pasando.

May apretó el agarre, cerrando los ojos brevemente. Cuando los volvió a abrir, estaban limpios. —Sabía que estaba en peligro.

—Sí.

—E intentó protegerse.

—Hizo todo lo correcto —dijo Zara, y lo sentía de corazón—. Fue valiente e inteligente e intentó hacer lo que debía. Lo que le pasó no fue culpa suya.

Algo en el rostro de May se rompió y volvió a recomponerse. Asintió una vez, soltó las manos de Zara y se puso en pie. —Prepararé tu pedido. ¿Qué quieres?

El cambio fue brusco, ese refugio de May en el territorio familiar de la hospitalidad, pero Zara lo entendió. Hay dolores demasiado grandes como para convivir con ellos mucho tiempo seguido.

—Lo que te parezca bien —dijo Zara—. Para dos personas.

—Para ti y el detective. —La boca de May se curvó ligeramente, no llegó a ser una sonrisa, pero se acercaba—. Es un buen hombre. Cabezota, pero bueno.

—Lo es.

—Y volverá mañana, después de que se haya ocupado de lo que sea de lo que tenga que ocuparse.

Había un peso en esa frase, un reconocimiento de lo que Zara no había dicho. May lo sabía. Por supuesto que lo sabía. Había pasado once años viendo cómo el pueblo se protegía a sí mismo.

—Sí —confirmó Zara—. Se lo prometo.

May se dirigió a la puerta, pero se detuvo con la mano en el pomo. —Sea quien sea —dijo en voz baja, sin mirar atrás—, espero que tenga miedo.

Luego se marchó, cerrando la puerta con suavidad. David seguía junto al archivador, todavía de espaldas. Zara se quedó sentada en la silla, dándole espacio.

Tras un largo momento, él habló sin darse la vuelta. —¿Es alguien a quien conocemos?

Zara vaciló, pero decidió que él merecía al menos eso. —Sí.

Él hundió los hombros; se había esfumado el último vestigio de esperanza de que hubiera sido un extraño, alguien de paso, cualquiera menos una persona que les hubiera sonreído a la cara durante once años. —Entiendo —dijo. Solo eso. Luego añadió—: Debería irse. May le preparará la comida.

Zara se levantó y fue hacia la puerta. En el umbral, miró hacia atrás. David por fin se había apartado del archivador. Tenía la cara lívida, como si hubiera envejecido una década en apenas quince minutos.

—Gracias —dijo él—. Por no rendirse. Por no dejar que nuestra hija caiga en el olvido.

—Nunca fue olvidada —replicó Zara—. Ni por usted, ni por May. Ni por Garrett. Él la ha llevado consigo durante once años.

Algo cambió en la expresión de David. No llegó a dulcificarse, pero fue un reconocimiento. Asintió una vez.

Zara lo dejó allí y regresó al comedor. May estaba en el mostrador, metiendo recipientes en una bolsa de plástico. Se la entregó sin mirarla a los ojos.

—Mañana —repitió May.

—Mañana —prometió Zara.

Capítulo 19

El aire del atardecer era más fresco, el sol casi se había puesto y el cielo estaba surcado de rosa y naranja. Zara dejó la bolsa de la comida para llevar en el asiento del pasajero, arrancó el coche y se quedó sentada un momento mirando las ventanas brillantes del Golden Horse. Dentro, May volvía al trabajo, y David probablemente hacía lo mismo. Servirían comidas, charlarían con los clientes, cerrarían el restaurante y se irían a la casa donde la habitación de su hija probablemente aún conservaba rastros de la chica que Iris había sido. Y mañana, después de que Zara y Garrett se enfrentaran a Kirsty, por fin sabrían quién les había robado esos once años.

La conversación con May y David le pesaba en el pecho. La espalda girada de David, la fuerza silenciosa de May; los once años de incertidumbre por fin empezaban a resquebrajarse.

Unas gotas de lluvia golpearon el parabrisas mientras salía del aparcamiento, sorprendiéndola. Giró la cabeza y vio nubarrones formándose al oeste, de ese color violáceo particular que prometía una tormenta de las buenas. La bolsa de comida estaba en el asiento del pasajero y el aroma a ajo frito que emanaba de ella le dio hambre a Zara por primera vez en lo que le parecieron días.

Mañana se enfrentarían a Kirsty. Mañana todo saltaría por los aires. Esta noche solo necesitaba volver a casa de Garrett, comer y dormir, si es que lo conseguía.

Su teléfono se iluminó en el salpicadero, y la vibración sonó fuerte en el silencio del coche. Echó un vistazo al llegar a la siguiente señal de stop, vio el nombre de Jane Goulding y se detuvo junto al bordillo, frente a la ferretería. Con el motor al ralentí, cogió el móvil.

Zara, he encontrado algo en mis viejos archivos de clase que creo que tienes que ver. Es sobre Iris y otro estudiante. ¿¿Puedes reunirte conmigo en la pasarela? Ya estoy aquí. Es urgente.

Zara lo leyó dos veces. Jane había sido de fiar en todo momento, había compartido recuerdos y percepciones que nadie más daría, además del vídeo del portafolio de Iris que Kirsty había plagiado, que era una prueba crucial. Si decía que algo era urgente, lo decía en serio. Pero la pasarela. De noche. Con una tormenta acercándose.

Escribió de vuelta: *¿Puedes esperar a mañana? ¿O podría ir a tu casa?*

La respuesta llegó de inmediato. *Ya estoy aquí. Por favor, ven ahora, no estoy segura de si seré lo bastante valiente para compartirlo mañana.*

Zara frunció el ceño ante la pantalla. Esa última frase resultaba extraña. Jane Goulding era muchas cosas, pero tímida no era una de ellas. Aun así, tenía setenta años, y se trataba de una antigua alumna que había sido asesinada. Quizás había estado cargando con la culpa de no haber hablado antes.

Le mandó un mensaje a Garrett: *Voy a hacer una parada rápida para ver a Jane Goulding. Ha encontrado algo sobre Iris. Voy para allá ahora mismo.*

Esperó un instante. Sin respuesta. Probablemente seguiría en la comisaría.

Se incorporó de nuevo a la carretera y giró hacia el parque. La bolsa de comida se deslizó por el asiento del pasajero al tomar la curva. Los últimos restos de luz se desvanecían en el cielo, la lluvia caía ya con fuerza y las nubes de tormenta se amontonaban más densas hacia el oeste, con relámpagos parpadeando de forma intermitente.

El aparcamiento a la entrada del parque estaba vacío. No había ningún otro vehículo. Solo las formas oscuras de los columpios más allá de la valla, y el sendero que bajaba hacia el arroyo y la pasarela sobre el barranco. Zara aparcó en un sitio cerca de la entrada del camino y apagó el motor.

Que el aparcamiento estuviera vacío no la preocupó. La casita de Jane estaba al borde del barranco; no habría venido en coche. Habría entrado caminando desde el otro extremo del parque.

La lluvia tamborileaba en el techo. A través del parabrisas veía cómo el sendero desaparecía en sombras más oscuras bajo los árboles. Se suponía que las luces del parque se encendían al anochecer, pero la mitad parecían estar fundidas, dejando pozos de oscuridad entre las que funcionaban.

Su teléfono vibró. Garrett: *¿Dónde exactamente? Iré.*

Le respondió por mensaje: *En la pasarela. Probablemente no sea nada. Vuelvo en veinte minutos.*

Otra vibración, inmediata.

Jane: *Estoy en el puente. ¿Puedes verme?*

Zara escudriñó a través de la lluvia. El camino descendía en curva hacia el barranco, con los eucaliptos espesos a ambos lados. No alcanzaba a ver la pasarela desde allí, no veía nada más que los primeros metros del sendero. Respondió al mensaje: *Acabo de llegar. Ahora bajo.*

Cogió el móvil y las llaves, y dejó la bolsa de comida donde estaba. Lo que fuera que Jane hubiera encontrado era más importante que la cena.

La lluvia la golpeó en cuanto abrió la puerta del coche, más fría de lo que esperaba y empujada por un viento que arreciaba. Cerró el coche y avanzó rápido hacia el camino, encogiendo los hombros contra el mal tiempo. Sus botas pisaron el hormigón, con la superficie ya resbaladiza por la lluvia y las hojas caídas.

El sendero descendía hacia una oscuridad más densa, con las luces operativas demasiado separadas como para hacer algo más que marcar el camino con charcos de naranja de sodio. La lluvia arreciaba, cayendo de lado por un viento que arrancaba hojas de los eucaliptos y las hacía corretear por el hormigón. Zara mantenía la cabeza baja, con las botas buscando agarre en la superficie resbaladiza, una mano en el bolsillo apretando el teléfono y la otra apartándose el pelo mojado de la cara. Los juegos del parque infantil se desvanecieron a sus espaldas, tragados por los árboles, el clima y los últimos restos del crepúsculo.

La temperatura había caído en picado. Su aliento formaba vaho, mezclándose con la lluvia. Se había dejado la chaqueta en el coche; no pensó que estaría fuera tanto tiempo como para necesitarla. Doce años de trabajo de campo y seguía cometiendo errores de principiante cuando estaba distraída.

El camino giraba a la izquierda, siguiendo el contorno del terreno hacia el arroyo. Pasó por la entrada del sendero empinado que había tomado para bajar al arroyo el primer día. A través de los árboles, a su derecha, divisaba las siluetas tenues de las casas, con las ventanas brillando cálidamente. A su izquierda, el suelo caía de forma más pronunciada, con matorrales autóctonos espesos y oscuros. El barranco estaba ahí abajo, en algún lugar, cruzado por la pasarela. Aún no lograba verla.

Su teléfono vibró. Se detuvo bajo una de las luces que funcionaban para comprobarlo, con la lluvia tamborileando sobre sus hombros.

Garrett: *Acabo de salir de la comisaría. ¿En qué parte de la pasarela exactamente?*

Escribió con los dedos fríos: *Bajando por el camino desde el aparcamiento principal. A unos cinco minutos probablemente. Jane ya está allí.*

Le dio a enviar y luego añadió: *Creo que me voy a reunir con ella en el puente. Te aviso cuando termine.*

La respuesta llegó rápido: *Ten cuidado. La tormenta está empeorando.*

Zara se guardó el móvil y siguió caminando. Cuidado. Estaba teniendo cuidado. Se trataba de Jane Goulding, una profesora jubilada de setenta años que vivía en una casita con vistas al arroyo y cultivaba rosas premiadas. No era precisamente una amenaza.

Salvo que el parque estaba vacío, la mitad de las luces no funcionaban y Jane había dicho que quizá no sería lo bastante valiente para contar lo que fuera que había encontrado si esperaban a mañana. Esa frase no encajaba. Jane no era del tipo de persona que perdía los nervios.

Los instintos de periodista de Zara le dieron un pinchazo, los mismos instintos que la habían mantenido a salvo en entornos hostiles, que le habían enseñado cuándo presionar y cuándo retirarse. Los ignoró. Estaba dándole demasiadas vueltas. Era paranoia provocada por los allanamientos, los neumáticos usados sajados y los cuchillos clavados en fotografías. Jane estaba bien. Esto estaba bien.

Su teléfono volvió a vibrar. Lo sacó esperando que fuera Garrett. Era una notificación de YouTube: *Nuevo comentario en tu último vídeo.*

Pulsó por instinto. Se cargó el panel de estadísticas: 847 nuevos suscriptores desde la subida de esta tarde. El número de visualizaciones subía de forma constante. El gráfico de retención mostraba que la mayoría de los espectadores llegaban hasta el final.

Los comentarios principales eran una mezcla:

—Por fin demuestras algo de integridad tras el desastre de Little Girls Lost.

—Me desuscribo. Solo estás explotando esto para llamar la atención.

—Gracias por priorizar la justicia sobre el espectáculo.

—Parece que en realidad no tienes nada y estás ganando tiempo.

Pasó por ellos con los dedos fríos y mojados, sin leer bien, solo tanteando la temperatura general. Variada, tirando a positiva. Podría ser peor. El botón de Go Live estaba en la parte superior de la pantalla, palpitando suavemente, como siempre hacía. Tropezó con un desnivel del camino y se volvió a meter el móvil en el bolsillo. YouTube podía esperar.

A través de los árboles vislumbró la pasarela. Madera oscura contra un cielo más oscuro, apenas visible con la escasa luz que quedaba. Ni rastro de Jane todavía, pero el ángulo no era el adecuado. Vería mejor cuando estuviera más cerca.

Un relámpago cruzó el oeste, iluminando las nubes desde dentro. El trueno le siguió unos segundos después, grave y retumbante. La tormenta se echaba encima de verdad. Tendrían que darse prisa.

Zara aceleró el paso, con las botas chapoteando en los charcos que se formaban en los puntos bajos del camino. Tenía la camisa empapada, pegada a la espalda. El agua fría le corría por el cuello. Iba a parecer una rata mojada cuando llegara a casa de Garrett. Probablemente la obligaría a desnudarse en el lavadero antes de dejarla ir soltando agua por el resto de la casa.

El pensamiento le trajo una calidez inesperada. Preocupación doméstica. El tipo de pequeña intimidad que había surgido entre ellos sin que ninguno se diera cuenta. Hace tres días se alojaba en un motel; ahora tenía cajones en su cómoda y su champú en su ducha.

El camino se abrió. La pasarela estaba delante, a unos veinte metros, salvando el oscuro hueco del barranco. El arroyo corría debajo, crecido por la lluvia, aunque sabía que bajaría rápido en cuanto terminara la tormenta. Al otro lado, el sendero continuaba hacia las calles residenciales, donde la casita de Jane dominaba todo aquello.

Una figura estaba junto a la barandilla, recortada contra la poca luz que quedaba en el cielo. Chaqueta con capucha; imposible distinguir los rasgos a esa distancia.

La mano de Zara se cerró sobre el móvil en su bolsillo. Algo no iba bien. La forma en que la figura permanecía allí, demasiado quieta. La ausencia total de cualquier otra persona en el parque.

Estaba siendo paranoica otra vez. Tenía que ser eso. Jane le había mandado el mensaje, la estaba esperando en el puente como había dicho. ¿Y por qué iba a estar alguien más aquí fuera con esta tormenta?

Zara puso un pie sobre los tablones de madera mojados; la estructura se sentía sólida bajo sus pies a pesar de su antigüedad. Sus botas producían sonidos huecos sobre la madera desgastada.

—¿Jane? —Su voz cruzó el vacío.

La figura se giró.

No era Jane. El rostro que se volvió hacia ella con la luz moribunda pertenecía a Kirsty Cannon, con el pelo rubio oscurecido por la lluvia y los rasgos compuestos en algo que podría haber sido simpatía si sus ojos no fueran tan inexpresivos. El cuerpo de Zara respondió antes que su mente: la adrenalina se disparó, los músculos se tensaron y su peso se desplazó hacia el camino por el que había venido.

—Zara. —La voz de Kirsty era suave, casi cálida, con ese tono de política curtida—. Gracias por venir. Sé que esto no es lo que esperaba.

Las palabras no encajaban; la entonación era demasiado fluida, ensayada.

—¿Dónde está Jane? —Su propia voz sonó más firme de lo que se sentía.

—Le pedí a Jane que se reuniera conmigo aquí hace una hora. Le dije que quería hablar sobre Iris, de profesora a antigua alumna, para descargar mi conciencia —la boca de Kirsty se curvó—. Vino de inmediato. Siempre ha sido tan confiada. Le quité el teléfono mientras hablaba. Brody se encargó del resto.

—Se encargó. —La palabra sonó mal en la boca de Zara—. ¿Dónde está ella?

—Cerca —Kirsty ladeó la cabeza, mientras el agua de la lluvia resbalaba por su capucha—. Ya llegaremos a eso.

La mano de Zara ya estaba en su bolsillo, con los dedos envolviendo el móvil. —Me voy.

Se dio la vuelta hacia el camino por el que había venido.

Un hombre estaba al final del puente, bloqueando el camino de vuelta al aparcamiento. Grande, alto y corpulento, con una chaqueta oscura y botas de trabajo, con las manos relajadas a los costados. No estaba allí cuando ella entró en el puente. Debía de haber estado escondido entre los árboles, esperando a que pasara.

Zara se detuvo. El puente se extendía entre ellos, con Kirsty detrás y el hombre delante. El barranco se abría a ambos lados, con una caída de siete metros hacia las rocas y el agua torrencial.

—Ese es Brody —la voz de Kirsty llegaba desde atrás, todavía suave, todavía errónea—. Mi capataz. El capataz de mi padre, en realidad, pero ahora es el mío. Lleva veinte años con la familia. Muy leal. Muy capaz.

Brody no habló. No se movió. Se limitó a quedarse allí bajo la lluvia, con el rostro impasible, observándola con la atención paciente de alguien que sabe esperar.

—Tiene muchas habilidades. Forzar cerraduras. Mecánica. Y tiene bastante talento con la cámara —continuó Kirsty. Zara oyó pasos, el sonido hueco de las botas sobre la madera; Kirsty se acercaba—. ¿Esas fotos en su habitación del motel? Obra suya. ¿Las fotos de vigilancia? Todo Brody. Es muy minucioso.

Zara se giró despacio, manteniéndolos a ambos en su visión periférica. Kirsty se había movido al centro del puente, a un par de metros de distancia, con las manos en los bolsillos de la chaqueta y esa expresión aún compasiva.

—Los neumáticos usados sajados también fueron cosa suya —dijo Kirsty—. Le pedí que te hiciera sentir incómoda. Que te animara a marcharte de Salt Creek. Que abandonaras esta investigación que está haciendo daño a tanta gente —su voz se quebró ligeramente al decir «investigación», la primera fisura en su actuación—. Pero no te fuiste. Seguiste presionando. Seguiste hurgando.

—Porque Iris fue asesinada —la voz de Zara era firme a pesar de la adrenalina que inundaba su sistema. Mantenerla hablando. Ganar tiempo. Garrett sabía dónde estaba. Vendría—. Porque mató a su mejor amiga y su padre lo encubrió.

Algo cruzó el rostro de Kirsty. —Eso no fue lo que pasó. —Su voz se volvió plana, controlada.

Ensayada, pensó Zara. La versión que se había estado contando a sí misma durante once años.

—Mi padre mató a Iris. Él estaba allí esa noche porque yo le había llamado, en pánico, y cuando llegó discutieron, la agarró y la inmovilizó —su expresión se retorció—. Intenté detenerle. Le gritaba que parase. Pero estaba tan enfadado con Iris por amenazar con exponer el plagio, tan enfadado conmigo por ser tan estúpida de dejarme pillar. Le hundió la cara en el agua hasta que dejó de moverse. Yo solo le di una bofetada. Eso fue todo lo que hice. Una bofetada.

La mentira estaba pulida, practicada. Pero Zara se había sentado en el salón de Finch y había escuchado una versión diferente.

—Eso no es lo que nos contó Finch —dijo Zara.

La compostura de Kirsty flaqueó, solo por un segundo. —Finch es un borracho y un mentiroso.

—Finch describió su llegada a la escena. Su padre estaba mojado, sí. Pero usted era la que no podía mirar a Iris después. Usted era la que estaba sentada en la orilla balanceándose como una niña.

—Finch no sabe lo que vio. Estaba comprometido desde el momento en que llegó. Mi padre le tenía comprado.

—Entonces, ¿por qué estaba tu padre mojado, Kirsty? Quince centímetros de agua. No necesitaba empaparse para inmovilizar a alguien en quince centímetros de agua. —Zara escuchó su propia voz, tranquila y clínica; el instinto de entrevistadora se imponía al miedo—. Se mojó porque estaba intentando apartarla a usted de ella.

—No sabe de lo que está hablando. —La voz de Kirsty había subido de tono, y su cuidada interpretación se fracturaba—. No sabes cómo fue. Ella iba a arruinarlo todo. Todo mi futuro. Por una solicitud universitaria. Por un trabajo en el que ambas contribuimos, que fue colaborativo, del que ella solo quería el mérito porque era una egoísta y una santurrona y... —se detuvo. Inspiró hondo. Cuando volvió a hablar, recuperó su voz de política, pero más debilitada—. Ya no importa. Nada de eso importa.

—Les importa a May y David Zhang.

Kirsty se estremeció al oír los nombres.

Zara aprovechó su ventaja. —¿Qué pasó realmente, Kirsty? Puede decírmelo. —Sus dedos encontraron el móvil en el bolsillo. Dejó de pensar. Memoria muscular. El patrón de desbloqueo, el pulgar trazando la forma familiar. La pantalla que no podía ver, a la que no podía mirar. Había dejado abierta la aplicación de YouTube, solo se había metido el teléfono en el bolsillo en el sendero.

El botón de Go Live. Arriba en la pantalla, justo en el centro. Lo había usado una docena de veces, sabía exactamente dónde estaba. Pero en su bolsillo, bajo la lluvia, con los dedos temblando por el frío y la adrenalina, todo resultaba incierto. Pulsó lo que esperaba que fuera el sitio correcto, y luego pulsó de nuevo para confirmar.

El teléfono vibró dos veces en rápida sucesión. O acababa de empezar a transmitir en directo para sus suscriptores, o había abierto el vídeo de alguien por error. No había forma de saberlo sin sacarlo.

—Iris merecía entender que a veces hay que protegerse mutuamente. No destruirse —la voz de Kirsty era monótona—. Yo la habría ayudado. Habría apoyado su carrera. Pero no escuchaba. Era tan testaruda, estaba tan convencida de tener razón...

—Robaste su trabajo —dijo Zara, manteniendo la voz tranquila—. Encontramos el teléfono de Iris. Tenemos las pruebas de por qué lo hizo, Kirsty, así que, ¿por qué no me cuenta qué pasó de verdad esa noche?

Un trueno estalló sobre sus cabezas, lo bastante fuerte como para hacer que ambas se sobresaltaran. La lluvia se intensificó, cayendo a cántaros. Un relámpago iluminó el rostro de Kirsty con un blanco crudo, para luego sumirlas de nuevo en la oscuridad.

—Los accidentes ocurren en las tormentas —dijo Kirsty, y su voz se había vuelto baja, suave otra vez, como se le hablaría a alguien a quien intentas calmar—. Tablones mojados. Poca visibilidad. Una periodista viene a un puente durante una tormenta, resbala y se cae. —Se acercó más—. Como la pobre Jane.

A Zara se le heló la sangre. —¿Qué le ha hecho?

—Mira abajo.

Zara se agarró a la barandilla y miró por el borde del puente. Otro relámpago brilló, y en esa breve luz blanca vio el lecho del arroyo abajo, el agua corriendo sobre las rocas, y una forma que no encajaba allí. Un cuerpo, desplomado contra la base de la pared del barranco, donde la pendiente se encontraba con el agua. Pelo plateado.

Jane Goulding.

—Brody fue delicado —dijo Kirsty detrás de ella—. Apenas hizo un sonido al caer.

A Zara le temblaban las manos. Jane estaba allí abajo, en la oscuridad, bajo la lluvia, con el nivel del arroyo subiendo a su alrededor. Quizá aún estuviera viva, pero no había nada que Zara pudiera hacer desde allí arriba sin pasar por encima de Kirsty y Brody.

—Necesitaba su teléfono, ¿comprende? —Kirsty sonrió—. Sabía que habían estado charlando. Me lo contó todo. Estaba realmente impresionada con usted, y creo que a usted le caía bien ella, ¿verdad? Lo suficiente como para confiar cuando le dijo que se reuniera con ella aquí.

Kirsty seguía sonriendo. La misma sonrisa que lucía en las fotos publicitarias del ayuntamiento, en su material de campaña, en las galas benéficas de la comunidad. En ninguna de ellas le había llegado tampoco a los ojos.

—Brody es muy bueno haciendo que las cosas parezcan accidentes. Los periodistas se caen de los puentes. Se golpean la cabeza. Se ahogan en arroyos crecidos durante las tormentas —Kirsty dio otro paso más—. Es trágico. Pero sucede.

El trueno rodó por el cielo, largo y profundo. El puente tembló bajo sus pies. Zara seguía con la mano en el bolsillo, apretando el teléfono, esperando que en algún lugar, de algún modo, hubiera gente mirando. Que sus suscriptores estuvieran oyendo las palabras de Kirsty. Que si esto salía mal, al menos quedara una grabación.

Brody se movió detrás de ella. Un solo paso adelante, paciente e inevitable, acortando la distancia. Acorralando a Zara entre él y Kirsty.

La respiración de Zara se aceleró. Su mente repasaba opciones, cada situación hostil de la que se había librado hablando. Pero no había salida, no había plan de extracción. Solo un puente de madera en un pequeño pueblo australiano, y la mujer que ya había matado una vez hace once años y que estaba claramente dispuesta a hacerlo de nuevo.

El teléfono en su bolsillo podía estar transmitiendo. O podía no estar haciendo nada en absoluto.

—¿Intentó empujar a Iris desde el puente? —dijo Zara—. Aunque sus heridas no eran compatibles con una caída. ¿Se le escapó?

La expresión de Kirsty mostró otro arrebato de rabia. —Era más rápida que yo —dijo, quejumbrosa como una adolescente malhumorada—. Le dije que tenía que parar. Que arruinaríamos a sus padres. Papá podía hacer que el Golden Horse suspendiera una inspección de sanidad y lo cerraran para siempre. Iris... ¡era tan estúpida! —Su voz subió hasta convertirse en un grito—. ¡Dijo que eso no me salvaría! ¡Que nunca entraría en ninguna facultad de derecho una vez que me denunciara como plagiadora!

—Fue entonces cuando intentaste empujarla —dijo Zara. Podía visualizarlo, a las dos chicas discutiendo en el puente. Forcejeando, tal vez, mientras Kirsty perdía los estribos. El móvil de Iris cayendo de su bolsillo, quedando encajado bajo las maderas del puente mientras Iris se soltaba y se giraba para correr.

—Papá me estaba esperando en el aparcamiento. —La voz de Kirsty era más baja ahora—. Él no le habría hecho daño, pero ella le vio, dio media vuelta y corrió por el sendero hacia el barranco. Yo fui tras ella. Podría haber escapado, pero tropezó con una piedra en el agua y la alcancé... —Se interrumpió un momento, y luego levantó la barbilla y miró a Zara directamente a los ojos—. Era mi mejor amiga, y le mantuve la cara bajo el agua hasta que dejó de moverse. Así que si cree por un solo segundo que me voy a arrepentir de matarla a usted también, se equivoca.

Capítulo 20

El sonido de pasos corriendo sobre madera mojada rasgó el estrépito de la lluvia, y Zara giró la cabeza bruscamente hacia el extremo del puente que daba al aparcamiento. Entonces, la voz de Garrett, aguda y autoritaria: —¡Policía! ¡Las manos donde pueda verlas! —Estaba de pie al final de la pasarela, con su arma reglamentaria desenfundada y apuntando a Brody; el agua le chorreaba por la cara y su postura era firme a pesar de los tablones resbaladizos bajo sus botas.

El alivio inundó a Zara durante medio segundo antes de que el metal frío se presionara contra su sien. Se quedó helada.

—Suéltela, detective. —La voz de Kirsty llegaba directamente detrás de su oreja izquierda, calmada y controlada. El cañón de la pistola se hundió con más fuerza contra el cráneo de Zara—. Suelte el arma o le meto una bala en el cerebro.

A Zara se le cortó la respiración. Podía sentir la mano de Kirsty, firme a pesar de la lluvia, y la ligera presión de un dedo sobre el gatillo. Doce años en entornos hostiles y entrevistas peligrosas, y nunca le habían puesto una pistola en la cabeza. El metal estaba más frío de lo que había esperado.

El arma de Garrett no vaciló. Sus ojos se encontraron con los de Zara a través del puente, y ella vio el cálculo que bullía tras ellos. Distancia. Ángulos. Riesgo.

—No quiere hacer esto, Kirsty —dijo Garrett. Su voz había cambiado, seguía siendo autoritaria pero más baja, el tono de alguien que intenta rebajar la tensión—. Ya se enfrenta a cargos de asesinato por lo de Iris.

—Me enfrento a cadena perpetua de todas formas. —El aliento de Kirsty era cálido contra el cuello de Zara, su voz inquietantemente estable—. ¿Qué más dan dos cadáveres más?

Un trueno estalló sobre ellos, tan fuerte que Zara lo sintió en el pecho. Un rayo le siguió de inmediato, iluminando la pasarela con una cruda luz blanca. En ese destello vio la cara de Brody, impasible como siempre, con una mano dentro de la chaqueta. Vio a Garrett, con el agua escurriendo por su nariz y el dedo en el guardamonte. Vio el barranco a ambos lados, el espacio oscuro donde Jane yacía destrozada allá abajo.

—¡He dicho que la suelte! —gritó Kirsty—. La pistola presionó más fuerte, doliéndole ya. La mataré, Garrett. No crea que no me atrevo.

—Sé que lo hará. —El tono de Garrett no cambió—. Ya ha matado antes. Se le da bien. Pero eso no le ayudará ahora.

Brody habló por primera vez, con voz plana y práctica.

—Podemos hacer que parezca que el detective le disparó a ella. Defensa propia que sale mal. Pasa constantemente.

—Cállate, Brody. —La mano de Kirsty tembló ligeramente. La pistola se movió contra la piel de Zara.

Los ojos de Garrett se desviaron hacia Brody y volvieron a Kirsty.

—Viene más policía de camino. Todos los agentes de la ciudad. A tres minutos, puede que menos.

Como si lo hubieran ensayado, las sirenas cortaron la lluvia. Lejanas pero acercándose. Varios vehículos, a juzgar por el sonido.

—Entonces no tenemos tiempo que perder. —La voz de Kirsty se había vuelto gélida—. Suelte el arma, Garrett. Váyase.

—Eso no va a pasar.

—Entonces ella muere.

—¿En qué le ayudará eso, Kirsty? —Garrett sonaba tan tranquilo... Como si no estuviera en medio de una tormenta intentando razonar con una psicópata.

La mente de Zara trabajaba a toda velocidad. Kirsty era más alta y estaba detrás de ella con la pistola en su sien. No había forma de agacharse o girarse sin recibir un disparo. Brody estaba entre Garrett y ellas. El barranco se abría a ambos lados. Estaban atrapados en un punto muerto que terminaría con ella muerta a menos que algo cambiara.

El peso en su bolsillo. Su teléfono.

Había pulsado lo que creía que era el botón de Go Live cuando Kirsty empezó a hablar. El teléfono había vibrado dos veces. No sabía si había funcionado. No sabía si alguien estaba mirando.

Las sirenas sonaban cada vez más fuerte.

La mano de Zara se movió despacio, con cuidado, hacia su bolsillo. Kirsty no pareció darse cuenta, concentrada en Garrett, en la pistola de sus manos, en las sirenas que se aproximaban. Los dedos de Zara encontraron el teléfono por el tacto. Caliente, ligeramente húmedo. La pantalla estaría brillando si hubiera acertado con ese botón.

Lo sacó, sosteniéndolo donde Kirsty pudiera verlo por encima de su hombro. La pantalla iluminó su rostro con una fría luz azul.

La aplicación de YouTube estaba abierta. Transmisión en vivo en marcha. Número de espectadores en la esquina: más de cuarenta y tres mil y subiendo. Los comentarios pasaban más rápido de lo que podía leer. Tiempo de registro: 8:47 y sumando.

—Quizá quiera reconsiderarlo —dijo Zara. Su voz sonó más firme de lo que se sentía—. Esto ha estado en vivo desde que llegué. Más de cuarenta mil espectadores y subiendo. Cada palabra que ha dicho. Cada amenaza que ha proferido. Todo registrado y emitido. Solo audio hasta este momento, pero ahora podrán vernos.

La pistola siguió contra su cabeza, pero Kirsty se quedó muy quieta.

—Miente.

—Mire la pantalla —inclinó Zara el teléfono ligeramente, esperando que la cámara estuviera apuntando directamente a la cara de Kirsty—. Alguien llamado Salties69 acaba de comentar: «Joder, lo ha admitido». TrueCrimeJenny quiere saber si esto es real o un guion. BrisbaneMum44 dice que está llamando a la policía —hizo una pausa—. Aunque eso probablemente sea redundante a estas alturas.

La respiración de Kirsty había cambiado. Más rápida. Más superficial. La pistola temblaba contra la sien de Zara.

—Apáguelo —dijo Kirsty.

—No puedo. Ya está ahí fuera. Incluso si corto la transmisión ahora, cuarenta mil personas han oído su confesión. La han oído admitir que asesinó a Iris Zhang y que empujó a Jane Goulding desde esta pasarela. La han oído amenazarme de muerte. —Zara mantuvo la voz nivelada—. Se acabó, Kirsty.

Un rayo volvió a iluminar el cielo. En la breve claridad, Zara vio la expresión de Garrett: alivio y algo que podría haber sido terror por lo que ella acababa de hacer.

—¡Apáguelo! —La voz de Kirsty se quebró. La compostura de política había desaparecido, se había desmoronado. Debajo había algo más joven, más asustado. La chica que había mantenido a su mejor amiga bajo el agua hacía once años y que nunca había logrado convencerse de que no fue culpa suya.

—Incluso si apago la transmisión, el archivo seguirá ahí —dijo Zara—. Descargado ya por docenas de personas, probablemente. Así es como funciona internet. No puede borrar esto.

Las sirenas estaban ya al lado. Luces azules y rojas centelleaban entre los árboles.

—Me ha grabado. —La voz de Kirsty se había vuelto plana—. Ha montado esto.

—Me envió un mensaje desde el teléfono de Jane y me atrajo aquí para matarme —replicó Zara—. He documentado lo que ha pasado. Es mi trabajo.

La pistola se apartó de la cabeza de Zara. Oyó el sonido húmedo del metal golpeando los tablones de madera, el arma de Kirsty tintineando sobre el suelo de la pasarela. Sintió que la mano de Kirsty soltaba su hombro.

—De rodillas —ordenó Garrett de inmediato, con su arma aún fija en Brody—. Las manos sobre la cabeza. Los dos.

Kirsty se hundió poco a poco, con movimientos mecánicos. Levantó las manos, entrelazando los dedos tras la nuca. Brody hizo lo mismo, con expresión todavía impasible, como si ser arrestado fuera solo una tarea más que completar.

Garrett avanzó, manteniendo su arma en alto, comprobando primero a Brody. —Las manos a la espalda. —Esposó las muñecas de Brody, buscó dentro de su chaqueta y sacó una pistola. Luego recogió la de Kirsty, la comprobó y se la metió en el bolsillo de la chaqueta.

Las sirenas estaban justo allí, varios vehículos entrando en el aparcamiento. Puertas que se cerraban de un golpe. Voces gritando. Haces de linterna cortando la lluvia.

Garrett miró a Zara a través del puente.

—¿Estás bien?

Ella asintió, aunque le temblaban las manos y sentía las piernas flojas. Aún tenía el teléfono en la mano, todavía transmitiendo, con el número de espectadores disparándose. Miró la pantalla, los comentarios pasando a toda velocidad. Alguien ya había grabado la confesión desde su pantalla. Varios. El vídeo estaría en todas partes por la mañana.

—Jane está ahí abajo —dijo, con voz repentinamente urgente—. La han empujado. Está herida.

La expresión de Garrett cambió al instante.

—Ve. —Señaló hacia el sendero que bajaba al arroyo—. Yo me encargo de esto.

Zara detuvo la transmisión en vivo, se guardó el teléfono y corrió hacia el sendero que bajaba al barranco. El descenso era empinado, traicionero bajo la lluvia, más una sugerencia que un camino real en algunos tramos. Se agarró a ramas de eucalipto para apoyarse, sintiendo la corteza áspera y húmeda bajo las palmas, mientras sus pies resbalaban sobre la hojarasca convertida en abono resbaladizo por el aguacero. A sus espaldas, voces en el puente, el murmullo de las radios, el tono de Garrett dirigiendo a los agentes que llegaban. Nada de eso importaba. Jane estaba ahí abajo, en algún lugar, posiblemente muerta en el arroyo crecido pero quizá, solo quizá, aún viva.

—¡Jane! —Su voz se proyectó a través de la lluvia—. ¡Jane, ya voy!

El sendero zigzagueaba, bajando bruscamente. Zara medio corrió, medio resbaló por él, usando los árboles para controlar el descenso, con el barro pegado a sus botas. El fragor del agua creció. Entre los árboles vislumbró el arroyo abajo, oscuro y rápido, hinchado por la tormenta. Un rayo iluminó el barranco con una blancura intermitente, y luego volvió la oscuridad.

Llegó al fondo, donde el camino se unía al lecho del arroyo. El agua pasaba rugiendo, por los tobillos en ese punto, más profunda en el cauce. Aguas arriba, en lo alto, pudo distinguir la silueta de la parte inferior de la pasarela y, allí, contra la pared del barranco donde la pendiente era más pronunciada, una forma pálida que no encajaba.

—¡Jane! —Zara se metió en el agua, jadeando por el frío. La corriente empujaba sus piernas con más fuerza de la que parecía, intentando desequilibrarla. Luchó por avanzar hacia la figura, hacia el pelo plateado y la chaqueta pálida acurrucada contra las rocas.

Jane yacía a medias en la orilla rocosa y a medias en el agua, con las piernas retorcidas en ángulos que le revolvieron el estómago a Zara. Tenía los ojos abiertos, desenfocados, y cuando Zara llegó a su lado emitió un sonido, mitad gemido, mitad sollozo.

—Ya estoy aquí —se situó Zara detrás de Jane, pasando los brazos bajo los hombros de la mujer—. Te tengo. Vas a ponerte bien.

El peso de Jane era mayor de lo que Zara esperaba. Afianzó las botas contra una roca y tiró de ella, sacándole la cabeza y el torso del agua. Jane lanzó un grito y a Zara se le encogió el corazón.

—Sé que duele. Lo siento. Pero tengo que mantenerte fuera —ajustó el agarre, apoyándose contra la orilla, cargando el peso de Jane contra su propio cuerpo. El agua se precipitaba a su alrededor, más alta que cuando se había metido por primera vez. La lluvia no cesaba.

La respiración de Jane era entrecortada, su rostro gris incluso en la oscuridad. Pero sus ojos estaban enfocando ahora, buscando la cara de Zara.

—Zara —susurró.

—Aquí estoy. La ayuda viene de camino. Aguanta conmigo.

—Kirsty. —La voz de Jane se quebró al pronunciar el nombre—. Pensé que quería hablar de Iris. Que estaba lista para superarlo, después de todos estos años. —Las lágrimas se mezclaban con la lluvia en su cara—. Me empujó. Pensé que era mi amiga.

—Lo sé. —Zara mantuvo la voz firme, luchando contra el frío que se le calaba hasta los huesos—. Usó tu teléfono para escribirme. Me atrajo aquí de la misma forma.

Jane abrió mucho los ojos. —¿Estás herida?

—No. Garrett llegó a tiempo. Kirsty y Brody están bajo custodia. —Zara cambió el agarre cuando el peso de Jane resbaló, con la corriente rugiente arrastrando su cuerpo. Sus brazos empezaban a temblar por el esfuerzo y el frío—. No van a hacer daño a nadie más.

—Mis piernas. —A Jane se le entrecortó el aliento—. No siento los pies.

—No intentes moverte. Vienen los paramédicos —Zara miró hacia el puente, hacia las luces que centelleaban entre los árboles—. No tardarán mucho.

La mano de Jane encontró el brazo de Zara, apretando débilmente. —¿La encontraste?

Por un momento Zara no entendió. Luego se dio cuenta. —¿A Iris?

—Su voz. Dijiste que buscabas su voz. —Las palabras de Jane salían más lentas, arrastradas ligeramente. Estaba entrando en estado de choque—. ¿La encontraste?

—Sí. —Zara acercó a Jane más a ella, apretando el agarre—. Recuperamos su teléfono. Dejó grabaciones. Notas de voz, vídeo. Documentó todo lo que pasó, todo lo que hizo Kirsty. Su plagio. Las amenazas. Por qué se reunían esa noche.

—Ella lo sabía. —Jane cerró los ojos—. Sabía que Kirsty podía hacerle daño.

—Esperaba que no lo hiciera. Pero se preparó de todos modos. —Zara sintió que el peso de Jane aumentaba, que su cuerpo se aflojaba—. ¡Jane! Quédate conmigo. No te duermas.

—Cansada...

—Lo sé. Pero tienes que permanecer despierta. Háblame de Iris. Dime cómo era en tus clases.

Los ojos de Jane se abrieron un poco. —Brillante. —La palabra salió suave—. La alumna con más talento que he tenido nunca. Veía cosas que otros pasaban por alto. Te hacía verlas a ti también, a través de su cámara. —Hizo una pausa—. Ella me recordó por qué me hice profesora.

—Se parecía a ti, creo. —Zara siguió hablando, con voz firme pese al frío, pese a que los brazos le ardían por sostener a Jane—. Eso fue lo que me dijiste la primera vez que nos vimos. Que tenía presencia.

—Tú también la tienes. —La mano de Jane se apretó ligeramente sobre el brazo de Zara—. Esa misma forma de estar en una habitación. De hacer que la gente escuche.

—Entonces, más vale que me escuches ahora. No te duermas. La ayuda ya llega.

Llegaron voces desde arriba, alguien gritando instrucciones. El haz de una linterna potente barrió el barranco, las encontró y se quedó fijo.

—¡Localizadas! —Una voz de hombre desde arriba—. Dos personas en el agua. Una parece herida.

—¡Está herida de gravedad! —le gritó Zara—. Piernas rotas, posibles daños en la columna. Necesita un tablero espinal.

—Los paramédicos bajan ahora mismo. No se mueva.

Zara miró a Jane, el agua subiendo a su alrededor, y sus propias manos blancas por el frío. Llevaba sosteniendo a Jane quizá tres minutos, pero le pareció una hora. Sus hombros gritaban, sus piernas estaban entumecidas y el agotamiento empezaba a asomar por los bordes de su mente.

—Casi estamos —murmuró—. Solo un poco más.

La luz de las linternas rebotaba por el sendero, acompañada de voces y del traqueteo del equipo. Aparecieron dos paramédicos, moviéndose rápido pero con cuidado por la pendiente traicionera, cargando un tablero espinal y un kit médico. Una tercera persona les seguía con más equipo.

—Ya nos encargamos nosotros —dijo la paramédico que iba delante, una mujer con el pelo gris recogido tirante. Se metió en el agua sin dudar, cruzando el arroyo para situarse junto a ellas, evaluando a Jane con rapidez y eficiencia—. Lo has hecho bien manteniéndola inmóvil y fuera del agua.

Zara se dejó caer hacia atrás mientras ellos tomaban el relevo, con los brazos colgando a los costados, repentinamente inútiles. Le instaron a salir del agua, y ella se sentó en la orilla rocosa abrazándose las rodillas, observando cómo le colocaban un collarín cervical a Jane, preparaban el tablero espinal y coordinaban sus movimientos.

—Váyase —le dijo la paramédico de pelo gris, no sin amabilidad, mientras bajaban varias personas más—. Está en estado hipotérmico. Suba a la ambulancia.

Uno de los paramédicos más jóvenes la cogió del codo y la ayudó a levantarse. —Venga, paso a paso.

La subida fue más dura que la bajada. Las piernas de Zara flaqueaban a cada paso, con los músculos agotados de sostener a Jane, del agua helada y del bajón de adrenalina que le caía encima de golpe. El joven paramédico mantuvo su mano firme en el codo de ella, guiándola por las zonas con más barro y dejando que se apoyara en él cuando sus botas resbalaban. Se agarró a las ramas de los árboles con los dedos entumecidos, impulsándose hacia arriba usando raíces y troncos, con la respiración saliendo a borbotones que no tenían nada que ver con el esfuerzo y sí con que su cuerpo había decidido que ya bastaba.

El sendero se niveló. Luces azules y rojas centelleaban entre los árboles. Voces por todas partes, radios que crepitaban, el caos organizado de una respuesta de emergencia a pleno rendimiento. Zara superó los últimos metros y emergió a la claridad del aparcamiento.

Cuatro coches de policía, tres ambulancias, un camión de bomberos. Ya estaban poniendo cinta de escena del crimen alrededor de la entrada de la pasarela. La lluvia había remitido a una llovizna constante. Los focos de trabajo portátiles bañaban todo con una iluminación blanca y plana que le hacía doler los ojos.

Miró hacia el puente. Kirsty ya no estaba, se la habían llevado. Uno de los coches de policía salía del aparcamiento con las luces encendidas; se vio un rostro pálido a través de la ventanilla trasera un instante antes de que el vehículo girara hacia la carretera y desapareciera. A Brody lo estaban metiendo en otro coche, con las manos esposadas a la espalda y dos agentes guiándolo hacia el asiento trasero. No opuso resistencia. Su expresión era tan vacía como lo había sido en el puente.

Garrett estaba cerca de la entrada de la pasarela, observándolos trabajar. Cuando vio a Zara, se dirigió hacia ella.

El paramédico le soltó el codo. —Debería examinarla por si tiene hipotermia.

—En un minuto —dijo Zara.

Garrett llegó hasta ella, se quitó la chaqueta y se la puso sobre los hombros. La tela estaba húmeda pero más caliente que su camisa empapada. Se la apretó contra el cuerpo.

—¿Jane? —preguntó él en voz baja.

—Viva. Con las dos piernas rotas, probablemente algo más grave. Pero estaba consciente y hablaba. —La voz de Zara sonaba áspera, con la garganta irritada de tanto gritar bajo la lluvia—. Kirsty le dijo que quería hablar de Iris. Limpiar su conciencia. Jane confió en ella.

—Kirsty es buena haciendo que la gente confíe en ella. —La mandíbula de Garrett se tensó—. Ha tenido mucha práctica.

Vieron cómo los paramédicos subían por el sendero con el tablero de inmovilización. Incluso desde esa distancia, Zara podía ver la cara de Jane, pálida y demacrada, y el collarín cervical de un blanco intenso contra su pelo plateado. Las puertas de la ambulancia se cerraron y el vehículo arrancó con las luces encendidas en dirección al hospital.

Una agente se acercó a Garrett, una mujer joven con el pelo recogido con tirantez. —Señor, hemos asegurado la escena. Están trasladando a Brody Lygon. Kirsty Cannon ya está en comisaría exigiendo a su abogado.

—Bien. —La voz de Garrett volvió a ser profesional—. Quiero declaraciones de todos los que han intervenido. Y que alguien de delitos informáticos preserve esa transmisión en vivo.

—Ya estamos en ello, señor. Se ha archivado la emisión completa. —La agente miró a Zara—. Cincuenta y ocho mil espectadores en el pico de audiencia. Está por todas las redes sociales. Cientos de miles viendo la repetición mientras hablamos.

Garrett asintió. —Estaré en comisaría antes de una hora.

La agente se marchó. Garrett se volvió hacia Zara y la máscara profesional desapareció. —Estás temblando.

Lo estaba. Todo su cuerpo vibraba, los dientes le castañeteaban. —Estoy bien.

—Estás hipotérmica. —Miró hacia la segunda ambulancia—. Tienen que revisarte.

—En un minuto. —No quería moverse todavía—. Solo dame un minuto.

Él no discutió. Pasó el brazo por sus hombros, atrayéndola contra su costado. Zara se apoyó en él; su cuerpo había decidido que mantenerse erguido por sí solo requería demasiado esfuerzo.

Se quedaron así en el borde del aparcamiento, con la llovizna cayendo sobre ellos y las luces de emergencia tiñéndolo todo de colores cambiantes. Ninguno habló.

—Se acabó —dijo Zara en voz baja.

El brazo de Garrett la apretó más. —May y David por fin lo sabrán.

—Sí. —Hizo una pausa—. Hemos cumplido nuestras promesas.

La lluvia cesó. En lo alto, las nubes empezaron a romperse, dejando ver retazos de estrellas.

—Venga —dijo Garrett—. Vamos a que te echen un vistazo.

Zara asintió contra su hombro. Caminaron juntos hacia la ambulancia que esperaba, con el brazo de él rodeándola y los pasos de ella aún vacilantes.

Capítulo 21

EL SALÓN DE GARRETT se sentía abarrotado con los cinco reunidos allí; el desgastado sofá de cuero y los dos sillones estaban dispuestos alrededor de una mesa de centro desordenada con notas del caso y su ordenador portátil. Fuera, la noche se presentaba fresca y despejada tras dos días de lluvia, pero las cortinas estaban echadas para resguardarse de ella, y la estancia solo estaba iluminada por una lámpara de pie en la esquina y otra más pequeña sobre la mesa auxiliar. May y David Zhang estaban sentados juntos en el sofá, sin tocarse pero muy cerca; David tenía los brazos cruzados con fuerza sobre el pecho. Vince Thorne ocupaba uno de los sillones, inclinado hacia delante como si fuera a salir huyendo en cualquier momento. Zara cogió la otra silla, angulada de modo que pudiera ver las caras de todos. Garrett permanecía de pie cerca del umbral, no del todo dentro de la habitación, pero tampoco fuera.

Habían pasado cinco días desde el enfrentamiento en la pasarela, y a Zara todavía le dolían las costillas por el esfuerzo de sostener el peso de Jane contra ellas. En el hospital le habían dado el alta por hipotermia tras una hora bajo mantas térmicas y té caliente con azúcar, aunque habían insistido en dejarla ingresada una noche en observación.

Jane había estado entre la vida y la muerte durante unas horas, pero finalmente se estabilizó y pasó por quirófano; le reconstruyeron las piernas con clavos metálicos. Estaría en el hospital bastante tiempo más, hasta que fuera capaz de valerse por sí misma en casa de nuevo. A Kirsty y Brody los habían trasladado rápidamente a Brisbane porque las celdas de detención de Salt Creek no estaban equipadas en absoluto para una custodia a largo plazo. Un magistrado les había denegado la libertad bajo fianza en la vista inicial, alegando que constituían un peligro potencial para el público. El juicio completo tardaría meses en llegar, pero de momento, ambos estaban entre rejas.

Las noticias se habían hecho eco de la historia tras su transmisión en directo; su teléfono y los de la comisaría de Salt Creek no habían dejado de sonar. Pero nada de eso importaba ahora. Lo que importaba era el portátil sobre la mesa de centro y el archivo que esperaba a ser abierto.

—Té —dijo Garrett, rompiendo el silencio con esa palabra—. Pondré el hervidor.

May asintió sin mirarlo. Tenía las manos cruzadas en el regazo, con los dedos entrelazados con fuerza. David no había dicho ni una palabra desde que llegaron; se limitó a seguir a May al interior y sentarse donde ella se sentó.

Vince se removió en su asiento y el cuero crujió. Había perdido peso desde que Zara lo conoció en el motel; su rostro estaba más demacrado, más duro. Llevaba una camiseta gris lisa y vaqueros, con las botas de trabajo todavía bien atadas.

Garrett se dirigió a la cocina. Zara oyó el grifo correr y el clic del hervidor al encenderse.

Miró el portátil. El vídeo que estaban a punto de ver estaba etiquetado simplemente como «Iris_Final_Oct15_2014.mp4

». Once minutos de una chica que no tenía ni idea de que su mejor amiga estaba a punto de asesinarla.

A May se le entrecortó la respiración. Zara echó un vistazo y vio que las lágrimas ya le surcaban el rostro, silenciosas y constantes. No sollozaba, no emitía sonido alguno. Simplemente lloraba como lo hace alguien cuando las lágrimas han estado esperando once años para brotar.

La mano de David se posó en la rodilla de May. La mano de May cubrió la suya.

Garrett regresó con una bandeja, cuatro tazas de té y un platito con galletas que nadie comería. Lo posó en la mesa de centro. May cogió una taza con ambas manos, acunándola entre las palmas. David negó con la cabeza ante la taza que le ofrecieron. Vince cogió una pero no bebió.

Garrett se quedó de pie cerca del umbral con los brazos cruzados.

—Antes de empezar —dijo en voz baja—, debo explicar qué es lo que van a ver.

May lo miró.

—Este es un vídeo que Iris registró la tarde del quince de octubre de 2014, el día que murió —la voz de Garrett era firme—. Lo grabó con su teléfono, el que May y Zara encontraron encajado bajo la pasarela hace dos semanas. El vídeo estaba en una tarjeta microSD que sobrevivió a once años de intemperie. Un talentoso especialista en datos ha podido recuperar todo lo que contenía, y la Fiscalía me ha autorizado a mostrarles este vídeo en particular. Es la prueba más importante, y Zara quería verla con ustedes. Nos alegra que todos hayan aceptado venir esta tarde.

La mano de David se apretó sobre la rodilla de May.

—En el vídeo, Iris documenta por qué se iba a reunir con Kirsty esa noche. Explica lo del plagio, que Kirsty le robó su porfolio de solicitud universitaria. Habla de intentar resolverlo, de darle oportunidades a Kirsty para que hiciera lo correcto —Garrett hizo una pausa—. También deja claro que sabía que podría haber consecuencias. Que tenía miedo, pero que iba a encontrarse con Kirsty de todos modos.

Vince emitió un sonido, mitad exhalación, mitad algo roto.

Zara dejó su té en la mesa auxiliar y se inclinó hacia delante. —El vídeo dura once minutos. Iris habla directamente a la cámara. Es muy clara, muy detallada —dijo, y miró a May y a David—. Es difícil de ver. Pero también es un regalo. Quería que la gente supiera la verdad. Lo documentó todo para que, aunque algo le pasara, la verdad sobreviviera.

—Mi hija —dijo David. Fueron las primeras palabras que pronunciaba desde su llegada. Su voz era ronca, apenas un hilo—. Mi hija sabía que alguien podría hacerle daño y grabó un vídeo.

Nadie respondió. No había nada que decir.

Garrett se acercó al portátil y buscó el archivo. El cursor quedó suspendido sobre él.

—¿Están listos? —preguntó mirando a May y a David.

May asintió. David también lo hizo.

Garrett miró a Vince. —No tienes por qué ver esto.

Vince negó con la cabeza. —Necesito verla —se le quebró la voz. Tragó saliva—. Necesito estar aquí.

La habitación se quedó en silencio. Garrett miró a Zara. Ella asintió. Él pulsó el play.

La pantalla se llenó con el rostro de Iris Zhang. Diecisiete años, viva, mirando directamente a la cámara con unos ojos oscuros que contenían miedo y determinación a partes iguales tras sus gafas rectangulares.

—Me llamo Iris Zhang —dijo, con voz clara y firme—. Es quince de octubre de 2014, y necesito documentar lo que he descubierto porque, si algo sucede, la gente debe saber la verdad.

A May se le cortó el aliento. La mano de David cubría la suya por completo ahora.

Iris siguió hablando. Joven, asustada y muy segura de sus principios. Explicando lo de Kirsty, lo del plagio, la decisión que había tomado de denunciarlo a pesar de saber lo que podría costarle.

Zara observaba a la gente en la sala en lugar de la pantalla. Había visto el vídeo varias veces. Pero ver a May y David escuchar la voz de su hija por primera vez en once años era algo distinto.

El té se enfrió. E Iris Zhang, muerta desde hacía once años, por fin pudo contar su historia.

La voz de Iris llenó la pequeña estancia, clara y decidida a pesar del temblor subyacente. En el vídeo estaba sentada en su dormitorio; Zara reconoció la pared de color verde azulado de las fotografías y la esquina de un póster visible tras su hombro izquierdo. Sus gafas reflejaban la luz de la lámpara de escritorio.

—He sido amiga de Kirsty Cannon desde que estábamos juntas en el parvulario —decía Iris—. Confiaba plenamente en ella. Así que, cuando noté que se había accedido a algunos de los archivos de mis proyectos cuando yo no estaba en casa, cuando mi memoria USB estaba en una posición distinta a como la había dejado, me dije a mí misma que eran paranoias mías.

May emitió un sonido, suave y herido. David la rodeó con el brazo por los hombros.

En la pantalla, Iris se subió las gafas por el puente de la nariz. El gesto era tan cotidiano, tan lleno de vida, que Zara sintió que se le cerraba la garganta.

—Pero no eran paranoias —continuó Iris—. Comprobé los registros de acceso de mi ordenador, los que papá me enseñó a leer. Kirsty copió todo mi portafolio creativo. Todo en lo que he estado trabajando para mi solicitud para la QCA.

Iris explicó cómo encontró los archivos robados en el portátil de Kirsty, el enfrentamiento, las lágrimas y las excusas de Kirsty. Su voz se mantenía comedida, objetiva, pero Zara podía percibir el dolor que albergaba.

—Me suplicó que no se lo dijera a nadie. Dijo que estaba desesperada, que su padre la mataría si no entraba en una buena universidad, que había estado teniendo ataques de pánico por la solicitud —la expresión de Iris en pantalla era de tristeza, de decepción—. Dijo que solo era un borrador, que acabaría creando su propio trabajo. Pero el plazo de solicitud ya había terminado. Ya había presentado mi trabajo como suyo.

El vídeo continuaba. Iris detallaba el plagio con la misma meticulosidad que aplicaba a sus proyectos multimedia. Las diferentes facultades universitarias, la baja probabilidad de ser descubierta, la naturaleza calculada del robo de Kirsty. Luego los mensajes, la creciente desesperación en las palabras de Kirsty, las amenazas veladas como súplicas.

—«Me estás destruyendo» —leyó Iris en la pantalla, reproduciendo un mensaje de su teléfono—. «No puedo dormir. Ni comer. Me estás arruinando la vida por un vídeo estúpido»

—prosiguió antes de mirar a la cámara—. Para mí no es estúpido. Es mi trabajo. Mis ideas. Mi voz.

Las lágrimas de May caían ahora más rápido. David la estrechó más contra él, con la barbilla apoyada sobre su cabeza y los ojos fuertemente cerrados.

Iris habló del padre de Kirsty, del poder de Richard Cannon en Salt Creek, del riesgo para el restaurante de sus padres. Lo reconoció todo con la lógica cuidadosa de alguien que lo había analizado desde todos los ángulos. Y entonces dijo, simplemente: —Pero no puedo dejarlo pasar. No es solo mi trabajo. Es cuestión de hacer lo correcto.

—Me voy a reunir con Kirsty esta noche en la pasarela cuando termine de trabajar —dijo Iris—. Me pidió una última oportunidad para convencerme de que no lo hiciera. Se la voy a dar. Una última oportunidad para que ella misma haga lo correcto.

Vince bajó la mano de la boca para agarrar el reposabrazos.

—Si no lo hace —continuó Iris—, presentaré los informes el lunes. A la UQ, a la QCA, a quien haga falta. Y si me pasa algo... —se interrumpió, y por primera vez la incertidumbre cruzó su rostro—. Si estáis viendo este vídeo porque yo no estoy aquí para denunciarlo en persona, entonces debéis saberlo: no ha sido un accidente.

El sollozo de May estalló por fin, amortiguado contra el pecho de David. Él subió la mano para acariciarle la nuca.

—Hay copias de todos estos archivos en mi portátil —dijo Iris, con la voz más fuerte de nuevo—. Todo está documentado. El plagio, los mensajes, todo. Kirsty Cannon robó mi trabajo, y cuando no permití que se saliera con la suya, ella...

Se detuvo. Negó con la cabeza. Esbozó una pequeña y triste sonrisa.

—No. Estoy siendo paranoica. Kirsty no me haría daño de verdad. Somos amigas desde pequeñas. Solo está asustada y desesperada —Iris miró directamente a la cámara, directamente a ellos a través de once años—. Hablaremos y lo entenderá. Verá que hacer lo correcto es más importante que...

El vídeo terminó. A mitad de frase, la pantalla se quedó en negro y la marca de tiempo se congeló en 17:17. Once minutos y cuatro segundos de una chica que no había creído que su mejor amiga le haría daño de verdad, y que había pagado ese error de cálculo con su vida.

El silencio en el salón de Garrett era absoluto. El ventilador del portátil zumbaba suavemente.

La respiración de May se volvió entrecortada. David la abrazaba, con el rostro también empapado ahora. Vince lloraba abiertamente, sin molestarse en ocultarlo. La taza se le había caído de las manos en algún momento y yacía de lado en la alfombra, con el té calando en el tejido.

Garrett no se había movido de su posición junto a la puerta. Seguía con los brazos cruzados pero con la cabeza gacha. Cuando finalmente levantó la vista, tenía los ojos enrojecidos.

A la propia Zara se le había nublado la vista. Había visto ese vídeo antes, varias veces. Pensaba que estaba preparada. Pero verlo con los padres de Iris, con el chico que la había amado, era algo totalmente distinto.

Los sollozos de May eran el único sonido. Silenciosos, desgarradores; el duelo de una madre que escucha la voz de su hija fallecida y tiene que volver a perderla de nuevo.

La pantalla del portátil se había oscurecido al activarse el modo de suspensión automático. El resplandor azul desapareció, dejando solo la cálida luz amarillenta de la lámpara de pie.

May levantó la cabeza del pecho de David. Tenía la cara congestionada y los ojos hinchados. Miró el portátil apagado durante un largo momento y luego recorrió la habitación con la mirada.

—Por fin la escuchan —dijo May. Su voz era apenas un susurro, rasgado por el dolor—. Después de once años. Por fin escuchan a mi hija.

Vince se puso en pie de golpe. Su silla chirrió contra el suelo. —Necesito aire —dijo, con las palabras ahogadas—. Lo siento, es que yo...

No terminó. Simplemente se dirigió a la puerta. Garrett se hizo a un lado para dejarlo pasar. La puerta principal se abrió y se cerró, con cuidado y en silencio a pesar de su evidente angustia.

A través de la ventana, Zara lo vio de pie en el pequeño porche, de espaldas a la casa, con los hombros hundidos y las manos en los bolsillos.

David descruzó los brazos. El movimiento pareció costarle un esfuerzo. Sus manos cayeron sobre las rodillas y luego subieron para frotarse la cara. Cuando las bajó, miraba a Garrett.

—Once años —dijo David—. Cargó con esto durante once años.

Garrett se removió contra la pared. —No cargué con ello lo suficientemente bien. Si lo hubiera hecho...

—Era usted un agente en prácticas —le interrumpió David—. Lo censuraron. Lo trasladaron cuando no dejó de hacer preguntas —su voz era áspera pero firme—. Podría haberlo dejado pasar. Pero no lo hizo.

—No, no pude.

May cogió un pañuelo de la caja que había sobre la mesa de centro. Se secó los ojos, se sonó la nariz. —Al principio lo culpé —dijo en voz baja—. Cuando nos enteramos de que lo habían trasladado. Pensé que se había rendido con Iris como todos los demás.

—Nunca me rendí.

—Gracias —dijo May—. Por no olvidarla.

Garrett asintió una vez. Zara había aprendido que no se le daban bien los agradecimientos.

Zara se levantó; tenía las piernas entumecidas de estar sentada. ¿Quieren pasar más tiempo con el vídeo? Podemos dejarlos solos para que lo vean de nuevo.

La mano de May buscó la suya por encima de la mesa de centro. —Quédese —dijo—. Por favor. Aún no puedo estar a solas con ello.

—Desde luego.

La mirada de David se dirigió a Zara. —Y usted. Vino y presionó cuando todos los demás ya habían pasado página.

—May me pidió que averiguara qué pasó y he cumplido mi promesa.

—Ambos lo han hecho —a David se le quebró ligeramente la voz. Se aclaró la garganta—. Gracias. Por devolvernos la voz de nuestra hija.

Garrett se apartó de la pared y se colocó junto a la silla de Zara. Sus dedos le tocaron el hombro ligeramente.

La puerta principal se abrió en silencio. Vince volvió a entrar, con el rostro ya compuesto aunque tenía los ojos rojos. No volvió a su silla, sino que se apoyó en la pared junto a la puerta, manteniéndose cerca pero aparte.

—Ella solía grabarlo todo —dijo Vince, con voz queda, casi como si hablara para sí mismo—. Incluso entonces. Apuntaba con su cámara a algo y pensabas: «¿para qué está grabando eso?». Una grieta en el pavimento. Un pájaro en un cable. Luego enseñaba el montaje y veías lo que ella había visto —tragó saliva—. Veía cosas que nadie más veía.

El rostro de May se descompuso ante aquello y brotaron nuevas lágrimas. Pero asintió. —Exactamente así era.

La habitación se sumió en un silencio diferente. No era el silencio de aliento contenido de antes del vídeo, ni la pesadumbre posterior, sino algo más parecido a una paz exhausta. Lo peor había pasado. Habían sido testigos de lo que debía ser presenciado.

May dejó su taza de té sobre la mesa de centro. —¿Podremos tener una copia? Del vídeo.

—Una vez que termine el proceso judicial —dijo Garrett—. Las pruebas deben permanecer custodiadas hasta después del juicio. Pero sí. Me aseguraré de que tengan copias de todo. Todas las grabaciones de Iris, las fotos, los mensajes. Todo lo que recuperamos de su teléfono.

May asintió. —Quiero escuchar su voz otra vez. Todas las veces que pueda.

El brazo de David se apretó alrededor de ella. No habló, pero su expresión lo decía todo.

La mano de Garrett buscó la de Zara en el espacio entre ambos, entrelazando sus dedos con los de ella brevemente. El contacto era cálido, reconfortante.

Habría abogados, declaraciones formales y el lento engranaje de la justicia. May y David tendrían que pasar por un juicio, oír la descripción clínica del asesinato de su hija, enfrentarse a Kirsty Cannon en una sala de tribunal.

Pero esta noche, en este pequeño y cálido salón, los padres de Iris Zhang habían escuchado la voz de su hija. Habían conocido la verdad sobre su muerte. Se les había devuelto, si no a su hija, al menos la certeza del saber.

Tendría que ser suficiente.

Capítulo 23

L os escalones del juzgado de Brisbane eran de una piedra gris y ancha, desgastada por décadas de pies que habían llevado veredictos al mundo exterior. Ella estaba tres escalones por debajo de la cima; el cámara profesional, dos escalones más abajo: el tipo de pericia contratada que nunca se había podido permitir hasta ahora.

Seis meses desde lo de la pasarela. Seis meses desde el arresto de Kirsty Cannon. Y ahora, esta mañana, una sentencia de veinticinco años dictada en una sala en la que Zara llevaba tres semanas seguidas sentada, viendo cómo la justicia avanzaba a su ritmo glacial.

La blusa ligera que había elegido esa mañana le pareció demasiado fina para el aire acondicionado que había soplado en el juzgado todo el día, pero aquí fuera, bajo el sol de agosto de última hora de la tarde, era perfecta. Pantalones de sastre, el pelo recogido en una coleta impecable, maquillaje mínimo. Profesional pero sin artificios. Había aprendido la diferencia.

Dev estaba cerca del final de la escalinata, fuera de plano pero lo bastante cerca como para que ella pudiera verlo. Había asistido a todos los días del juicio, sentado en la tribuna de público con su portátil, tomando notas con esa intensidad que mostraba cuando estaba totalmente compenetrado. Ahora le hizo un gesto de aprobación con el pulgar, de forma algo torpe pero sincera.

El cámara, Andy, ajustó algo en su equipo. —Lista cuando quieras.

Zara asintió. Había escrito el segmento anoche, lo había revisado esta mañana y lo había repasado dos veces mentalmente durante el receso del almuerzo. Las palabras estaban ahí. Solo tenía que pronunciarlas.

Andy hizo la cuenta atrás con los dedos. *Tres, dos, uno.* La luz roja de su cámara se encendió.

—Soy Zara Langley, informando desde el Supreme Court of Queensland en Brisbane —su voz sonó firme, con la cadencia de podcast que había reconstruido a lo largo de meses de trabajo—. Hoy, Kirsty Cannon ha sido condenada a veinticinco años de prisión por el asesinato de Iris Zhang, de diecisiete años, en octubre de 2014. El veredicto marca el final de una investigación de once años sobre una muerte que fue calificada de accidental hasta que surgieron pruebas que demostraron lo contrario.

Los hechos eran más fáciles. Podía narrar hechos sin sentirlos.

—El juicio ha durado tres semanas. La fiscalía ha presentado pruebas forenses, testimonios de testigos y, lo que es más significativo, grabaciones realizadas por la propia Iris el día de su muerte. Estas grabaciones, recuperadas del teléfono móvil de Iris después de once años, documentaron el plagio que condujo a su asesinato y la decisión de Iris de denunciarlo a pesar de conocer el coste personal.

Un hombre de traje pasó por detrás de ella, maletín en mano, sin mirarlos. La ciudad seguía su curso. Autobuses, tráfico, gente terminando su jornada laboral. Indiferentes a los veredictos.

—La defensa de Kirsty Cannon sostuvo que el asesinato no fue premeditado, que un enfrentamiento se le fue de las manos —explicó Zara, que mantuvo la mirada en la cámara, en el rostro de Andy, justo al lado del objetivo—. El jurado ha rechazado este argumento. Las pruebas demostraron planificación. Intención. El señuelo que llevó a Iris a la pasarela aquella noche, las mentiras contadas para encubrirlo, los once años de silencio mientras los padres de Iris lloraban a una hija que, según les dijeron, se había ahogado accidentalmente.

Hizo una pausa. El guion lo exigía, un compás para dejar que aquello calara. Pero la pausa se alargó más de lo previsto porque el rostro de Iris había aflorado en su mente, la chica de aquel último vídeo, tan segura de que su amiga no le haría daño de verdad.

Se le entrecortó la voz al continuar. Solo ligeramente, un tropiezo de medio segundo que Andy probablemente editaría más tarde si ella se lo pedía.

—Iris Zhang era una artista con talento. Una hija cariñosa. Una joven de principios que creía que hacer lo correcto importaba más que proteger una amistad edificada sobre mentiras —. Zara sintió que se le cerraba la garganta. Se obligó a seguir—. Documentó su historia porque sospechaba que tal vez no sobreviviría para contarla ella misma. Y gracias a esa documentación, gracias a su previsión y a su valor, su asesina ha tenido que rendir cuentas.

Las palabras le parecieron insuficientes. Veinticinco años por una vida.

—Este caso no habría llegado a juicio sin la determinación del inspector jefe Garrett Pennell, que pasó once años persiguiendo pruebas que habían sido enterradas por la corrupción dentro del Queensland Police Service. El exsargento primero Malcolm

Finch fue condenado el mes pasado a seis años de prisión por su papel en el encubrimiento del asesinato de Iris. Brody Lygon, que actuó como cómplice y participó en el intento de asesinato de Jane Goulding, ha recibido quince años.

Dev se había acercado durante el segmento. Podía verlo por el rabillo del ojo, con las manos en los bolsillos, observando.

—La familia Zhang me ha pedido que dé las gracias a todos los que han apoyado la investigación. A los miembros de la comunidad que se presentaron con información. A los expertos técnicos que recuperaron pruebas cruciales —. Se permitió una pequeña sonrisa—. Y a los oyentes de Los Australianos Perdidos, que se negaron a dejar que esta historia cayera en el olvido.

La sonrisa le resultó extraña. No solía sonreír en estos segmentos. Pero era sincera, así que la mantuvo.

—Este es el episodio final de *La Chica del Arroyo*. La historia de Iris ha sido contada. Su familia tiene la verdad que esperó once años para escuchar. Y aunque nada puede devolverla, aunque ninguna sentencia puede equilibrar realmente lo que le arrebataron, hay justicia. Imperfecta, defectuosa, llegada demasiado tarde. Pero justicia al fin y al cabo.

Se quedó inmóvil un largo momento, mirando directamente a la cámara.

—Gracias por escucharnos. Gracias por preocuparos por una chica que nunca conocisteis, en un pueblo que probablemente nunca visitaréis. Gracias por creer que la verdad importa, incluso cuando está enterrada profundamente y protegida por gente con poder —. Su voz se estabilizó, se hizo más fuerte—. Los Australianos Perdidos regresará pronto con un nuevo caso. Hasta entonces, se despide Zara Langley.

Andy siguió filmando unos segundos más y luego bajó la cámara. —Lo tenemos. Ha sido perfecto, a la primera.

La tensión que había mantenido erguida la espalda de Zara se liberó de golpe. Sintió que su postura se aflojaba, soltando el aire en una larga exhalación. El peso de cargar con la historia de Iris durante seis meses, de aguantar el juicio, de ver la cara de Kirsty cuando leyeron el veredicto; todo aquello se alivió lo suficiente como para que pudiera respirar como es debido por primera vez en semanas.

Dev subió los escalones de un salto, con una amplia sonrisa. —Ha sido brillante. Lo has clavado. ¿Lo de que la justicia es imperfecta pero real? Perfecto.

—Gracias —. Zara logró esbozar una sonrisa de verdad—. No habría podido hacer nada de esto sin ti. Los datos del teléfono lo fueron todo.

—Ya, bueno... —. Dev se puso colorado—. Yo solo los recuperé. Tú eres quien supo qué hacer con ellos.

Andy estaba revisando las imágenes en la pantalla de su cámara. Zara se movió para mirar por encima de su hombro. El encuadre era bueno, con el juzgado visible a sus espaldas y la luz resaltando su rostro sin quemar la imagen. Se la veía cansada en la reproducción, de más edad que sus treinta y dos años, pero había algo sólido en su expresión que no estaba ahí hace un año.

—Estamos listos —dijo Andy—. Te enviaré la versión editada mañana por la mañana.

—Gracias —. Zara le dio la mano—. Te agradezco que hayas venido para esto.

—No me lo habría perdido por nada; me halagó que me llamaras. ¿Aquel directo que hiciste en el puente? —silbó bajo—.

Tienes un don para estar en el lugar adecuado en el momento catastróficamente equivocado.

Zara se rio, sorprendida de hacerlo. —Es una forma de decirlo.

Andy empezó a recoger su equipo. Dev le ayudó a enrollar los cables; los dos trabajaban en un silencio afable.

Zara se volvió hacia la escalinata del juzgado, contemplando la imponente fachada del edificio. En algún lugar del interior, Kirsty Cannon estaba siendo procesada, preparada para su traslado al centro penitenciario donde pasaría las próximas dos décadas y media.

May Zhang apareció en lo alto de los escalones, con David a su lado; ambos se movían despacio, como si el veredicto hubiera añadido un peso físico. Zara se irguió.

El rostro de May estaba sereno, pero tenía los ojos enrojecidos. La expresión de David era más difícil de leer, con sus facciones dispuestas en una cuidadosa neutralidad, pero su mano revoloteaba cerca del codo de May mientras bajaban, listo para sostenerla si era necesario.

May no dijo nada al principio. Simplemente dio un paso al frente y rodeó a Zara con sus brazos, fundiéndose en un abrazo que resultó feroz pese a su menuda constitución. Zara sintió que los hombros de la mujer mayor temblaban y se vio levantando sus propios brazos para devolverle el abrazo.

—Gracias —susurró May contra su oído—. Por cumplir su promesa.

A Zara se le cerró la garganta. Se limitó a aguantar hasta que May aflojó el agarre y se separaron.

David se adelantó y le tendió la mano. Zara la tomó, esperando un simple apretón, pero la mano izquierda de David subió para cubrir también la de ella.

—Nuestra hija... —dijo él con voz ronca—. Nos la ha devuelto. No su vida, sino su voz —hizo una pausa—. Eso importa. Más de lo que puedo expresar.

—Merecía ser escuchada.

David asintió y le soltó la mano, volviendo a pasar el brazo alrededor de su esposa. Los dos encajaban como piezas desgastadas por años de contacto; el hombro de May se acurrucaba en el espacio bajo el brazo de David.

—Veinticinco años —dijo May. Probando el peso de las palabras.

—Podrá optar a la libertad condicional después de diecisiete —respondió Zara—. Pero dadas las circunstancias, con el encubrimiento y el intento de asesinato de Jane, el comité de libertad condicional no se mostrará comprensivo.

—Bien —dijo David. Tajante. Definitivo.

Un movimiento en la parte superior de la escalinata llamó la atención de Zara. Jane Goulding bajaba a duras penas, con una mano en la barandilla y la otra aferrando un bastón. Su descenso era precavido pero constante; la ligera cojera de su pierna derecha era el único recordatorio visible de la caída. Seis meses de fisioterapia habían obrado un trabajo notable, pero Zara dudaba que Jane volviera a moverse de la misma forma.

Detrás de Jane, un poco apartado, estaba Vince Thorne.

Jane llegó hasta ellos, ligeramente falta de aliento por las escaleras. Tenía el pelo plateado cortado más corto de lo que Zara recordaba, tal vez para que fuera más fácil de mantener que su antiguo y elegante estilo bob. Llevaba una camisa de lino holgada y pantalones cómodos, con zapatos planos prácticos. El tipo de ropa que uno lleva cuando ha aprendido a priorizar la función sobre la forma.

—Zara —. La voz de Jane era cálida a pesar del cansancio de su rostro. Se pasó el bastón a la mano izquierda y apretó el brazo de Zara—. Me alegra verte.

—Gracias por estar aquí. ¿Cómo te encuentras?

—Vieja —. La boca de Jane hizo una mueca—. Pero viva, lo cual parecía poco probable hace un tiempo —. Sus dedos se apretaron brevemente en el brazo de Zara, y en ese pequeño gesto Zara sintió todo lo que Jane no podía o no quería decir. El terror de la caída. El agua fría. Las horas de cirugía.

—Cabezota —añadió Jane—. Eso dicen los fisios. Demasiado cabezota para dejar que una caída desde un puente me frene.

Vince había bajado los escalones mientras hablaban, con las manos en los bolsillos. Se detuvo a unos pasos, sin unirse del todo al grupo. Se había arreglado para el veredicto: camisa de botones, chinos limpios, botas pulidas. Tenía los ojos enrojecidos.

Al cabo de un momento, dio un paso al frente. —Zara —. Le tendió la mano y ella la aceptó. Se la estrechó más tiempo de lo que exigía un saludo.

—Iris te estaría agradecida —dijo Vince, con voz temblorosa—. Por no dejar que se olvidaran de ella.

—Ojalá hubiera podido hacerlo antes.

—Lo hiciste cuando pudiste —. Vince le soltó la mano y miró más allá de ella, hacia el juzgado—. He pasado once años intentando no pensar demasiado en ella. Intentando pasar página.

Pero ella siempre estaba ahí —. Sacudió la cabeza—. Me alegro de que haya terminado. Me alegro de que ya no puedan seguir fingiendo.

Había algo casi parecido a la paz en la expresión de Vince, y Zara esperó por su bien que pudiera seguir adelante ahora que se había hecho justicia. Tenía veintinueve años, todavía era un hombre joven. Merecía encontrar a alguien a quien amar, sin el fantasma de Iris acechándole para siempre.

El grupo permaneció unido en una formación abierta sobre los escalones. Dev había terminado de ayudar a Andy y ahora esperaba cerca de la parte inferior, dándoles espacio. Cruzó la mirada con Zara y asintió.

—Deberíamos irnos —dijo May finalmente—. Tenemos un viaje largo de vuelta a Salt Creek mañana.

—¿Os quedáis esta noche? —preguntó Zara.

—En un hotel que no está lejos de aquí —respondió David—. Saldremos temprano para evitar el tráfico.

May miró a Zara, a Jane y a Vince. —Gracias a todos. Por estar aquí hoy. Por ser testigos —. Se le quebró la voz—. A Iris le habría alegrado saber que tenía a tanta gente luchando por ella.

Jane alargó la mano y apretó la de May. —Fue una alumna extraordinaria. Siento no haber podido protegerla.

—Ninguno de nosotros pudo —dijo May—. No de algo así.

Las puertas del juzgado se abrieron detrás de ellos y Garrett salió a la luz del atardecer, todavía con su uniforme de gala. Bajó los escalones de dos en dos, con la energía controlada de alguien que ha estado demasiado tiempo sentado. Cuando llegó a su altura, pasó el brazo por los hombros de Zara en un gesto que se había vuelto natural en los últimos meses.

May le miró y luego miró a Zara. —¿Qué será lo siguiente? Después de este caso, ¿qué investigarán?

Zara sonrió. —Tendréis que sintonizar Los Australianos Perdidos para averiguarlo.

May se rio. El sonido fue sorprendente y genuino. La boca de David se curvó. Incluso Jane sonrió, apoyada en su bastón.

—Estaremos atentos —dijo May.

Se despidieron de forma breve y tranquila. May y David bajaron juntos la escalinata, con David guiándola hacia un coche que los esperaba. Jane les siguió, con el bastón golpeando rítmicamente contra la piedra. Al llegar al coche se detuvo, miró de nuevo hacia los escalones del juzgado y levantó ligeramente el bastón a modo de despedida. Zara levantó la mano en respuesta. Luego Jane subió con cuidado al asiento trasero y el coche se alejó entre el tráfico de Brisbane.

Vince se demoró un momento más, con la mirada puesta en el juzgado, luego asintió una vez a Zara y desapareció por una calle lateral, absorbido por la multitud en cuestión de segundos.

—¿Buen segmento? —preguntó Garrett.

—Andy cree que sí. A la primera.

—Eso es porque eres buena en lo tuyo —. Le apretó el hombro con la mano—. A pesar de lo que digan las pruebas en la sección de comentarios.

Dev había subido los escalones para reunirse con ellos. —Los troles han estado muy activos. Ayer alguien la llamó «sensacionalista que persigue ambulancias».

—Qué encantadores —dijo Garrett con sarcasmo.

—Me han llamado cosas peores —. Zara le miró—. ¿Qué se siente al ver la sentencia desde la tribuna en lugar de desde el banquillo de los testigos?

—Extraño. Una sensación extraña pero buena —. La satisfacción se mezclaba con algo más complejo—. Veinticinco años. Debería haber sido cadena perpetua, la verdad, pero las mujeres casi nunca reciben eso. Veinticinco tendrá que bastar.

—Es justicia —dijo Zara—. Imperfecta, pero real.

Dev consultó su teléfono. —El Uber está llegando —. Miró a Zara—. Eres mi compañera de piso y mi amiga. Además, me prometiste una cena si hoy conseguíamos el veredicto, así que no me muevo de aquí hasta cobrar —. Sonrió de oreja a oreja—. Hay un restaurante coreano nuevo carísimo en el Valley. He reservado mesa para tres. La reserva es a las siete. Te mando la dirección por mensaje.

Bajó los escalones a saltos, con la bolsa del portátil rebotando contra su cadera, y se subió al Uber que frenaba junto a la acera.

Zara y Garrett se quedaron en la escalinata.

—Es un buen chaval —dijo Garrett.

—Tiene veinticuatro años.

—Sigue siendo un chaval —. Garrett retiró el brazo de sus hombros y se giró hacia ella—. ¿Cómo te sientes de verdad? No con la voz del podcast, dime la respuesta real.

Zara sopesó la pregunta.

—Cansada —dijo—. Aliviada. Un poco perdida, quizá. Este caso ha sido mi único objetivo durante mucho tiempo. Ahora ha terminado y no sé muy bien qué hacer conmigo misma.

—Tómate un descanso. Duerme tres días seguidos. Come platos que no sean comida rápida —. La boca de Garrett se curvó—. Pasa tiempo con el que «no es tu novio» pero que casualmente vive ahora en la misma ciudad.

—Mi «no-novio» —repitió Zara—. ¿Esa sigue siendo la denominación oficial?

—Estoy abierto a renegociar —. Su mano buscó la de ella—. Pero luego. Cuando tú no estés agotada y yo no se supone que deba estar en una reunión informativa en cuarenta minutos.

—El inspector jefe Pennell no puede llegar tarde a sus reuniones.

—El inspector jefe Pennell todavía se está acostumbrando al cargo —le apretó la mano—. Y preferiría mil veces quedarse aquí contigo.

El ascenso se había formalizado hacía tres meses; el traslado de vuelta a Brisbane se organizó con una rapidez sorprendente una vez que la investigación de la CCC le exoneró. Se había mudado a un piso de alquiler cerca de la ciudad, un apartamento pequeño con vistas al agua que costaba más que toda su casa de Salt Creek. Tenía su barco en un pequeño puerto deportivo de la bahía; salían a pescar al menos una vez por semana, y aunque seguían sin pescar nada que mereciera ser cocinado, disfrutaban de la paz y la libertad de estar en el agua.

Ambos habían terminado con Salt Creek.

—Deberías irte —dijo Zara—. Nos vemos esta noche. Dev hizo la reserva para tres.

—Y luego puedes venirte a mi casa —. No fue del todo una pregunta—. Tengo mejor café que el tuyo.

—¿Tentándome con tu cafetera exprés?

—Lo que sea que funcione —. La atrajo hacia sí y le besó la frente—. Estoy orgulloso de ti. Por haber llevado esto hasta el final.

—Yo también estoy orgullosa de mí —dijo Zara—. Creo.

—Deberías estarlo —. La soltó y dio un paso atrás—. Ve a cenar. Celébralo.

Ella le vio bajar los escalones trotando. Se movía de forma diferente ahora, con menos peso sobre los hombros, pensó ella. Al llegar abajo, se dio la vuelta y levantó la mano. Ella le devolvió el saludo.

Luego él se marchó, absorbido por el flujo vespertino de la ciudad.

Zara se quedó en la escalinata un momento más. Su móvil vibró y bajó la mirada para verlo. Los comentarios entraban en tropel, la mezcla de siempre. Pero las cifras eran buenas. Los Australianos Perdidos era estable, crecía y era sostenible.

Otro mensaje de Dev: *El conductor del Uber se ha perdido, mandad ayuda*

Ella sonrió y respondió: *Eres un hombre adulto, soluciónalo.*

La respuesta de él fue inmediata: *Dura pero justa.*

Zara se guardó el teléfono y echó un último vistazo a los escalones del juzgado, al lugar donde se había detenido para grabar su último segmento. Este caso había terminado. La historia de Iris Zhang había sido contada. Se había hecho justicia, imperfecta y con once años de retraso.

Lo que vendría después sería otro caso, otra historia, otra oportunidad de hacer este trabajo de la forma correcta. No por redención, aunque eso fuera parte de ello. No por el contenido, aunque su carrera dependiera de ello. Sino porque esto importaba. Porque las voces necesitaban ser escuchadas. Porque valía la pena perseguir la verdad incluso cuando estaba enterrada profundamente y protegida por gente con poder.

Bajó los escalones; sus botas chasqueaban contra la piedra desgastada por décadas de pies. A sus espaldas, el juzgado se alzaba imponente y permanente: la justicia plasmada en piedra gris. Delante, el atardecer de Brisbane se desplegaba en tráfico, luces y el caos ordinario de la vida que continúa.

Zara caminó hacia ese horizonte, lista para lo que fuera a venir después.

DE LA AUTORA

Caitlyn Lynch es una británica expatriada que se casó con un australiano y emigró a Queensland en 2001.

Escribe novela romántica contemporánea y suspense romántico.

La Chica del Arroyo es su primer thriller; es el primer libro de la serie *Los Australianos Perdidos*.

Zara y Garrett volverán en el segundo libro, *La Chica del Yate*.

Hace dieciséis años, Lotte Van Kempen, de solo cuatro años, desapareció del yate familiar de lujo. Oficialmente, se ahogó. Pero nunca se recuperó su cuerpo, sus padres abandonaron el país y demasiadas preguntas quedaron sin respuesta.

Zara Langley, podcaster de investigación, sabe muy bien el peligro de implicarse demasiado en casos antiguos. Pero cuando una joven problemática afirma ser la Lotte desaparecida, Zara no puede apartarse. Cada pista la arrastra más profundo: un sospechoso nervioso que lo arriesga todo, padres poderosos que esconden secretos y una familia rota por la culpa, el dinero y la traición.

Mientras Zara busca la verdad, su investigación se cruza con una operación activa de la Border Force y la adentra en el oscuro mundo de la trata de personas, donde lo que está en juego es la vida misma y el pasado nunca desaparece del todo.

Cuanto más profundiza Zara, más peligrosa se vuelve la verdad. La frontera entre víctima y testigo se difumina, y Zara deberá elegir: revelar los secretos de una familia o impedir que más vidas se destruyan.

Algunos casos nunca se resuelven. Algunas verdades se niegan a permanecer ocultas. Y algunas personas nunca se rinden.

El Salvamento del Ranger

El Regreso del Ranger

La Misión del Ranger

La Sangre del Ranger

Fuego de Ranger (exclusivo para suscriptores del boletín)

Série Escapadas Tropicales

Un Nuevo Inicio en el Arrecife

El Millonario Reticente

Su Falsa Boda en la Isla

A Fuego Lento

Desafiando al Destino

Enfoca el Momento

Mejor en la Práctica

Otros libros:

Amor en la Melé

Un Amor al Galope: Romance Irlandés

Descubre todas las publicaciones de Shenanigans Press en nuestra página web.

O síguenos en las redes sociales; estamos en Facebook e Instagram.

Y no olvides suscribirte a nuestro boletín para enterarte de novedades, ofertas, sorteos y mucho más.

Y no olvides suscribirte a nuestro boletín para enterarte de novedades, ofertas, sorteos y mucho más.